KB053816

문지스펙트럼

한국 문학선

1-004

귤

윤후명

문학과지성사

한국 문학선 기획위원

김치수 / 홍정선 / 김동식

문지스펙트럼 1-004

귤

지은이 / 윤후명
펴낸이 / 김병익
펴낸곳 / 문학과지성사

등록 / 1993년 12월 16일 등록 제 10-918호
주소 / 서울 마포구 서교동 363-12호 무원빌딩 4층 (121-210)
전화 / 편집부 338)7224~5 · 7266~7 팩스 / 323)4180
영업부 338)7222~3 · 7245   팩스 / 338)7221

제1판 제1쇄 / 1996년 12월 5일

값 4,500원
ISBN 89-320-0855-8
ISBN 89-320-0851-5

꿀

기획의 말

　말의 의미와 삶의 의미는 다르다. 그것은 말은 꿈이며 삶은 현실인 까닭이다. 그래서 말의 아름다움과 삶의 쓸쓸함이 생겨난다. 그러나 말이 만들어내는 꿈이 삶을 어루만져주지 않는다면 아마도 삶은 좀더 쓸쓸할 것이다. 우리가 삶의 쓸쓸함을 견딜 수 있는 것은 말이 만들어내는 저 불투명한 희망 때문이다.

　윤후명의 소설은 말이 만들어내는 꿈이다. 그는 삶의 쓸쓸함이라는 날줄을 말의 꿈이라는 씨줄로 촘촘히 얽어서 우리 앞에 내놓는다. 우리가 삶의 가난함과 부질없음과 초라함을 문득 아름다운 눈길로 다시 들여다보는 것은 그의 말이 만들어내는 꿈때문이다. 그의 소설 속에서 삶은 항상 쓸쓸하지만 이 쓸쓸함이 그의 말을 통해 빛나는 아름다움으로 환치되고 있는 모습을 본다. 그의 소설에서 마지막 페이지를 넘겼을 때 우리가 가슴 가득 안게 되는 저 야릇한 색깔의 목적 없는 아름다움, 김치수가 "아름다움의 매서움"이라고 부른 바 있는 그 아름다움은, 윤후명 소설에서만 맛볼 수 있는, 우리네의 비속한 삶에 대한 독특한 채

찍이며 사랑이다.

윤후명은 우리 모두가 현실 속에 유토피아를 건설하기 위해 조급하게 날뛸 때 현실 밖의 세계를 끌어들여 우리들의 삶을 새롭게 조명했다. 그것은 그가 우리의 부산스러운 몸짓에 스며들어 있는 허망함을 날카로운 안목으로 일찌감치 엿보았기 때문일까, 아니면 그가 가지고 있는, 세계를 인식하고 표현하는 특유의 시적 전망과 언어 탓이었을까? 어쨌건 80년대라는 가파른 시대에 우리 앞에 모습을 드러낸 윤후명의 소설은 현실의 가파름을 아랑곳하지 않는 말의 자유로움으로 우리들의 갑갑한 존재 구속성을 질책했다. 그의 상상력은 빈대떡을 앞에 놓고 막걸리를 마시는 생활 속에서도, 옆자리에서 들려오는 울분에 찬 드높은 현실 비판의 목소리를 들으면서도 이름 모를 새들과 바닷가의 앵무조개들로부터 실크로드의 도시와 역사에 이르는 자유로운 비상을 향유하고 있었다. 스스로 터무니없는 꿈인 것을 알면서도 그는 "따분할 때면 배를 타고 바다에 나가 몽둥이로 상어라도 때려 잡으며 살아가리라. 그리하여 작은 섬처럼 살다가 죽어가리라"라는 이 고집스러운 상상력을 발동하고 있었다.

그리하여 직접적 현실의 무게에 짓눌리지 않고 자유롭게 비상하는 그의 소설 언어는 고통의 신음 소리와 저항의 자세를 동반해야만 제대로 된 소설로 간주해주던 80년대에 홀로 쓸쓸히 자유로웠으며, 산문적인 세월 속에 수놓은 그의 시적 상상력은 크게 박수받지 못하는 상황 속에서도 뚜렷이 이채로웠다.

이런 점에서 윤후명의 소설은 시의 몸에 아로새긴 산문의 무늬이다. 그의 소설 속에서 현실적인 시간과 공간, 아픔과 고통, 외로움과 쓸쓸함은 마치 검은 탄소가 다이아몬드의 투명함으로 변모하는 것처럼 시적인 몸체의 투명함 속으로 변형된다. 그리하여 우리 눈앞에 드러나는 그의 소설은 삶의 쓸쓸함을 투명하게 응축시킨 빛나는 아름다움이다.

1996년 11월

차례

귤

그의 전화를 받고 나자 나는 오직 '그냥'이라는 그 말밖에 떠오르지 않았다. 그는 여전히 그냥이라고 말했다. 만나고 싶었어요, 그냥. 삼 년이라는 세월이 지나서 다시 그냥이라고 하는 말투를 들으니 저항감이라기보다 연민이 앞섰다. 그는 수화기 속에서 가물거리는 소리로 덧붙여 말했다.

오랜만이에요. 얼마나 찾았던지요.

그 목소리는, 드디어 나를 찾아냈다는 반가움에 떨면서 무언가 긴장된 목소리였다. 나는 감정을 될 수 있는 대로 숨기기 위해 피곤에 찌든 목소리로 건성으로 응답했다.

정말 그렇군. 그래, 그 동안 어떻게 지냈지?

그는 당장이라도 만나고 싶다고 했다. 그러나 나는 준비라도 한 듯이 당장은 곤란하다고 대답했다.

내일 마침 일요일이니까 내일 만나. 토요일인데도 급히 해야 할 일이 있구먼.

그러면서 나는 곧 퇴근하면 무슨 일을 할까 곰곰 생각하고 있었다. 토요일 오후에는 늘 할일이 없었다. 거리를 헤매다가 어디서든지 술 한잔을 들이켜는 것도 진력이 나버렸다. 영화 구경을 한다는 건 애초에 글러먹은 일이었다. 젖통 큰 여자가 벌거벗고 나온다고 했다. 주인 여자를 건달이 막무가내로 덮친다고 했다. 여름날, 모두들 떠난 빈 집에는 두 남녀만이 남았다. ……빌어먹을. 나는 물끄러미 극장 간판을 보면서도 표를 살 흥미가 없었다. 할일이 없으면 없을수록 더욱 무엇인가에 매달려야 하리라는 강박관념에 사로잡혔다고 하는 게 옳을 것이었다

나는 아무 할일이 없었다. 그런데도 나는 바쁜 일을 핑계로 그를 따돌렸다. 삼 년 만이었다. 그는 스스로의 표현보다도 훨씬 간절하게 나를 만나고 싶어해왔는지도 몰랐다. 물론 따져보면 그가 굳이 나를 찾아서 만나야 할 까닭은 없었다. 그가 군대에 가기 전 우리는 아주 잠깐 동안 만났었다. 그 만남에 무슨 의미가 있다고 하기도 어려웠다. 그것은 비정상적인 만남이었다. 그리고 그와 같은 만남을 다시 갖는다는 것은 생각하기도 어려웠다. 그렇지만 그가 몇 년 만에 수소문 끝에 전화를 해서 만났으면 했을 때, 나는 그가 나를 꼭 만나야 하리라고 믿고 있다는 사실을 강렬하게 느낄 수 있었다. 무슨 일이냐고 캐물을 필요는 없었다. 만남을 회피하려고 했거나 아니면 생각을 가다듬을 시간이라도 얻고자 했으리라. 하지만 겨우 하루를 미루었을 뿐이다. 나는 버스 종점에서 내려 언덕으로 오르는 길을 자세히 설명해주었다. 그는 수화기 속에서 알 듯 모를 듯 웃고 있었다.

네. 그럼 내일 만나요.

전화를 끊고 나자 이미 한시가 지났는지 옆자리 사람들은 퇴근을 서두르고 있었다. 어디로 간다? 이렇게 할 짓거리도 없으면서 만나자는 사람에게 바쁘다는 핑계를 댔으니 한심스럽기도 했다.

나는 여느 때처럼 소파에 앉아 건성으로 신문을 들척거리며, 매주 지겨운 토요일 오후가 계속된 것은 언제부터였을까 하고 막연하게 생각을 더듬었다. 그러자 한 여자의 얼굴이 어렴풋이 떠올랐다. 그녀와 헤어지고 나서부터였을 것이다. 그렇다면 삼년, 아니, 삼 년 반쯤? 나는 그녀의 얼굴을 뇌리에 그려보면서 연신 신문만 들척거렸다. 아프간 사태. 정부군(政府軍)과 저항군(抵抗軍). 소련군, 살롱 터널에 갇혀 고전(苦戰). 큼직큼직한 활자들 아래, 살롱 터널이란 소련군이 아프가니스탄에 침공하기 위해 무슨 산맥의 허리를 자르고 뚫은 험로(險路)라는 둥, 그 터널에 오히려 그들이 갇혔으니 '아이러니'라는 둥, 아프간 사람들은 굴복을 모르는 저항 민족이라는 둥, 소련이 월남전에서의 미국 같은 신세가 되었다는 둥 하는 기사가 촘촘히 박혀 있었다. 조금도 관심이 없는 기사였다. 그 비슷비슷한 기사가 꽤 오래 전부터 신문 지면을 장식해왔었다. 나는 신문을 덮었다. 더 이상 사무실에 앉아 있을 구실도 없었다. 수위가 한바퀴 돌러 올 것이었다.

내가 그와 만났던 몇 년 전에도 나는 할일이라곤 도무지 없었다. 아버지가 빚만 남기고 갑자기 세상을 떠나자 나는 그것을 시작으로 갈팡질팡했다. 갈팡질팡함으로써 점점 더 엉망진창으로 악화된다는 것을 나는 잘 알고 있었다. 그런데도 나는, 나는 왜 남들처럼 비극이나 불운 따위를 의젓하게 이겨내지 못하고 쉽게 좌절하는가 하는 생각에 사로잡혀서 이 골목 저 골목으로 쏘다니기만 했다.

아버지의 죽음의 결과 그 자체가 그토록 암울한 것은 아니었다. 오래 사귀었으며 아이까지 가졌던 여자와의 헤어짐이 겹쳐 있었다. 물론 그것도 그리 대단한 것은 아니었다. 하지만 나는 암울해지지 않으면 안 될 막중한 사명이라도 띠고 있는 듯이 암울한 몰골이었다. 개새끼. 나는 내가 개띠라는 사실을 의식하면서 그렇게 중얼거리기도 했다. 나는 정말 개처럼 쏘다녔다. 어디라고 할 만한 특정한 곳은 없었다. 그 무렵에 만난 게 그였다.

그날 내가 어떻게 그 집까지 갔었는지는 자세하지 않다. 그날따라 꽤 여러 술집을 전전했었다. 그러니까 내가 그 바로 전 술집으로 들어간 것부터 잘못되었던 것이다. 무슨 바람이 불었는지 방안까지 성큼성큼 들어가 점잖게 가부좌를 하고 앉은 나는 순간적으로 그놈의 덜떨어진 장난을 생각해냈던 것이다. 장난이라고도 할 수 없는 것이었다. 술병을 들고 들어온 여자가 자리도 채 잡기 전에 다짜고짜 여기서 만나는구먼 하고 밑도끝도없는 말을 던진 게 발단이었다.

아니나다를까. 여자가 흘낏 의혹의 눈길을 던졌다. 나는 시치미를 떼고 이제야 너를 만났구나 하는 미묘한 웃음을 머금었다. 내 웃음을 보고 여자는 얼마쯤 안도감을 느끼는 것 같았으나 그래도 의혹은 풀 길이 없다는 표정이었다. 이 자가 누구일까. 웃음을 머금고 있는 걸 보면 해코지를 하러 온 녀석은 아닌 듯해. 고개를 갸우뚱할 때 그렇게 생각하고 있음이 엿보였다. 그러나 그 이상은 도무지 생각을 진전시킬 수 없어 난감해하고 있는 것이었다.

오랫동안 만나고 싶었지.

나는 여전히 시치미를 떼고 한술 더 떴다. 여자가 다시 힐끔 눈길을 던졌다. 하지만 그 눈길은 내게 머물지 못하고 스쳐 지나갔다. 자기를 오랫동안 만나고 싶어서 찾아온 사내. 그 사내를 알아볼 재간이 없는 것이었다.

스무 살이 갓 넘었을 어린 여자였다. 그 여자는 내가 술집 앞을 지나가려는데 문을 열고 바깥을 내다보고 있었다. 어두워오는 해거름녘에 무슨 노래인가를 낮게 흥얼거리고 있었다. 그때 나는 언제 어디선가 만났던 적이 있는 여자였으면 하고 느꼈다. 그래서 걸음을 되돌려 무작정 방에까지 들어가 앉았던 것이다. 물론 처음에는 그토록 악착스럽게 의뭉을 떨 속셈은 아니었다. 그런데 나는 이미 장난을 벌이고 있었다.

나는 언제 어디서고 그 여자를 만난 적이 없었다. 내가 생각해도 터무니없는 수작이었다. 그 여자의 얼굴에는 심한 당혹감과 회한의 빛이 역력했다. 그 얼굴을 지그시 눌러보며, 나는, 네가 한때 거짓 사랑으로 돈과 순정을 울궈먹고 내뺐으나 원망하지 않고 진실로 사랑해서 이날이때까지 찾아 헤맸다, 하는 투의 몸짓을 하고 있었다. 그러나 나는 그 여자가 그렇게 심각해진 사실에 나대로 내심 놀라고 있었다. 그 여자가, 웃기지 말아요, 하고 한마디만 했더라면 낄낄거리며 그만두었을 것이었다. 가벼운 마음으로 건 수작이기는 했다. 그런데 여자의 흐린 낯빛이 그만 내게 장난을 그만둘 명분을 주지 않았다.

여자는 이리저리 기억을 더듬는 모양이었다. 이미 난처해진 것은 나였다. 술 한잔 걸치고 가면 되는 것을 괜한 장난을 벌였구나. 여자의 지나치게 심각한 반응 때문에 이젠 장난이라고 할 수도 없었다. 술집에서 빚을 지고 도망친 작부를 다시 붙잡아오는 일을 하는 사람들에 대한 이야기가 있었다. 여자는 나를 그런 사람으로 여길지도 몰랐다. 한심했다. 나는 내가 적어도 그런 사람만은 아니라는 인상을 주기 위해 더욱 애써 은근한 웃음을 지어보이지 않으면 안 되었다.

술이나 한잔 먹으면서 얘기하자구.

여자는 아직껏 병마개조차 따지 않고 있었다. 내 말을 듣고 나서야 술병을 들어올린 여자는 아무렇지도 않게 병 주둥이를 입으로 가져가 어금니로 마개를 따냈다.

어디…… 대전에서 만났던가요?

여자가 넌지시 물으며 내 눈치를 살폈다. 이 여자는 과거에 대전에 있었다. 그리고 나 같은 남자와 어떤 사건이 있었다. 무슨

18

사건일까. 그러나 나는 대전이라면 단 하룻동안 스쳐 지난 적이
있을 뿐이었다.

아니.

나는 우리가 그곳에서 만난 적이 없음을 분명히했다. 내 눈치
를 조심스럽게 살피던 여자의 눈길이 아래로 떨어졌다. 대전에
서 만난 나 같은 남자와 여자의 관계는 그리 대수롭지는 않았을
것이다. 기껏해야 풋사랑의 잠자리에 함께 든 정도일 것이다. 그
보다 더한 관계라면 기억하기에 그렇게 자신없어하지는 않는다.
하지만 어쨌든 여자가 대전에서 나 같은 남자를 만난 적이 있다
는 그 사실을 안 것만으로도 무슨 큰 비밀을 안 느낌이었다.

나는 야릇한 갈증으로 술잔을 거푸 들었다. 나로서는 여자의
지난 일을 캘 필요도 없었고 권리도 없었다. 여자는 결코 나를
만난 적이 없었으므로 사실 그대로 모르겠다고 고개를 젓기만
했어도 그만이었다. 나는 그럴 경우를 예상하고 있었고, 세상에
는 참 닮은 여자도 있다고 얼버무리려고 했었다. 그러나 여자는
언제 어디선가 나를 만난 적이 있다고 느끼고, 또 믿고 있는 것
이었다.

아니면…… 마산?

이제 여자는 집요하게 자신의 과거와 싸우고 있었다. 내가 여
자의 과거를 캐는 게 아니라 여자 스스로 자신의 과거를 캐고 있
는 것이었다. 여자는 마산에서도 나 같은 남자를 만났다. 여자가
대전에 먼저 있었는지 마산에 먼저 있었는지는 모르지만, 두 도

시는 한때 여자의 생활 터전이었다. 두 도시에서 모두 나 같은 남자를 만났다. 그러나 나는 마산 땅을 밟은 일조차 없었다. 내가 말없이 술잔만 들어올리자 여자의 눈빛이 예리해졌다. 마산에서 만난 그 사내가 바로 이 사내였던가 하고 탐색하는 눈빛이었다. 마산에서 만난 나 같은 남자와 이 여자의 관계가 궁금했다. 역시 하룻밤 함께 잠자리에 든 정도라고 해두자.

그러자 이번에는 왠지 그렇지 않을 것이라는 생각이 막연히 들었다. 어떤 애틋하면서도 소녀적인 순간이 있었을 듯싶었다. 그렇지 않고 닳아빠진 하룻밤의 상거래만으로 나 같은 남자와의 일을 집요하게 기억해내려고 애쓰지는 않을 것이었다. 거기에는 적어도 얼마쯤의 진실이 개재되어 있다. 그러나 아니다. 여자는 확실하게 기억하지 못하고 있다. 나를 만난 적이 없다고 단언하지 못하고 있다.

마산도 아닌데.

나는 고개를 저었다. 여자의 얼굴이 언뜻 다시 흐려졌다. 어느새 나도 엉터리 웃음을 띠고 있을 마음이 싹 가셔 있었다. 괜한 장난을 시작했다는 후회가 일었다. 장난치고는 못돼먹은, 비열한 장난이었다.

거짓말은 아니죠?

비로소 여자가 의문을 나타냈다. 나는 그 물음에 곧이곧대로 대답하고 싶었다. 그래, 순거짓말이었어. 그러나 그렇게 대답할 수가 없었다. 여자의 물음은 내 말이 거짓말은 아닐 것이라고 받

20

아들인 사실을 다시 다짐하고 있는 데 지나지 않는 것이기 때문이었다.

보구 싶었지. 정말 보고 싶었지.

나는 침중하게 말했다. 앞으로 무슨 말을 계속해야 할지 답답할 뿐이었다. 아버지는 세상을 떠나고 내가 사랑하던 여자도 어디론가 떠났어. 나는 아마도 그렇게 말했어야만 할 것이었다. 그런 말이라도 누구에겐가 해야 살 것만 같아서 쏘다니고 있었던 것이리라. 여자가 술 한 병 더 가져오라느냐고 묻고는 대답도 듣기 전에 쏜살같이 나갔다 들어왔다.

그럼…… 혹시 강릉?

여자는 강릉에서 나 같은 남자를 만났다. 스무 살을 갓 넘은 여자가 벌써 세 도시를 두루 돌면서 나 같은 남자를 만났다. 강릉. 여자와 내가 강릉에서 만났을 까닭이 없었다. 그러나 강릉, 그곳은 일찍 떠나오긴 했지만 내 고향 땅이었다. 그런데 그때 왜 문득 하나의 장면이 떠올랐는지 모른다. 강릉의 북쪽 한 바닷가. 전쟁이 한창이던 지난 오십년대초에 나는 그곳에 있었다.

일곱 살 때였다.

나는 하루종일 바다를 바라보며 귤(橘)을 기다리고 있었다. 귤은 바다 저쪽에서 파도를 타고 모래톱으로 밀려왔다. 물론 지독하게 운이 좋아야 하루에 몇 개였다. 귤은 당시 지금같이 가장 흔한 과일이 아니라 가장 귀한 과일이었다. 그래서 나뿐만이 아니라 다른 아이들도 시간만 나면 바닷가에 나가 귤을 기다렸다.

그 귤은 바다 가운데 정박하고 있는 외국군 함정으로부터 떠내려오는 것이었다.

나는 부엌에서 양미리를 구워 먹거나, 매달아놓은 문어의 빨판에 깡통을 붙이거나 하는 놀이에도 싫증이 나면, 언덕 뒤쪽 마을로 가서 아무 쓰레기통에서나 콘돔을 뒤져서 풍선을 불었다. 그곳에는 아예 늘 붙어살면서, 빠끔히 뚫린 판자 틈으로 방안을 들여다보는 일로 하루를 보내는 아이들도 많았다. 판자 틈으로 들여다보면 어떤 광경이 보이는지는 나도 이미 잘 알고 있었다. 그리고 언덕 위 방공호 속에서는 아이들이 판자 틈으로 본 그대로를 이리저리 실천하려고 애쓰고 있기도 했다. 나는 거의 하루종일 귤을 기다렸다. 나는 도무지 귤을 손에 쥘 수가 없었다. 한번은 잠시도 놓치지 않으려고 눈꺼풀이 덮이는 것조차 악착같이 밀어올리며 마침내 한 알을 먼저 발견했었다.

그러나 헛일이었다. 어느새 다른 녀석이 허벅지까지 첨벙거리며 들어가 가로챘었다. 나는 내 귤이라고 징징 울면서 대들었지만 소용없는 일이었다. 바다에서 떠오는 황금빛의 훌륭한 과일은 아예 내 차지가 아니었다.

귤이 주렁주렁 달린 커다란 나무가 내 나무라는 꿈을 꾼 것도 그 무렵이었다. 그 꿈에서 나는 좀더 큰 아이들이 하던 짓거리대로 대담하게 한 계집애에게 말을 건네고 있었다. 아는 계집애인 듯도 하고 모르는 계집인 듯도 했다. 계집애가 생긋 내게 웃음을 지었다. 그때 내가 말했다. 너 내 꺼 한번 빨을래? 큰 애들이 노

22

상 하던 말이었다. 그러자 계집애가 말했다. 귤 있어? 그렇다. 귤? 귤이라면 나는 주렁주렁 열매를 매단 나무째로 가지고 있었다. 귤? 나는 귤나무가 있는 곳을 가리켰다. 그 순간 그만 꿈에서 깨고 말았다. 캄캄한 방안이었다.

내 앞에 앉아 있는 술집 여자는 절대로 그때의 그 계집애일 수는 없었다. 꿈속에 나타난 계집애가 실제로 강릉에 살았던 계집애로서, 또한 실제로 서로의 모습을 본 적이 있다손 치더라도 그 계집애가 이 여자일 수는 없었다. 나는 이미 서른 살이 넘었고, 여자가 내 짐작대로 갓 스물을 넘긴 나이라면, 그때 여자는 태어나지도 않았던 것이다. 아니, 나이를 들먹일 필요도 없이 그때의 그 계집애였다고 한들 도대체가 무슨 심령술이 아니고서야 말이 안 되는 소리였다. 나는 역시 고개를 저으며 강릉 그곳도 아니라고 분명히 밝혔다.

그럼 어디죠?

여자는 세 도시를 내게 댔다. 그리고 지금은 서울 한구석에서 내 앞에 있다. 나는 비로소 여자의 행적을 다 캐고 만 것이다. 그 도시들에서 모두 여자가 나 같은 남자를 만났다는 이야기는 나를 혼동시켰다. 모든 남자를 나 같은 남자로 보는 것일까. 아니면 애초에 오랫동안 만나고 싶었다는 느닷없는 말 때문에 분명히 만난 적이 있는 남자임에 틀림없다는 최면에 빠진 것일까. 나는 잠자코 술잔을 기울였다. 여자는 꽤 오랜 시간 동안 내가 쳐놓은 엉뚱한 그물에 들어와 퍼덕거린 셈이었다.

난 아가씰 만난 적이 없소.

그때 나는 말했다. 어리석은 고백이었다. 굳이 술 탓으로 돌리려면 그럴 수도 있는 고백이었다. 그러나 그것은 정말 어리석은 고백이었다. 그 따위 고백을 하려면 대전이니 마산이니 강릉이니 하고 나오기 전에 했어야 했다.

뭐라구요?

여자의 얼굴이 험악해졌다. 아차 싶었으나 나는 어느덧 서글퍼지고 또 나약해져서 그 얼굴을 멍청히 쳐다보았다. 비록 내가 이 여자를 만난 적은 없다고 하더라도 오랫동안 만나고 싶었다느니 보고 싶었다느니 하는 말은 결코 거짓된 감정에서 우러나온 말은 아니었다.

이것을 제대로 설명하자면, 문간에 서 있던 여자를 보았을 때, 그 여자를 통해 언젠가 잃어버린 여자를 보고 싶다는 강렬한 유혹을 받았다고밖에 할 수 없다. 그러나 그것은 말로 설명할 성질의 것이 아니었다.

여자가 자리를 박차고 일어섰다.

이 쌔끼가 누굴 놀려. 쌔꺄, 할 지랄이 그렇게 없니? 재수가 없으려니까 나 별 좆 같은 꼴 다 보겠네. 헤, 기가 맥혀서. 꺼져. 빨랑 꺼지란 말야, 이 병신 쌔꺄.

여자가 바락바락 악을 썼다. 나는 어떻게 해볼 엄두도 못 내고 엉거주춤 일어날 수밖에 없었다. 아무리 생각해도 어처구니없는 일이었다. 나는 술값도 내는 둥 마는 둥, 여자의 악쓰는 소리를 뒤로하고 밖으로 나왔다. 시간은 꽤 되었었다. 막연한 그리움이 딱딱한 응어리를 지어 가슴속을 콱 짓눌렀다.

어디로 갈 것인가.

그날 여러 술집을 전전했다. 나는 거의 의식을 잃을 정도로 마셨다. 그런 다음에 생판 안 하던 짓으로 귤 한 봉지를 산 모양이었다. 모양이었다는 것은 아침에 깨어나자 어슴푸레한 어둠 속에서 웬 여자가 한 말이었다. 길에서 나를 만났다는 그 여자는 내가 취해서 비틀거리며 하나를 먹으라고 한사코 권하더라고 했다. 나는 낯모르는 여자와 낯선 방에 나란히 누워 있었다. 그러자 간밤의 일이 어렴풋이 그리고 토막토막 되살아났다. 여자는 파출부로 일하며 혼자 살아간다고 했었다. 방안에는 귤이 여기저기 뒹굴고 있었다. 나는 작부와의 어처구니없는 희롱, 귤을 기다리던 어린 날들이 섬광처럼 떠올라 씁쓰레하게 입맛을 다셨다.

왜 이렇게 되었는지 모를 일이었다. 여자의 말을 유추해보면 나는 귤 한 봉지를 들고 비틀거리며 밤거리를 헤맸다는 이야기였다. 믿을 수 없었다. 어린 날의 귤은 기억의 먼 바닥에 가라앉아 있는 것일 뿐이었다. 그리고 귤이 흔해졌다고 해서 내가 귤을 사는 법은 거의 없었다. 나는 귤을 즐기지 않았다. 그런데 그 귤 봉지를 들고 헤매다가 낯선 여자의 방에는 어떻게 오게 되었는지 알다가도 모를 일이었다.

내가 머리를 절레절레 흔들자 여자는 그런 내가 우습다는 얼굴이었다. 귤을 들고 한사코 따라오니까 결국 그녀의 방까지 따라오게 된 것이 아니냐고 여자는 대수롭지 않게 말했다.

간밤의 일을 돌이켜보고 있을 때, 나는 바깥에서 문을 흔드는 소리를 들었다. 옆에 누워 있던 여자가 부스스 일어나며 누구냐고 물음을 던졌으나 여자는 미리 알고 있는 듯했다. 여자는 혼자 산다고 했었다. 나는 허둥대며 일어나려고 했다.

괜찮아요. 천천히 일어나두. 현일 거야.

마흔몇 살이라던 기억이 되살아났다. 나는 비로소 여자의 얼굴을 뜯어 살폈다. 눈가에 잡힌 잔주름이 나이를 말해주고 있었다. 그러나 여자는 귀엽게 생긴 얼굴에 아직도 앳된 티를 못 벗고 있었다.

현이지?

문을 따는 소리가 들리고 이어 남자의 발자국 소리가 났다.

밥이나 먹고 다니니?

그래도 남자는 아무 대꾸도 없었다. 이른 새벽에 누가 나타날 줄은 미처 예기치 못한 일이었다. 나는 낭패감에 사로잡혀서 한쪽 벽에 등을 기댄 채 무르춤하게 앉아 있었다.

그와 나는 만났다. 여자의 아들인 그는 그때 스무 살 먹은 청년이었다. 그는 방안에 들어와서도 나라는 사람이 거기 있다는 사실에 조금도 개의치 않았다. 관심조차도 없는 듯했다. 그가 간밤의 일을 상상하지 못할 까닭이 없었다. 더군다나 상대방은 그의 어머니보다 열 살이나 아래인 젊은이였다. 그런데도 그는 지

26

나치게 태연했다. 요즘은 어디 있느냐는 어머니의 물음에 친구 집이라고 간단하게 대답했다. 그리고 우리가 서로 인사를 나누고 나서야 그는 비로소 내게, 아, 그러세요, 하고 관심을 나타냈다. 무관심을 가장한 만큼 철저히 적의를 감추고 있는가 해서 나는 종잡을 수가 없었다. 어색한 공간을 처리하려고 내가 담배를 피워 물었을 때, 그는 내게 재떨이를 밀어놓기도 했다.

엄마, 나 돈이 좀 필요해요.

그가 갑자기 초췌한 얼굴로 말했다. 그는 오로지 돈에만 관심을 기울이고 있었다. 간밤에 거의 돈 한푼도 없이 그 집으로 기어들었다는 기억이 떠올랐다. 그는 어쩌면 어머니가 내게서 약간의 돈을 벌었으리라 짐작했을지도 몰랐다. 견디기 힘들었다. 나는 그 집에 들어오자마자 그리움이나 외로움 따위의 케케묵고 신물나는 낱말들을 혀꼬부라진 소리로 주워섬겼었다.

요전에 가져간 건 벌써 다 썼니?

그러면서도 여자는 눈가에 잔주름으로 정겨운 눈웃음을 보내고 있었다.

바지 하나 사구 쓰다보니 그래.

에구, 우리 새끼.

모자 사이의 대화에 나는 끼여 있어서는 안 되는 사람이었다. 내가 그 어머니와 하룻밤을 잤다고 하더라도 나는 이들과는 아무 상관이 없는 사람이었다. 아니, 그렇기 때문에 더더욱 그 자리를 피해야만 했다.

그러나 무엇인가가 나를 붙잡아 그 자리를 피하고 싶지 않았다. 내가 있거나 말거나, 그 어머니가 간밤에 나와 관계를 가졌거나 말거나, 그리고 그 아들이 어디로 어떻게 싸돌아다니거나 말거나, 도대체 모든 것이 지극히 자연스러웠다. 다만 돈만이 문제였다. 내가 만약 돈으로 여자를 샀더라면 나는 그가 들어오는 순간 뺑소니를 쳤으리라는 것은 의심할 여지가 없었다.

차츰 평온을 되찾은 나는 마침내는 여자가 차려온 아침밥까지 한 상에서 먹게끔 되었다.

그 집에서 나올 때 그와 나는 함께였다. 걷는 동안 그는 비로소 여러 가지 이야기를 했다. 군에 입대할 날짜를 받아놓고 있다는 것, 친구와 어울려 드럼이나 색소폰 같은 악기를 만지고 있다는 것 등, 마치 오래 사귄 사람에게 하듯이 스스럼없이 말했다. 나는 그가 내게 적의를 보이기는커녕 한 발짝 더 나아가 자신의 신변 이야기를 털어놓는 것에 야릇한 감정을 느꼈다. 그것은 연민이었다. 그리고 그 어머니와의 관계에도 불구하고 그에게 친숙함을 느꼈다.

그와 나는 어떤 관계이길래 나란히 어깨를 겯고 거리를 걸어가고 있는 것인지 불가사의했다. 그는 바지주머니에 두 손을 찌르고 앞만 바라보고 걸었다. 한쪽 주머니 속의 손가락은 어머니에게 받은 몇천 원의 지폐를 만지작거리고 있을 것이다. 연습할 곳이 마땅치 않아서 차고나 빈집을 여기저기 옮겨다니는 밤업소 지망생들을 나는 알고 있었다. 쿵작쿵작, 쉿쉿 소리를 내다가 아무대나 쓰러져 자는 그의 모습을 쉽게 연상할 수 있었다.

나는 그가 드럼 쪽인가 색소폰 쪽인가를 물었다. 색소폰이었다. 그리고 군에 입대를 하면 군악대에 들어가고 싶으나 가망이 없다는 것이었다. 나는 그 말을, 군악대 입대가 까다롭다기보다 그의 색소폰 실력이 모자란다는 뜻으로 받아들였다.

갈림길에 거의 이르러서였다. 그가 갑자기 정색을 하고 말했다.

아저씨는 이해해주실 것 같아서 말씀드리는데요.

그가 잠시 머뭇거렸다. 내가 그에게 어떤 친숙함을 느꼈다고는 해도 그 친숙함에 지나치게 의지하여 마음을 놓고 있지는 않았다. 그가 마침내는 무엇인가 요구해오리라는 부담감도 떨쳐버릴 수 없었다.

뭘 말이지?

나는 긴장을 감추며 물었다.

그냥 말씀드리고 싶은데요. 지금 불고 있는 색소폰은 훔친 거예요.

그는 그냥이라고 말했다. 그는 또박또박 말했으나 목소리는 서투른 주자(奏者)가 색소폰을 불 때 새어나오는 바람 소리 같다고 나는 생각했다. 색소폰은 훔친 거예요. 나는 그가 하고 있는 말의 참뜻을 알아들을 수 없었다. 색소폰을 훔쳤다는 것은 무슨 뜻이며 그가 왜 그런 말을 하고 있는지 알 수 없었다.

색소폰을?

본랜 클라리넷을 불었었지만 오래 전부터 그걸 불고 싶었어요. 고등학교를 졸업하니까 악기도 없고 해서 견디다 못해 훔쳤어요. 전 음악을 하고 싶어요.

그의 말대로라면 그는 고등학교에 다닐 때 밴드부 같은 데서 특별 활동을 했음을 알 수 있었다. 거기서 그는 클라리넷을 불었다. 그리고 군악대에 들어갈 가망이 없는 줄 알면서도 색소폰을 불지 않으면 안 되는 운명임을 자처하고 있는 것이다.

그런데?

나는 여전히 그가 하고 있는 말의 저의를 모르겠어서 어정쩡한 물음을 던질 수밖에 없었다. 그의 말투로 미루어 보아, 나는 필요하다면 도둑질까지도 불사하는 놈이니까 알아서 하라는 위하(威嚇)는 결코 아니었다.

그냥 그런 말씀을 드리고 싶었던 거예요. 나쁜 일인 줄 알지만 어쩔 수가 없었어요.

그가 걸음을 멈추었다. 헤어져야 할 곳이었다. 그는 내게 자주 만날 수 있었으면 좋겠다고 말했다. 나는 무엇에 홀리기라도 한 것처럼 멍하니 서 있다가 고개를 한 번 끄덕였다. 그리고 회사 전화번호를 일러주었다.

그냥, 만나서 얘길 나누고 싶어요.

그는 그렇게 말하고는 총총 사라져갔다. 나에게는 그 말이 주술과 같았는지 그뒤 나는 꽤 여러 번 그를 만났다. 그냥, 만나서 얘기를 나누고 싶다고 한 그의 말은 액면 그대로였다. 그는 내게 아무것도 구체적으로 바라는 것이라곤 없었다. 그런데도 그는 끈질기게 나를 만나고 싶어했다. 그 아침에 그를 만났던 이래 나는 그 어머니와는 한번도 만나지 않았다. 나는 그의 어머니가 모르는, 그의 동료가 된 셈이었다. 그가 내게 구체적으로 바라는 것이 없는 데다가 나이 차이도 십년 남짓이나 되어서 우리들의 만남의 세계는 퍽 단조로울 수밖에 없었다. 그는 항상 그냥 만나고 싶다고 말했다. 그냥. 만나고 싶다는 것뿐만이 아니라 그가 하는 모든 말에는 그냥이라는 앞말이 붙었다.

그냥그냥그냥. 그는 웬 계집애와 우연히 만나 그냥 잤다고도 했다. 처음 얼마 동안 그가 그냥 만나고 싶다고 말했을 때는 그 말은 내게도 그냥 그 말이 가진 그대로의 뜻에 지나지 않았다. 그러나 차츰 그 말은 모종의 의미를 가지고 다가왔다. 내가 그의 그냥 만나는 상대가 되어야만 한다는 것 자체가 필요없는 짓이었다. 아무 구체적인 요구 조건 없이 그냥 만난다는 것이 우리 사이에서 가능하단 말인가. 설혹 가능하다고 하더라도 그 의미는 별것이 아니었다. 게다가 내게 아무 부담도 주지 않으려고 애쓰는 그의 태도는 오히려 더 큰 부담을 주었다. 그 굳어진 태도가 눈에 보이기 때문이기도 했다. 내가 여전히 생활에 갈피를 잡지 못하고 있으면서도, 아니, 문득 한 번쯤 그의 어머니를 만나고 싶으면서도 그 쪽으로는 발길조차 하지 않은 것은 그에게서 오는 그 부담 탓이었다. 그러니까 발길조차 하지 않은 게 아니라 못 했다고 해야 옳을 것이겠다.

나는 하룻밤 외로움의 광란에 못 이겨 헤매다 여자를 만난 것뿐이었다. 그런데 그 아들과 두고 두고 만나야 한다는 것은 괴로운 형벌이었다. 어느 편이냐 하면 나는 그 하룻밤 자체를 잊어버리고 싶었다. 그러나 그는 불쑥불쑥 그냥 만나고 싶어요 하면서 전화를 걸어왔다. 나는 피하지 못하고 그를 만났다. 그것은 나를 꼼짝못하게 하는 올가미였다. 하지만 나로서도 약간의 계산은 있었다. 그의 입대일이 가까이 다가왔으므로 나는 그날만을 믿고 있었던 것이다. 그가 입대하고 나면 모든 것을 잊어버리리라. 괴롭고 곤혹스러운 올가미에서 벗어나리라.

그가 나를 만나서 이것저것 살아가는 이야기를 털어놓음으로써 위안을 받고 있다는 사실마저 견딜 수 없는 것으로 받아들여졌다. 그가 감쪽같이 숨기고 있는지는 몰라도 그가 나를 만나는 근거는 나와 그 어머니와의 관계에 있음을 어찌 부인하랴.

그가 숨기고 있는 게 아니라 미처 깨닫지 못하고 있는 일일지라도 그것은 변할 수 없는 사실이었다. 나로서는 여간 불편한 일이 아니었다. 한 여자와 잔 것이지 그의 어머니와 잔 것이 아니었다. 그럼에도 불구하고 그의 출현은 그것을 나와 그 어머니의 관계로 또렷이 새겨놓고 있었다.

그가 입대를 하지 않았다면 어떤 결과에 이르렀을지 상상하기조차 어렵다. 그러나 그는 예정대로 떠나갔고 나는 올가미에서 벗어나게 되었다. 그가 떠나기 전날, 나는 술자리까지 마련해서 그의 장도를 빌어주었다. 그는 휴가 때면 꼭 들르겠다고 맹세했다.

그 말에 나는, 어김없이 들러야 한다고 맞장구를 쳤다. 나는
교활하게 웃으면서 속으로는 영원한 결별을 자축했다. 그렇게
그는 떠나갔다. 드디어 올가미를 벗어난 것이었다. 그와 함께 그
의 어머니도 뇌리에서 떠나갔다. 나는 한번도 여자를 찾아가지
않았다.

그가 제대를 하고 왔다니 그로부터 삼 년 가까이 흘러 있었다.
그가 입대를 하고 난 얼마 뒤 나도 별 볼일 없는 그놈의 회사를
떠나버렸다. 그로써 그가 휴가를 나오더라도 나를 찾는 일에 온
통 매달리지 않는다면 나를 찾기란 거의 불가능하게 되었다.

그런 삼 년 동안이었다. 하지만 나는 언제나 생활이 말이 아니
었다. 사회에 잘 적응하지 못하는 것은 천성이라고까지 믿겨졌
다. 아무것도 나를 옭아매는 것은 없었다. 나는 남들이 자기 발
전이니 승진이니 하며 바쁘게 뛰는 모습을 다른 세상의 일처럼
바라보며 하루하루를 지냈다. 아버지의 죽음이 다시 닥친다거나
애까지 가졌던 여자가 떠나버린다거나 하는 일이라도 있게 된다
면 예전처럼 그것을 빙자하여 희떠운 짓이라도 했을 것이었다.

그러나 이제는 모든 것이 부질없는 짓이었다. 삼십대의 나이
에 내 삶은 벌써 나락으로 떨어지고 있다는 느낌뿐이었다. 나는
오래 전부터 그를 잊어버리고 있었다. 그런데 전화가 걸려온 것
이었다. 그는 나를 수소문하는 데 상당히 애를 먹었음에 틀림없
었다. 그럼에도 불구하고 드디어 나를 찾아내서 전화를 했다.

우리 사이에 그렇게 긴요하고 애틋한 사연은 없었다. 스쳐 지나가는 사람들 가운데 하나에 지나지 않았다. 더군다나 나는 그와 다시 만날까봐 은근히 진절머리를 내지 않았던가.

그는 약속 장소에 먼저 나와 기다리고 있었다. 삼 년 만이라도 예전 모습과 별로 변한 구석은 없었다. 내가 다가가자 그가 자리에서 일어나 꾸벅 인사를 했다.

살아 있으니 이렇게 만나게 되는군.

나는 짐짓 웃음을 던졌다. 그러면서도 도무지 우리가 왜 만나야 하는지 불쾌감을 억누르기 힘들었다. 그는 또다시 그냥이라고 말할 것이었다. 그러나 이제 다시는 그냥이라는 등속의 어린애 수작을 받아들일 수 없다고 나는 단호하게 마음먹고 있었다.

너에게 진 빚은 없어, 하는 말이 목구멍 밖으로 솟는 걸 나는 간신히 참았다. 악수를 나누고 자리에 앉은 나는 그 동안 어떻게 지냈느냐는 말을 건성으로 했다. 그가 입술을 깨물면서 조금 웃었다.

실은 전화하지 않으려고 했는데 그건 잘못된 생각 같아서 전화 했어요.

나는 그와 삼 년 만에 만났는데도 벌써부터 진력이 난 표정을 짓지 않을 수 없었다. 그와의 만남은 애초부터 잘못된 일이었다. 그날 저녁에 들어갔던 술집의 어린 여자를 상기했다. 거기서부터 일이 꼬이느라고 수작을 벌인 것이었다. 그러자 그가 말했다.

어머니가 돌아가셨거든요.

그 말은, 그가 무슨 말을 해도 끄떡하지 않으리라는 내 속셈을 미리 알아차리고 마치 나를 비웃는 듯했다.

어머니가 돌아가시다니?

그렇다고 해서 그가 굳이 나를 찾아와야 할 까닭은 없었다. 그러나 따지기도 전에 그의 어머니의 죽음은 뜻밖의 일로 와 닿았다. 아직도 젊다면 젊은 나이였다. 나는 언뜻 불길한 여러 가지 사인(死因)이 떠올랐다.

하지만, 그의 말에 따르면 사인은 연탄 가스 중독에 지나지 않았다. 날씨가 추워지자 갑자기 불을 넣은 게 잘못됐다는 것이었다. 그의 어머니의 죽음을 애도해야 한다고는 생각되었으나 뚜렷한 애도의 마음은 생기지 않았다. 나는 그에게 술이나 한잔 사고 보낼 심사로 일어서자고 제안했다. 그가 온 것이 단순히 그의 어머니의 죽음을 알리기 위해서였다고 하더라도 그것은 내게 아무런 의미도 없는 일이었다. 그의 어머니와의 만남 자체에 의미를 부여하고 싶지도 않았다. 그런데 그가 선뜻 일어나지를 않았다.

아저씰 찾아온 건 말이에요. 어머니가 돌아가셨단 얘길 하려던 건 아니었어요. 귤 때문이에요. 언젠가 어머니가 귤 얘기를 했거든요. 아저씨가 젤 좋아하는 게 귤이라고요. 올해 들어 처음 귤이 나온 걸 봤거든요. 그래서 그냥……

나는 일어서려다 말고 그 자리에 다시 주저앉았다. 그날의 일이 예민하게 되살아났다. 그리고 그 먼 옛날의 일도. 그는 예전처럼 그냥이라고 얼버무리고 있지만 그의 행동은 결코 그냥이라고 할 수 없었다.

귤을 보고 내 생각이 나서 찾아왔다면 그는 이 세상에서 가장 잘 나를 이해하는 사람이 될 것이다. 귤은 나의 비밀 가운데서도 가장 은밀한 부분이었다. 내가 바닷가에서 귤을 기다린 이야기를 그의 어머니에게 자세히 들려주었는지는 기억에 남아 있지 않았다. 그러나 그의 어머니는 그 비밀을 알았었다는 생각이 들었다. 그러자 바다 가운데 커다랗게 팔 벌리고 서 있는 한 그루의 귤 나무를 나무째 당신께 드리리다, 나는 말했던 것 같다고 생각되었다. 그리고 우리는 그 하룻밤 열락에 빠져들지 않았던가.

그 옛날 바닷가에서 기다리던 귤은 그렇게 세월이 지나서 내 손에 쥐어진 것이었다. 그렇게 해준 사람이 그의 어머니였다. 나는 눈을 감고 먼 바닷가를 회상했다. 귤 하나가 보일 듯 말 듯 떠오르고 있었다.

그로부터 세월 훨씬 더 지난 지금도 나는 하나의 귤을 바라보며 생각에 잠긴다. 전쟁이 있었고 계집애가 있었고 귤이 있었다. 방황이 있었고 여자가 있었고 귤이 있었다. '그냥 귤'이 아닌 귤이 있었다.

알함브라 궁전의 추억

그 시절 나는 국화꽃 썩는 퀴퀴한 냄새에 잠에서 깨어나곤 했다. 그리고 어서 빨리 이놈의 데서 발을 빼야 할 텐데 하는 생각에서부터 하루 일과를 시작했다. 일과라야 뭐 별것도 없었다. 이미 나에게서 볼장은 다 봤다고 여기고 의례적으로 대하고 있는 동업자 임(林)씨 옆에서 어슬렁거리는 일뿐이었다. 사실 나도 괴로웠지만 임씨도 괴로웠을 것이다. 나는 임씨와 갈라서야만 되었다. 그러나 내가 들여놓은 돈이 빠지지 않는 한 어떻게 옴치고 뛸 재주가 없었다. 희망은 떠나간 것이라고 판단된 것도 오래 전이었다.

내게는 국화가 괴상한 식물로 보였다. 나는 그 괴상한 식물의 덫에 걸리고 만 것이었다. 어렸을 때 본 영화에서는 커다란 불가사리 같은 열대 식물이 땅바닥에 널브러져 있다가 위로 원숭이 따위의 짐승이 지나가기를 기다려 꼼짝없이 가두어버리기도 했었다. 철창에 가두어진 것 같은 신세가 된 원숭이는 열대 식물이 뿜어낸 소화액으로 마치 개소주나 염소 중탕처럼 통째 흐멀흐멀

녹아서 마침내 그 열대 식물의 양분으로 빨아들여지고 만다고
했다. 나중에 식물에 흥미를 가지고 여러 가지 식물의 종류나 생
태 따위를 살폈을 때, 그와 같은 크고 무서운 식물을 발견하지는
못했지만, 아닌게아니라 파리나 갑충 따위의 벌레를 잡아먹는
식물은 얼마든지 있었다. 표주박처럼 생긴 통에 달콤한 독액(毒
液)을 채워 그것을 먹으러 들어오는 벌레를 잡는 식물, 가시가
달린 넓적한 두 잎사귀를 악어의 아래위 턱인 듯이 쩍 벌리고 있
다가 벌레가 들어와 가시를 건드리면 아래위 잎사귀를 재빨리
닫아 벌레를 잡는 식물, 잎겨드랑이에 점액을 내서 벌레를 붙여
잡는 식물 등등. 그것들은 식물이라는 이름으로 한곳에 뿌리박
고 있달 뿐 동물이나 진배없었다. 그래서 학자들이 동물과 식물
의 차이를, 엽록소를 가지고 있느냐, 그래서 탄소 동화 작용을
하느냐 하고 면밀히 따짐으로써 구분한다고 하는지도 몰랐다.
실상 바다에 사는 동물들 가운데는 평생을 식물처럼 한곳에 붙
박여 사는 것들도 꽤 많은 것이다. 굴, 홍합은 물론이고 흔히 멍
게로 불리는 우렁쉥이 그리고 말미잘. 무엇보다도 식물처럼 가
지까지를 벋는 동물인 산호(珊瑚)도 있었다.

어쨌든, 무슨 괴상한 식물이 나를 잡아먹겠다고 하지는 않았
으나, 나는 발을 잘못 들여놓은 것이 틀림없었다. 애초에 내가
식물에 대해 남다른 관심이 있고, 따라서 어느만큼 조예도 있다
고 여겼던 게 잘못이었다. 그런 정도야 장난에 지나지 않았다.
그런 따위 조그만 꼬투리를 믿고 그것을 세상살이의 수단으로

삼으려 했던 게 잘못이었다. 그때가 아무리 옛날 고리짝 적이라고 해도 세상살이의 각박함은, 눈뜨고 있어도 코 베어가기로, 마찬가지였다. 그런데 고등학교 때 특별 활동으로 원예반에 몇 번 기웃거린 정도를 가지고 전문가들 판에 끼여들었으니 될 법한 일이 아니었다.

하기야 꽃을 가꾸며 사는 생활은 내가 가장 동경해온 생활이었다. 어릴 적부터 너른 땅을 지니지 못한 우리집 형편 때문일 것이다. 널따란 땅에 이른바 기화요초(琪花瑤草)들을 심고 하루하루 그 자라는 모양을 살피고 살아가는 생활이야말로 신선의 생활이 아니고 무엇이랴. 식물의 생태는 내게는 늘 경이로웠다. 겨우내 죽은 듯 잠자던 나무들이 봄이 되면 꽃망울을 터뜨리는 생태는 물론 잎 피고 싹 나는 어느 것 하나 신기하지 않은 것이 없었다. 옛날 신라의 임금들도 안압지(雁鴨池) 같은 곳에 기화요초를 심고 아울러 신금괴수(新禽怪獸)도 길렀다고 했다.

그러나 나로서는 아름답고 이상한 꽃과 풀은 몰라도 짐승들까지 기를 재주는 없음을 나 스스로 잘 알고 있었다. 중학교 교장을 지내다가 정년 퇴직한 어떤 분의 회고담을 들은 적이 있었다. 새를 좋아한 그분은 학교 한 귀퉁이에 온갖 들새, 멧새 들을 길러서 학생들로 하여금 자연을 사랑하는 교육을 꾀하기도 했다고 했다. 그때 가장 키우기 힘든 새가 올빼미로서, 쥐니 개구리니 하는 먹이를 대는 데 여간 애를 먹지 않았다는 것이었다. 나는 때까치 새끼를 우연히 구해 기른 적도 있었고, 새는 아니지만 오리 새끼를 기른 적도 있었다. 얼마 전 염천교 다리 건너 버스 정류장 근처에서 종이 상자에 오글오글 넣고 파는 오리 새끼를 초등학교 아이들이 사들고 가는 것을 보았었다. 날씨가 꽤 추워지는 겨울의 입구에 들어섰는데, 더군다나 서울 땅 어디서 저 오리를 기른단 말인가, 나는 안쓰럽게 생각했었다. 하기는 나도 그 오리 새끼를 기르다 못해 나중에는 어른들의 의견대로 잡아먹었었다. 왜 내가 그 잡는 일을 맡았는지 알 수는 없다. 칼로 멱을 따는 방법을 아직 몰랐던 나는 몇 번씩 모가지를 비틀었다. 집에서 기르던 가금(家禽)을 잡는 일은 그리 간단한 일이 아니었다. 잡아야 한다는 절대 명제 앞에서 그래도 어떻게 하면 조금은 인자하게 잡을까 하다가 몇 번씩 놓치고 뒤쫓고 하기를 되풀이해야 했다. 나중에는 나는 징징 울면서 그놈을 잡았다.

때까치는 잡식성인 오리와 달리 육식성이어서 지렁이다, 개구리다, 메뚜기다, 방아깨비다 하고 먹이를 대다가 지쳐서 결국은 날려보내고 말았었다. 웬 새가 그렇게 쉴새없이 먹어대는지 알 수가 없었다. 그리고 나서 오늘날까지 나는 이상한 새 한 마리쯤 내 넋나라에 그림자를 떨어뜨린 무슨 동물로 기르고 싶다는 생각을 완전히 버리지는 않았으나 손을 댈 엄두가 나지 않았다. 때까치 한 마리 기를 재주가 없는 나였다.

내 관심이 식물로 쏠린 데는 그런 배경이 있었다. 사실 사물에 대해 유난히 싫증을 잘 내는 나로서는 내가 식물에 대해서만은 어떻게 그렇게 오랫동안 싫증을 안 느껴왔는지 그저 신기할 뿐이다. 결국 그것이 나를 또 한 번 실패의 구렁텅이 속으로 빠뜨리고 말았지만 말이다.

그 시절 나는 무료할 때면 국화꽃 더미 속에 벌렁 드러누워 무슨 생각엔가 잠기거나 아니면 잠을 자기도 했었다. 한창 꽃을 시장에 낼 무렵에는 꽃판이 작거나 잎사귀가 병으로 오그라든, 값없는 등외품이 무더기로 쌓였다. 결국 쓰레기밖에는 안 되는 폐화(廢花)였다. 그 위에 드러누워 무슨 생각을 했던가. 나는 좀 견디기 힘든 것을 빌미로 공연히 "더럽다"고 뇌까리며 직장을 팽개친 뒤, 우연히 임씨를 만났었다. 나는 이제야말로 제 길로 들어서는구나 하며 임씨를 마치 내 인생 행로에 중대한 계기를 마련해주기 위해 하늘이 보낸 사람쯤으로 받아들였었다. 어떤 위인이든 그가 위업을 달성하기 위해서는 우선 사람을 만나게 되는 것이었다. 임씨는 원예학과를 나온 전문가였다. 그는 동업으로 새로 농장을 일구자는 제안을 하면서도 고맙게 '약간의' 자금만을 댈 수 있으면 족하다고 했다. 나는 마침 퇴직금으로 그 '약간의' 자금을 조달할 능력이 있었다. 일이 잘못되려면 이렇게 모든 것이 척척 맞아들어가게 되어 있는 것이었다. 나는 임씨가 나를 동업자로 끼워주지 않으면 어쩌나 조바심까지 났다. 그래서 엉뚱하게 "그곳 생활이 좀 적적하지 않을까요?" 하면서 너스레를 떨기도 했다. 그때 임씨는 야릇한 미소를 띠고 시흥에는 동기(童妓)가 있는 술집도 있다고 은밀하게 속삭여주었다. "동기라뇨?" 내가 군침이 돈다는 듯 묻자, 임씨는 "이 사람 동기두 몰라? 어린 기생 말야. 열댓 살짜리 숫처녀두 있다구. 좀 비싸지" 했다. 그 말을 들으면서 나는 당연히 좀 비싸더라도 그게 낫지 하는 표정을 지어보였었다. 하지만 동기든 종기든 그게 문제가 아니었다.

나는 꿈꾸었다. 임씨와 얼마 동안 일하면서 여러 가지 원예 작물을 맵시 있게 키우는 기술을 익힌다. 그리고 나중에는 나 혼자 독립한다. 내 원예 농장의 이름은 한남농원이었다. '남'은 나무의 옛말이었으니, 하나의 큰 나무를 키우는 농원인 셈이었다. 미래의 한남농원 주인은 시인으로서, 그는 그가 가꾼 숲속의 작은 통나무집에서 밤새워 삶의 심오한 뜻을 시로 옮길 것이었다. 그는 쥐페라는 음악가가 노래한 그 시인과 농부였다. 나무들이 무럭무럭 자라고 온갖 진귀한 꽃들이 향기를 머금고 피는 숲속을 산책하면서 그는 모든 아름다움의 본질에 대해 명상할 것이었다. 사랑과 평화를 노래할 것이었다. 또한 진실을 자기 것으로 하기 위해 고뇌할 것이었다…… 그 꿈은 신선하고 신성한 것이었다.

그러나 가을에 첫 꽃을 수확하고 나서부터 그 꿈은 차츰 멀어져가고 말았다. 나는 폐화더미에 드러누워 그 꿈이 돈만 울궈먹고 사라지는 어떤 직업 여성처럼 사라지는 것을 안쓰럽고도 서글프게 보고 있었다. 도대체가 덜떨어진 그 꿈이란 것을 지금에 와서 돌이켜 생각하면 모골이 송연할 뿐이지만, 그때로서는 그 꿈이 사라져가는 것은 진정 괴로운 일이었다. 우라질, 통나무집은 무슨 낯간지러운 통나무집이란 말이냐. 삶의 심오한 뜻은 뭐며 아름다움이니 사랑이니 평화니 진실이니 하는 것들은 다 뭐란 말이냐. 지금에 와서 나는, 숲속의 산책 대신에, 홀로 술병을 까는 여유를 더 소중히 여기고 있을 뿐이다.

한닭농원의 꿈이 사라져갈 무렵 꽃더미에 드러누워 생각에 지치면 으레껏 잠을 청했다. 나는 오래도록 숨소리도 잘 내지 않고 잠드는 버릇이 있었으므로 아마 내가 꽃더미에 파묻혀 잠들어 있는 모습을 누군가가 보았더라면 마치 조화(弔花) 속에 안치된 한 젊은이의 시신(屍身)을 보는 듯했을 것이다. 사실 허황한 한닭농원의 꿈은 물론 손에 있었던 전재산인 '약간의' 돈마저 사라지게 된 내 젊음에서는 어떻게 보면 시취(屍臭)가 날 만도 했다. 그러나 꽃더미에 파묻혀 잠들기를 기다리는 시간만큼은 남들이 모를 은밀한 행복이 있기는 있었다. 이 세상의 어느 누구도 온통 꽃으로 된 보료 위에 누워 잠들지는 않을 것이다.

그 가을에서 겨울을 넘기는 동안 정확하게 내 것이 된 것이라곤 아무것도 없었다. 수확해서 들어오는 돈도 처음 청사진에서와는 달리 보잘것이 없었으려니와 임씨는 그 기술마저도 제대로 배워주기를 꺼려하는 것 같았다. 내가 어느만큼 배워 훌쩍 떠나버리면 이번에는 '약간의' 돈이 아니라 '약간의' 노동력이나마 잃게 되는 걸 아쉽게 생각하고 있었다고까지 나는 선뜻 말할 수 있다. 나는 밥만 먹여주면 언제든지 동원할 수 있는 일꾼이었고 아울러 집 지키는 개였다. 첫 수확을 보았어도 돈 들어갈 곳은 많았다. 봄이 되었으나 여전히 난방을 위해 연탄을 들여야 했다. 그러는 동안 내가 배웠다는 것이라곤 나무로 비닐하우스의 틀을 짜고, 두루마리 비닐에 인두질을 해서 이어 보다 넓은 폭으로 만들고, 닭똥을 뿌리고 하는 일 정도였다. 나는 몇백 개의 나무 틀을 짜고, 몇백 미터의 비닐에 인두질을 하고, 몇백 삼태기의 닭똥을 날랐다. 그래도 그때까지만 해도 시인과 농부의 꿈은 부풀었었다.

"꽃은 백화(白化), 뭐니뭐니 해도 흰 꽃을 젤로 쳐."

임씨는 내가 식물에 대해 알고자 할 때면 무슨 시 구절처럼 그렇게 중얼거릴 뿐이었다. 시인과 농부는 따로 있었고, 나는 막일꾼에 지나지 않았다. 임씨는 삽수(挿穗)에서부터 거름 주기, 병충해 방제, 그리고 무엇보다 꽃을 언제 내느냐 하는, 출하 시기의 조절 같은 중요한 일은 자기 몫으로만 알고 있으려는 빛이 역력했다. 그러는 가운데 폐화더미들은 곧 녹슨 쇠처럼 적갈색을 띠며 시들어갔고, 또 어느결에 진물러 썩어갔다.

"저건 기타 소리가 아냐, 색쓰는 소리야. 죽갔구만."

임씨는 공연히 사타구니를 추스르는 시늉까지 했다. 먼데서 기타 소리가 가냘프게 들려왔다. 비닐하우스 한구석에 쌓아둔 폐화가 아직 쇳물로 물들기 전이었다. 임씨와의 관계를 어떻게 해결할 수 있을까 하는 생각에만 골몰해 그 꽃 속에 벌렁 드러누워 있는 내게 들으라는 듯이 임씨가 말했다. 임씨는 내게서 무슨 거북한 말이 나올까봐 단둘이 있게 되는 시간이면 언제나 엉뚱한 말로 얼렁뚱땅 내 입막음을 하곤 했다. 나는 까딱 않고 드러누워 임씨가 말하는 그 '색쓰는 소리'에 귀를 기울였다. 아니, 실상 나는 언제부터인가 그 소리를 하나도 놓치지 않고 듣고 있었다. 오히려 임씨의 말이 그 소리를 방해했던 것이다. 그 기타 소리는 바람결에 호소하듯 부드럽고 애잔하게 들려오고 있었다. 그 기타 소리가 임씨 말대로 '색쓰는' 것처럼 농염하게 들렸다면 그것은 아마도 바람의 강약 때문일 것이었다. 바람에 따라 그 소리는 끊어질 듯 이어질 듯 들려오고 있었다. 그러나 그 소리는 내게는 '색쓰는 소리'는커녕 슬픈 만가(輓歌)처럼 들렸다. 어두운 저녁 무렵 삶의 종말을 애도하며 들려오는 만가였다. 하기야 천태만상의 인간 중에는 슬픈 만가를 들으면서 성적 충동을 느끼는 도착된 인간도 있음을, 인간 정신을 연구 대상으로 삼는다는 괴이한 책에서 읽은 적은 있었다.

"걔는 언제나 노브라라믄서? 봤어? 집에서는 홀랑 벗구 춤을 춘다더군."

임씨가 눈을 빛내며 말했다. 임씨는 내게 그렇게 말하고 있었지만 누구보다 먼저 그 지역에 자리잡고 화훼 원예에 성공한 그 집을 부러워하다 못해 존경하고 있는 지경이었다. 내가 처음 갔을 때, 저 집은 홀어머니가 비닐하우스를 일구어 그 딸을 대학까지 보낸 집이라고, 임씨는 선망 어린 목소리로 내게 말했었다.

임씨와 나는 그곳에 자리잡고 우선 그 집에 가서 여러 가지를 의논해야 했다. 국화 모종이 달려 그 집의 것을 사다 심었고, 또 나중에 국화가 자람에 따라 꽃대궁을 일일이 받쳐줄 지주도 그 집에서 사다 꽂았다. 그 집은 먼저 시작한 사람으로서의 재미를 톡톡히 보고 있었다. 그래서 딸을 '대학까지' 보낼 수 있었던 것이었다. 그 딸의 대학에서의 전공은 무용이었으므로 그녀가 집에서 발가벗고 춤춘다는 상상이 전혀 어처구니없는 상상이라고는 할 수 없었다. 남자란 정장을 한 여자를 볼 때도 그 속의 알몸을 종종 그려보는 것이기 때문이다. 그녀가 발가벗고 춤을 추는지 외투를 입고 춤을 추는지는 몰라도, 그러나 그녀가 브래지어를 하지 않는다는 사실은 나도 알고 있었다. 학교 때였다. 도서관 뒤에 층계식의 둥그런 노천 극장이 있어서 거기서 여러 가지 행사도 열렸고 예배도 보았다. 하루는 예배가 끝나고 나왔을 때 한 녀석이 말했다. 집안에서 목사 공부를 단단히 시키려고 먼저 철학과에 들여보낸 녀석이었는데, 말하는 소질을 타고났는지 재담꾼이었다. 그의 재담에 의하면 기도를 하다가 다들 눈을 감고 있는가 어떤가 갑자기 보고 싶은 충동에 뒤를 한 번 돌아보았더니, 웬 낯선 게 눈에 띄더라는 것이었다. 그게 뭔데? 누군가가 물었다. 글쎄, 가만있어봐. 그는 저게 뭘까 하고 안경을 고쳐 쓰고 자세히 살폈다는 것이었다. 참 해괴한데. 녀석은 뜸을 들였다. 뭐가 해괴해? 그 무렵 우리들은 해괴하다는 말을 유행어로 쓰고 있었다. 조금만 어긋나면 해괴하다는 말이 따라붙었다. 늘 시간을 넘기곤 하던 선생이 조금 빨리 강의를 끝내도 해괴했고, 잔디밭에서 나가라고 해도 해괴했다. 세상이 해괴했다. 해괴하

46

다는 낱말은 정말 해괴한 낱말이었다. 우리들 사이에 그토록 평범하게 일상적인 관용어로 쓰이면서도 해괴하다면 뭔가 해괴한 구석이 있을 듯싶었다. 야, 그 해괴한 게 뭔데? 가만있어봐, 지금 말하잖아. 첨에 난 밤송인가 고슴도친가 했지. 그것이 밤송이인지 고슴도치인지 몰라, 안경을 다시 고쳐 썼다는 것이었다. 뭐? 밤송이? 고슴도치? 그래. 깜짝 놀랐지. 스커트 속에 그런 게 있으니. 녀석은 히 웃었다. 녀석의 말이 엉터리 우스갯소리인 줄 번연히 알면서도 나는 실제로 기도 시간에 뒤를 돌아다보지 않을 수 없었다. 눈이 워낙 나빠서인지 밤송이도, 고슴도치도 내 눈에는 보이지 않았다. 그러므로, 비록 브래지어와 팬티의 맡은 바 구실이 전혀 다를지라도, 그런 문제에 관한 한 임씨를 탓할 생각은 없었다.

"어, 뉴스 시간이 됐군."

임씨가 트랜지스터 라디오의 스위치를 켰다. 일기예보를 듣기 위해서라면서 임씨는 항상 라디오를 꿰차고 다녔다. 기타 소리 대신에 남자 아나운서의 목소리가 스피커를 지르르 울리면서 크게 들렸다. 안질에 조심하십시오. 라디오에서는 황사 현상이 일어나고 있다고 알리고 있었다. 대륙에서 불어온 모래바람이 서울의 하늘을 덮고 있다는 것이었다. 나는 하늘을 올려다보았다. 뿌연 비닐 천장에 가려 하늘은 더 뿌예 보였다. 황해의 바닷물이 누렇다는 것도 그 모래바람 때문이라고 들었었다. 해마다 이른 봄이면 그 모래바람은 한반도가 아시아 대륙의 한 부분임을 알려주려는 듯 어김없이 불어왔다. 뉴스는 계속되었다. 며칠 전부터 전국적으로 관심의 초점을 모으고 있는 유괴 사건이었다. 유괴당한 소녀는 자루 속에 넣어져 그 속에서 용변을 보며 닷새를 견딘 끝에 마악 집으로 돌아온 참이었다. 그리고 날씨. 내일도 여전히 황사 현상은 계속되겠습니다.

다 듣고 난 임씨는 스위치를 껐다. 라디오를 껐는데도 이제 기타 소리는 들려오지 않았다. 그 무렵을 앞뒤로 해서 기타를 못 치는 사람은 간첩이라는, 그야말로 해괴한 말이 있었을 정도로 젊은 축들은 너도나도 기타에 극성들을 부렸었다. 뭐 신기한 게 있다 하면 왁 하고 달겨드는, 말하자면 개발 도상국적인 특성을 잘 나타내 보여주는 현상이기도 할 것이다. 그 와중에서도 나는 불행하게 기타를 못 배웠었다. 음악에 자질이 없는 것은 둘째치고, 그 통기타인지 뭔지가 유행되었던 무렵에 내 경제 상태는 그것 하나 마음 놓고 마련할 만한 여력이 없었다. 돈 때문에 젊음조차 쪼들린다는 것은 생각보다 비참한 일이었다. 어쨌든 그녀는 이미 대학을 마쳤으나 더 어렸던 시절에 익힌 솜씨로 바람결에 기타 소리를 실려 보내고 있었다.

"아무래도 얼굴에 화냥기가 넘쳐. 홍안다수(紅顏多水)라……아랫도리 구경이나 한번 했으믄. 젠장."

기타 소리가 멎은 것을 의식한 임씨가 주워섬겼다. 여자는 얼굴이 붉으면 물이 많다는, 길가의 관상쟁이에게 들었다는 그놈의 홍안다수는 임씨가 여자에 대해서 늘 쓰는 상투어였다. 나는 아랫도리라는 말에 고개를 돌렸다. 그리고 그녀의 들리지 않는 기타 소리를 기억해내려고 애쓰고 있었다. 어쩌다 일요일에 일 때문에 그 집에 들렀을 때, 서울에서 기숙사 생활을 하다가 집에 들르러 온 그녀를 볼 수 있었다. 그녀는 마당의, 빛이 바랜 등받이 비닐 의자에 등을 기대고, 몸을 젖히고 앉아 해바라기를 하고 있곤 했다. 검은 눈썹에, 굳이 홍안이라고 할 수는 없는 흰 얼굴은 윤곽이 또렷했고, 다소 상대방을 깔보는 듯한 몸가짐이었으나, 그 몸가짐에는 왠지 외로운 그늘이 어려 보였다. 하기야 그 외로운 그늘이라는 것을 두고 임씨가 그렇게 말할 수도 있음을 나는 나중에 어렴풋이 알기는 했다. 그렇다고 하더라도 그것은 어디까지나 그렇게 말할 수도 있다는 것이지 그렇게 말해져야 한다는 것은 아니다. 내가 비닐 등받이 의자에 앉아 있는 그녀를 보면서 생각한 그것은 혹시 그녀의 엉덩이에 굵게 그려져 있을, 등받이 의자의 비닐끈들의 가로세로 무늬 같은 것이었다.

임씨가 어디론가 슬금슬금 사라지고 나서도 한동안 그 기타 소리를 더듬었다. 한참 뒤 나는 드디어 그녀의 기타 소리를 되살려낼 수 있었다. 커다란 궁륭의 천장을 울려나오듯 부드러운 화음은 감미롭고도 애상조였다. 맞아서. 그것은 스페인의 어느 이름난 작곡가의 곡인 「알함브라 궁전의 추억」······이었지.

알함브라 궁전은 스페인의 남부 안달루시아 지방에 있는 사라센 제국 시대의 궁전이었다. 한때 큰 세력을 떨쳤던 아랍 세력은 그곳에 호화로운 궁전을 짓고 영화를 누렸다······ 그러다가 아랍 세력이 밀려감과 함께 알함브라 궁전은 폐허가 되고 말았다…… 그뒤 알게 된 바로는 내가 어디선가 주워듣고 알고 있던 지식의 중요 부분은 사실과는 달랐다. 그러나 나는 그때까지는 그렇게만 알고 있었다. 안달루시아 지방의 그라나다에 세워진 알함브라 궁전은 이슬람 건축의 대표적인 건물로서 아랍 세력이 밀려간 뒤에도 잘 보존되어 아름다움을 자랑하고 있었다. 그럼에도 불구하고 나는 그녀의 기타 소리를 들으면서 줄곧 어떤 폐허를 생각하고 있었고, 그 폐허가 주는 연상 작용으로 그 곡이 「알함브라 궁전의 추억」임을 기억해낼 수 있었다고 여겨졌다. 도무지 맥락이 닿지 않는 소리였다. 알함브라 궁전은 분명히 오늘날에도 아름다움을 자랑하고 있었다. 또한 「알함브라 궁전의 추억」은 아름답고 감미로운 곡이었다. 내가 폐허를 생각하고 있었던 것은, 건물은 말짱하게 남아 있다 하더라도, 옛 제왕(帝王)의 영화는 덧없이 사라졌다는 뜻인지도 알 수 없었다. 그리고 알함브라 궁전의 추억에서는 닭똥 냄새가 났다.

그녀로부터 좀 만났으면 한다는 쪽지를 낯모르는 소년이 가지고 온 것은 그녀가 졸업을 하고 내려온 지 거의 한 달쯤 지나서였다. 그 동안 나는 한번도 그녀를 못 만났었다. 아니, 안 만났다는 게 더 정확한 표현이 된다. 만날 필요도 없었다. 내가 언젠가 그녀를 위기에서 구해준 적이 있었다. 그러나, 그것은 생명의 은인이니 어쩌니 하는 소리를 듣고 싶어서가 아니었다. 그것은 우연에 지나지 않았다. 임씨가 아무리 입이 걸다 하더라도 남의 집 시집도 안 간 규수를 두고 '아랫도리' 운운할 수야 없을 터인데, 그렇게 쉽게 말한 것은 그때의 일 때문이었다.

한낡농원의 꿈에 부풀었던 그 여름, 나는 등성이 너머 저수지로 낚시를 다니는 여유도 있었다. 미래의 한낡농원의 주인은 농원에 딸린 호수에 조각배를 띄우고 낚싯대를 물에 드리우기도 해야 했다. 한낮에 다복솔이 우거진 남쪽 등성이를 넘으면 손거울처럼 햇빛을 반사하고 있는 저수지를 눈 아래 볼 수 있었다. 저수지의 규모가 작아서, 그 손거울은 여인의 핸드백에서 방금 꺼낸 것 같았다. 내가 그곳으로 낚시를 다녔다고는 해도, 낚시터로 알려질 만한 곳도 아니므로 인적이 매우 드물었다. 그날 나는 꽤 오랜만에 저수지로 향했었다. 그리고 등성이를 넘자마자 평소와는 다른 현상을 발견했다. 저수지는 맑고 고요하기만 한 거울이 아니었다. 수문 근처에서 무엇인가가 물에 어른거리며 파문을 일으키고 있는 것이 얼핏 눈에 들어왔다.

사람이었다. 누군가가 빠진 것이었다. 나는 그런 광경을 보았다고 해서 부리나케 달려 내려가지는 않았었다. 평소보다 약간 빠른 걸음에 지나지 않았다. 내가 둑을 타고 가까이 갔을 때, 그 사람은 다행히 물에서 건져내져 있었다. 물가에 매여 있던 배를 저어와 구조한 것을 보면 관리인이라도 되는 듯싶었다. 어디선가 대여섯 명의 사람이 몰려와 있었다.

"죽었다. 숨을 안 쉰다."

누군가가 말했다. 건져내지기는 했으나 구조되지는 못한 모양이었다. 그 순간 나는 놀랐다. 그녀였다. 땅바닥에 강한 햇빛을 받으며 백치 같은 얼굴로 누워 있는 것은 바로 그녀였다. 그때 나는 무엇인가 다른 것을 보았다. 나는 지금도 선명히 기억할 수 있다. 얇고 흰 블라우스가 착 달라붙은 채 그대로 윤곽을 드러낸 유방! 지나치게 고혹적인, 탐스러운 유방이라고 나는 생각했다.

죽음 앞에서 왜 그 따위 생각을 했는지. 그렇다. 그 따위 생각을 해서는 안 되었다. 그녀는 정말 죽어가고 있었다. 그러고 보면 그때까지만 해도 나는 그녀의 생명에 국외자로 머물러 엉거주춤하고 있었을 뿐이었다. 그녀는 눈부신 대낮의 햇빛 아래 아무 고통도 표시하지 않고 누워 있었다. 그런데 다음 순간이었다. 나는 나도 모르게 선뜻 그녀에게로 나섰다. 내 행동에는 나도 놀랐다. 학교 때, 단 한 번 인공 호흡 교육을 받았던 경험 때문만은 아니었을 것이다. 아마도 아무 수도 못 쓰고 안타까워하고 있는 사람들에 대해 얼마쯤 분노했던 것도 같다. 체육 시간에 내가 받았던 교육은 지극히 피상적이었다. 선생은 슬라이드를 통해 간략하게 설명했고, 어느 누구도 그것을 실제로 사용하게 되리라고 여기지는 않았었다. 내가 앞으로 나서자 사람들은 호기심 어린 눈으로 내 행동을 주시했다. 나는 제법 능숙한 듯이 그녀의 눈꺼풀을 뒤집어보았고, 다시 팬티를 벗기고 항문까지 살펴보았다. 그렇게 한 것은 그녀의 눈동자가 돌아가 있었기 때문이었다. 눈동자가 돌아가 있어도 항문이 헤벌어져 있지만 않으면 살아날 가능성은 있었다. 이 순간에 일어난 일이, 임씨가 내게 들으라는

듯이 서슴없이 '아랫도리' 운운하게 된 까닭이었다. 그녀의 긴
장된 항문은 그녀가 완전히 죽지 않았음을 말해주고 있었다. 천
만다행이었다. 나는 그녀의 몸을 거꾸로 해서 속에 들어간 물을
어느 정도 빠져나오게 하고 그리고 서투르게 그녀의 입에 숨을
불어넣기 시작했다. 그 일련의 과정을 통해서 나는 내가 생각해
도 믿기지 않을 만큼 침착했다. 내가 그녀의 '생명의 은인'이니
뭐니 하는 말을 굳이 듣고 싶지 않은 것은 평소의 내가 그렇게
침착한 인간이 아님을 내가 알고 있기 때문이었다. 그런데 그런
일이 벌어졌던 것이다. 무엇보다도 그렇게 선뜻 용기가 났던 것
부터가 믿기지 않는 일이었다. 그녀가 다 죽어가는 사람이었다
고 할지라도 그렇게 나섬으로써 경우에 따라서는 내가 마지막
생명을 끊어놓은 장본인으로서 공연히 구설수에 오를 수가 있었
다. 게다가 평소의 나는 겁많고 폐쇄적인 인간이었다. 그녀를 눕
혀놓은 채 수수방관하고만 있는 사람들에 대한 분노 때문이었을
까. 아니다. 그들이야 아무 상관이 없었다. 그렇다면? 그렇다.
나는 분명히 그 탐스러운 유방을 생각했다고 말하지 않을 수 없
다. 그 유방을 어떻게든 살아 숨쉬며 탄력 있는 것으로 해놓지
않으면 안 된다!

이런 과정을 통해서 나는 느닷없이 그녀의 '생명의 은인'이
되고 말았다. 잘못이라면 그것이 잘못이었다.

나는 쪽지에 적힌 대로 시간이 되기를 기다려 저수지로 넘어
가는 길목의 아카시아나무 아래로 갔다. 나무들은 아직 채 잎이

피지 않은 채 어둠 속에 앙상한 가지를 하늘로 뻗치고 있었다. 그와 함께 나는 그곳에서 그녀와 가졌던 몇 번의 밀회는 아무런 필연적인 결과를 가져오지 못하고 어느 순간에 흐지부지되고 말았다. 그런 의미에서 임씨가 말하듯 그녀가 본질적으로 화냥기가 있는 여자라고 할 수 있을 터였다. 그러나 나로서는 그런 표현을 쓰고 싶지는 않다. 그녀는 모든 면에서 생각보다 훨씬 숙성한 편이었다. 그렇다고 해서 내가 그녀의 꾐에 빠져들었던 것은 결코 아니었다. 우리는 대등하게 만났다. 갑자기 가까워져서 다소 얼떨떨한 느낌은 없지 않았어도 거기에는 그만한 빌미가 있었다고 해도 좋았다. 그보다도, 갑자기 가까워져서 서슴없이 뜨거운 밀회를 계속하던 관계가 아무 계기도 없이 냉각되어버린 사실이 더욱 이상한 일이었다. 그러나 남녀 관계란 흔히 설명할 수 없는 구석이 많다고들 했었다.

"여기예요."

그녀의 나직한 목소리가 들려왔다. 바로 그때였을 것이다. 나는 어떤 새의 울음 소리를 들었다고 생각되었다. 그 어떤 새의 울음 소리를 정확히 확인할 길은 물론 없다. 하지만 그 소리는 선명했다. 그녀가 어둠 속에서 말하는 동안 실제로 새가 울며 날아갔는지도 모른다. 어쩌면 이렇게 말하고 있는 것도 나중에 어떤 유추에 의한 견강부회의 결과인지도 모른다. 그러나 어느 쪽이라고 해도 나는 그녀와 그 어떤 새의 모습을 일체화하여 가지고 있었던 것이라고 하겠다. 그녀는 내게는 한 마리 새였다. 새

54

처럼 날아와서 새처럼 날아가야 했다. 그녀와 만나고 있던 시절에도 나는 줄곧 그렇게 내 마음을 닫고 있었다. 그리하여 폐화더미에 누워 있을 때나 기타 소리를 듣고 있을 때나 언제나 그녀는 내게는 날아간 한 마리 새에 지나지 않았다.

그날 밤 그녀는 뜻밖의 제안을 했다. 나는 처음에 귀를 의심하지 않을 수 없었다. 그녀는 진지했다. 나는 그녀가 왜 그렇게 불안해하고 초조해하고 또 외로워하는지 전혀 감을 잡을 수 없었으나 그 누구보다도 그녀를 이해할 수 있다고 여겼다. 나 또한 그녀와 같은 심리 상태에 부대끼고 있었다.

"우리 서울로 같이 가요."

그녀는 내게 매달리다시피 애원했다. 그녀의 말을 듣는 순간에도 나는 그것이 이른바 사랑의 도피니 뭐니 하는 말로서 받아들여지지 않았다. 그러니까 그녀는 역시 내게는 언제나 비현실적인 대상으로밖에는 받아들여지지 않았다는 이야기가 된다. 그되지도 않을 엉뚱한 꽃 재배를 팽개쳐야 한다는 것은 이미 기정사실이었다. 나는 서울로 가서 내가 할 수 있는 일을 발견하지못한 채 하루하루를 유예된 시간 속에서 보내고 있어야 할 뿐이었다. 그렇기에 그녀로부터 뜻밖의 제안을 받은 순간, 나는 망설이기는커녕 선뜻 결단을 내리고야 말았다. 나는 앞뒤 잴 것도 없이 그녀의 제안이야말로 내게 새로운 돌파구라고 생각했다. 어떻게든지 기회를 붙잡아야 했다. 떠나자, 나중에야 어찌 되었든이곳에서 떠나자. 나는 내 가슴의 박동 소리를 들었다.

그녀와 나는 은밀히 짐을 꾸려 다음날 저녁 어스름이 깔린 뒤 떠나기로 약속했다. 우선 서울에서의 한 달 정도의 생활비는 그녀의 부담이었다. 그 다음은? 몰라도 좋았다. 그녀와 떠나기로 마음먹고 나니 미래에 대한 막연한 불안 따위야 아무것도 아니었다. 그녀가 어떤 심리 상태에 빠져 있든 일단 도화선에 불이 당겨진 이상 나는 이제 그녀가 아니라도 그곳을 떠나지 않으면 안 되었다. 오히려 떠나야 했던 기회를 너무 늦게야 포착했다는 느낌에 초조하기조차 했다.

다음날 나는 하루종일 서성거리며 기다렸다. 나로서는 특별히 크게 꾸릴 만한 짐도 없었다. 몇 개의 옷가지들과 몇 권의 책. 그것들은 작은 손가방 속에 챙겨져 있어서 나는 임씨의 눈을 피해 나오기만 하면 그만이었다. 저녁까지의 시간은 그 어느 때보다도 길고 지루했다. 그러나 나는 알고 있었다. 나는 다른 누구 때문에 도망쳐야 하는 게 아니었다. 그녀의 존재는 내게는 아무런 의미가 없었다. 결국 나는 나로 인해서 도망쳐야 했다. 나는 어둠이 스며들고 있는 들판을 내다보고 있었다. 이제 다시는 시든 꽃 속에서 잠을 자야 하는 시절을 맞지는 않으리라.

어둠이 다가들기를 기다려 나는 농막을 나섰다. 언덕 위에서 그녀를 기다릴 심사였다. 그리고 한 시간에 한 번씩 도착하는 버스에 함께 오르면 새로운 생활은 이미 시작이었다.

어둠 속에서 나는 누군가가 조심스럽게 길을 걸어오는 모습을 볼 수 있었다. 그녀였다. 나는 앞으로 나가려다가 우뚝 섰다. 무

엇인가가 내 뒷덜미를 꽉 움켜잡는 느낌이었다. 나는 한 발짝도
움직이지 않았다. 나는 흙더미 뒤로 몸을 숨겼다. 순간적인 일이
었다. 나는 내가 그토록 단호한 데 놀랐다. 나는 결코 그녀 앞에
나서지 말아야 한다고 내게 말하고 있었다. 사랑의 도피에 의한
새로운 생활이 두려워서가 아니었다. 내가 과거의 한 순간에 그
녀의 '생명의 은인'이 되었다고는 해도 그 일은 사랑의 연장선
상에서 기념되어서는 안 되었다. 그 일은 우연에 불과했다. 그곳
을 떠나야 한다는 내 결심은 꽃 재배의 실패를 비롯한 것 모두와
떠나야 한다는 결심이었다. 그러므로 그녀와의 밀회의 추억으로
부터도 완벽하게 떠나지 않으면 안 되었다. 우스꽝스러운 실패
의 기록은 접어두어야 한다. 나는 흙더미 뒤에 몸을 숨기고 기다
렸다. 그녀가 얼마나 초조해할지는 안 보아도 여실히 알 수 있었
다. 그러나 나는 이미 그녀가 그녀의 집을 떠나려는 것은 역시
그녀 자신의 문제, 나와는 아무 상관도 없는 문제임을 간파하고
있었음에 틀림없었다.

　이윽고 버스가 헤드라이트를 비추며 왔을 때, 나는 그녀가 황
망히 올라타는 것을 보았다. 그녀도 무슨 방식으로든지 떠나지
않으면 안 되었던 것이다. 아무 일도 없었던 듯 버스는 떠났다.
나는 흙더미 뒤에서 천천히 밖으로 나왔다. 시흥까지 오 리쯤 걸
으면 늦게나마 서울로 가는 버스에 오를 수 있을 것이었다. 나는
어둠이 깔린 들판 길로 걸음을 내딛기 시작했다.

　나는 그날 임씨가 말했던 그 '동기'가 있는 술집인 듯싶은 곳

에서, 주머니에 남은 몇 푼의 돈에 또 시계를 얹어 잡히고 술을 먹었다. 그리고 '동기'를 데리고 잤다. 과연 나이는 어렸지만 그리 비싸다고 여겨지지는 않았다. 서울로 가는 마지막 차편은 고장으로 못 간다고 했었다.

다음날 서울로 돌아오면서 나는 문득 서울이 한 척의 거대한 노예선이 아닐까 하는 생각이 들었다. 이제 또 어디엔가 목을 매고 살아가야 한다. 아아, 더럽다. 정든 노예선. 그렇게 다시 돌아왔다.

내 아랫도리에 농(膿)이 비친 것은 며칠 뒤였다. 없는 돈에 하는 수 없이 비뇨기과를 찾았더니 의사는 포도상구균에 의한 비임균성 요도염이라고 했다.

새의 肖像
──팔색조

내가 그녀를 만난 것은 팔색조(八色鳥)와 아마도 아무런 관련이 없다고 해야 옳을 것이다. 나는 분명히 팔색조를 찾아 그 작은 섬에 갔다가 그녀를 만났다. 그러나 그녀를 만나리라는 어떤 예감 같은 것은 없었다. 하기야 예감이란 한낱 쓰잘데없는 기대나 우려에서 오는 나약한 정신의 소산이라고 볼 때, 나는 분명히 어떤 예감이나마 가졌어야 했다. 나는 그만큼 지쳐 있었고 또 허물어져 있었다. 내가 팔색조에 대한 이야기를 들은 것은 처음 뭍을 떠나 낯선 섬에 발을 들여놓았을 무렵이었다.

팔색조. 이름 그대로 몸 빛깔이 여덟 가지로 알록달록한 새라고 했다. 그러나 그 새가 이름난 것은 알록달록한 아름다움도 아름다움이지만, 워낙 희귀조라는 데 더 큰 이유가 있는 듯했다. 새에 대해서 조예가 없을 뿐만 아니라 별다른 관심도 없는 내가 처음에 건성으로 들었던 것은 어쩌면 당연한 일이기도 했다. 여름을 꼬박 그 섬에서 나기로 하고 갔던 나는 하루하루 가면 갈수록 지루해져서 무엇엔가 관심을 기울일 대상이 절실히 필요하다는 사실을 깨달았고, 마침내 '아, 그런 게 있었지' 하는 심정으로 팔색조를 찾게 되었다.

그 섬은 우리나라 섬 가운데서 몇 째쯤 가는 큰 섬으로서 조금만 안으로 들어가면 산협이 꽤 깊었다. 그것은 그 섬이 화산도가 아님을 알려주는 한 특징이기도 했다. 화산도라면 커다란 분화구를 정점으로 능선이 기슭까지 길게 늘어뜨려진다. 그 기슭에 바닷물이 찰랑거린다. 그래서, 알기 쉽게 말하자면, 화산도는 커다란 따개비 모양이라고 할 수 있다. 그런데 그 섬은, 어렵게 말하자면, 습곡인지 융기인지 하여튼 그런 종류의 지각 운동으로 생긴 섬인 것이다. 섬 안쪽에서는 상당히 높은 곳일지라도 바다를 볼 수 없다. 따라서 섬 안쪽은 깊은 내륙의 한 부분으로 여겨질 만한 곳이 많다.

그러나 나는 그 섬의 이름을 굳이 밝히지 않기로 한다. 밝히지 않아도 알 만한 사람은 알 수 있을 것이며 또 모른다고 해서 지금 하고자 하는 이야기에 아무런 지장도 주지 않을 것이라 믿기 때문이다.

섬에 의외로 깊은 내륙 같은 곳이 많다고 했다. 그렇다면 태고의 모습을 간직하여 이른바 자연 보호가 잘된 곳이라는 뜻이 된다. 물론 섬 안쪽은 이미 말한 대로 내륙의 오지 같아서 자연은 글자 그대로 자연으로 남아 있다. 하지만 섬의 바깥쪽에 있는 한 포구야말로 섬의 안쪽과는 너무나 다른 모습을 하고 있는 것이다. 게다가 이 포구, 얼토당토않게 들떠 있으며 섣부른 도시화로 얼룩진 이 포구에 처음 발을 들여놓았을 때 나는 놀라지 않을 수 없었다. 그것은 내가 상상했던 그런 포구와는 거리가 멀었다. 갈매기가 끼룩끼룩 날며 섬 아낙네가 조개를 줍는, 그리고 작고 아늑한 백사장에 고깃배가 와 닿는 그런 포구가 아니었다. 그러나 이것은 내 상상력의 허구 때문이었는지도 모른다. 왜냐하면 그 포구에는 갈매기도, 조개도, 그리고 고깃배도, 내가 생각했던 포구대로 있을 것은 다 있었기 때문이다. 그럼에도 불구하고 그것은 내가 상상했던 포구가 아니었다.

왜 그랬던 것일까. 그것은 아마도 선창 앞에서부터 줄지어 늘어서 있는 이른바 요상한 술집들 탓이었을 것이다. 그 술집들은 야단스러운 그 이름에서부터 '이곳은 예사 동네가 아닙니다'라고 말해주고 있었다. 낮에 술집 앞을 지나노라면 하늘하늘한 얇은 천으로 된 긴 잠옷을 걸친 호스티스들이 아무 거리낌없이 문밖까지 들락거렸다. 그저 걸쳤다는 의미뿐으로, 속살이 훤히 들여다보이는 그 잠옷 속에서 여자는 작고 까만 브래지어와 역시 작고 까만 팬티 차림이었다. 포구에 대한 내 상상력은 여지없이 깨어져버렸다. 이를테면 바닷가 모퉁이 백사장을 홀로 거닐며 알지 못할 어떤 그리움으로 눈물짓는 국민학교 분교 여선생 대신에 까만 팬티 차림의 접대부!

그리고 아예 영문자로만 씌어진 간판에서부터 은좌, 황태자, 귀빈, 성좌, 목마, 러브, 파인트리, 준, 돌고래, 모두랑, 무랑루즈, 석등, 천궁회관 등등 요란한 이름의 술집들. 그러니까 그 포구를 찾아간 것부터가 잘못이라고 할 수 있었다. 어쩔 도리가 없었다. 나는 그곳에서 여름을 지나며 그곳에 관한 어떤 보고서를 작성하도록 되어 있었다. 먹고 살기 위해서 맡은 일인 만큼 좋으나 싫으나 여름 동안 그 포구는 내 일터였다.

포구에서 얼마를 보낸 어느 날 나는 그 섬에 딸린 한 작은 섬에 대한 이야기를 들었다. 이미 진력이 꽤 나기 시작한 때였다.

"거길 가보셨습니까?"

작은 섬에 대한 이야기를 꺼낸 사람은 내가 그 섬에서 나쁜 인상만을 가지고 있다가 떠날까봐 걱정하고 있는 것 같았다. 그는 그곳의 동백나무를 이야기했고, 그러나 지금은 동백꽃을 볼 수 있는 계절이 아니어서 유감이라고 덧붙였다.

"동백꽃이 필 때 다시 한번 와야겠군요."

나 역시 그의 뜻에 동조한다는 듯이 말했다. 그러나 실은 나는 내가 동백꽃을 보러 일부러 어디로 찾아갈 만큼 동백꽃에 대하여 성의를 가지고 있지는 못하다는 것을 잘 알고 있었다. 동백나무의 잎과 꽃은 내게는 색깔이 너무 짙은 것이다. 그러자 그가 이야기한 것이 팔색조였다. 여름철 철새이므로 벌써 날아와 둥지를 틀었을 것이라고 그는 덧붙였다.

"하긴 팔색조가 그 섬에까지 오느냐 안 오느냐 하는 문제는 여러 사람들이 왈가왈부하고 있지만요."

더 남쪽으로 가면 팔색조가 날아와 '호오이 호오이'하고 우는 소리를 어렵지 않게 들을 수 있으나 그 섬에서는 들었다는 사람과 들을 수 없었다는 사람이 반반이라는 것이었다.

"호오이 호오이 우는 것은 암놈이고 수컷은 뛰어이 뛰어이 울지만요, 암놈 소리는 꼭 숲속에서 사람이 부르는 것 같아요. 호오이 호오이."

"새가 큰 모양이지요?"

"아뇨, 참새만해요."

처음에 섬에 갔을 때도 누군가가 그 새를 이야기해준 적이 있었다. 나는 건성으로 들어넘겼었다. 그런 것에 관심을 기울일 만큼 여유가 있지를 못했다. 그러나 그 포구의 정떨어지는 한심한 분위기가 어쩔 수 없이 내게 새로운 무엇에의 관심을 갖지 않을 수 없게 했다. 팔색조가 아니어도 그만이었다. 그때 팔색조가 나타난 셈이었다. 그렇다고 하더라도 팔색조를 어떻게 해보겠다는 구체적인 계획은 쉽사리 세울 수가 없었다. 희귀조이므로 잡아서는 안 될 것이며, 또 내 솜씨에 잡을 방법도 없었다. 물론 내가 사진 작가쯤 된다면 흔히 신문에 나듯이 '팔색조 사진 촬영에 성공' 따위로 소개하기 위해 카메라에 담기를 시도해볼 수도 있었을 것이다. 그러나 나는 어느 편이냐 하면 카메라와도 거리가 멀었다. 찍는 것은 말할 것도 없고 찍히는 것조차 젬병이었다. 어쨌든 나는 심심풀이 삼아서라도 그 새에 대해 알아보기로 하고 비로소 사전을 펼쳤다.

팔색조과에 속하는 새. 개똥지빠귀와 비슷한데 날개 길이

12~13센티미터, 꽁지 3.5~4.3센티미터, 부리 2~3센티미터이
고 배면은 녹색이고 머리는 흑다색이며 중앙에 흑색 세로줄이
있음. 꽁지 무늬는 황백색, 얼굴은 흑색, 소우복과 상미통은 청
색, 가슴은 담황갈색이고 목과 복부는 백색, 하복부 이하 하미층
은 선홍색임. 깊은 숲속에 한 마리씩 살며, 곤충, 지렁이, 새우
등을 포식함. 5~7월에 4~6개의 알을 낳음. 여러 가지 빛이 잘
조화된 아름다운 철새로 남부 중국 및 대만 등지에서 여름에 한
국과 일본 특히 제주도의 한라산 산림 속으로 와서 번식하고 가
을에는 돌아감.

　내가 팔색조를 찾아 그 작은 섬으로 떠난 것은 그런 지 며칠이
지나서였다. 팔색조를 꼭 찾겠다는 결심은 아니었다고 해야 옳
다. 그 작은 섬에 팔색조가 날아와 깃들인다는 데 대해서는 여러
사람들이 '왈가왈부하고' 있는 문제라고 했었다. 그러니까 팔색
조를 볼 수 있다거나 아니면 울음 소리라도 들을 수 있다거나 기
대할 수는 없는 일이었다. 하지만 나는 군이 팔색조를 찾아서 가
는 것이라고 명분을 내세우고 싶었다. 그 섬에 팔색조가 오든 안
오든 상관이 없다. 다만 확실한 것은 내가 그 섬으로 팔색조를
찾아간다는 것이다. 그것만으로 족했다.
　좁은 해안통 길을 걸어가면 어협 공판장 옆으로 도선 선착장
이 있었다. 그곳에서는 그 작은 섬이 먼 바다 위에 흐릿하게 떠
있는 것을 볼 수 있기도 했다.

"배가 언제쯤 있을까요?"

배표를 판다는 곳은 구멍가게의 한쪽을 빌려 작은 철제 책상 하나를 놓은 곳이었다. 나는 '수시로 떠남'이라고 적힌 안내판을 쳐다보며 공허한 느낌이 들었다. 수시로 떠난다는 말은 경우에 따라서는 안 떠날 수도 있다는 말과 같았다.

"기다려보십시오. 인원이 차면 떠납니다."

"인원이 차면요?"

"예."

"언제쯤 찰까요?"

"글쎄요. 기다려보십시오."

책상 앞에 앉아 있는 중년 사내는 자기로서도 도저히 잘라 말할 성질의 것이 아니라는 듯 시종 어중간한 표정을 지었다.

"기다리다가 사람들이 없으면 어쩝답니까?"

"할 수 없지요. 그러니까 기다려보라는 것 아닙니까?"

기다려보라는 것만이 그가 할 수 있는 말의 전부였다. 기다리다가 허탕을 치더라도 그것은 엄연히 내 탓이지 그의 탓은 아니지 않겠느냐는 것이었다. 어이가 없었으나 나는 뭍을 떠나온 지 여러 날이 지나면서 그것이 뱃사람들에게는 극히 보편화된 논조임을 얼마쯤 터득하고는 있었다. 바다의 기상 변화는 그 누구도 예측할 수 없는 것이었다. 봄철에서 여름철로 넘어오는 동안의 날씨는 특히 변덕이 심해서 걸핏하면 무슨 주의보로 뱃길을 가로막았다. 때마침 해마다 그때쯤이면 찾아드는 농무기의 안개.

여객선 앞머리마다 길게 두른 '농무기 안개 사고 예방'의 플래카드. 안개란 터무니없는 것이었다. 멀리까지 시야가 훤히 틔어 있어도 안개만 어느 정도 끼었다 하면 배들은 꼼짝을 못 했다. 게다가 그 안개가 언제 걷힐지는 아무도 모르는 그야말로 오리무중의 일이었다. 그 안개를 비롯해 파랑과 호우와 폭풍들. 뱃사람들은 이런 것들에 늘상 부대끼며 살고 있는 것이었다. 뱃길이 막혔을 때의 섬사람들은 마치 수인처럼 보였다. 뱃사람뿐만이 아니라 전혀 바깥으로 나갈 일이 없는 사람마저 안절부절을 못 했다. 그 눈에 어린 빛은 절망의 빛에 가까웠다. 그럴 때면, 술타령하는 남정네들의 발걸음에 못지않게 여인네들의 발걸음도 심하게 뒤뚱거리는 것만 같았다.

그날 꼭 배를 타고 가지 않으면 안 될 무슨 필요는 없었다. 그러나 이왕에 길을 나섰고 또 달리 할일도 없었던 터라 나는 선창가를 오락가락하며 기다려보기로 했다. 말이 기다린다는 것이지 이제는 나중에 배가 없다고 하더라도 탓할 생각은 없었다. 내가 그 섬에 가려는 것은 팔색조와는 아무 상관도 없음을 나는 너무 잘 알고 있었다. 팔색조가 있다고 해도 알아볼 능력이 없을 뿐만이 아니라 '호오이' 소리나 '꿔어이' 소리를 듣는다고 해도 그것은 내게는 아무런 값어치가 없는 것이었다. 그렇지만 뱃사람이 그곳에는 왜 굳이 가려고 하느냐고 묻는다면 나는 팔색조 이야기를 할 수밖에 없으리라. 팔색조를 내세우지 않고 그 상황에 대해서 설명하자면 사물과 인간을 향한 내 끝없는 갈증, 항상 막막하여 근원을 알 수 없는 그리움 따위부터 이야기해야만 했다. 도저히 그럴 수는 없는 일이었다.

다행히 배편이 마련되어서 막상 배에 올라탔을 때 나는 팔색조에 대해 조그만 관심도, 흥미도 느끼지 못하고 있는 나를 발견했다. 그렇다면 무엇 때문에 저 섬에 가는가. 그것은 하나의 탈출의 시도가 아닐까 하고 나는 문득 생각했다. 모든 여행은 하나의 탈출을 꿈꾸는 뜻을 지녔다. 그러나 그 꿈은 결코 이루어질 수 없는 꿈에 불과하다. 마침내는 보금자리를 찾아 되돌아가는 것을 전제로 한 탈출이기 때문이다. 나는 공연히 우울해진 심정으로 이런저런 생각에 빠져들어갔다. 배에는 밤낚시를 하러 가는 것으로 보이는 중년 사내 일행 세 사람과 젊은 남녀 두 쌍과 나 이렇게 모두 여덟 명의 승객이 타고 있었다. 섬에는 몇 가구의 집이 있고 경우에 따라서는 민박도 가능하다고 하였다. 그러나 나는 그때까지도 하룻밤을 묵어 올지 어쩔지를 결정짓지 못하고 있었다. 내가 탈출을 꿈꾸고 배를 탔다면 그 결코 이루어질 수 없는 꿈은 그것으로써 이미 목적성을 잃은 것이었다.

"이 정도면 파고가 몇 미터쯤 되나요?"

나는 무엇엔가 흥미를 나타내야 한다고 생각했다.

"한 일 미터쯤 되죠."

배의 조수라고 짐작되는 청년이 좌우를 바라보며 대답했다. 일 미터의 파도 높이에도 배는 상당한 경사를 이루며 기울어지곤 했다. 멀리서 보면 마치 환초(環礁) 같던 섬은 가까이 갈수록

험한 바위섬의 모습을 확연히 드러냈다. 섬의 바윗덩어리들은 미증유의 거대한 짐승의 머리뼈 같았다. 군데군데 음영이 드리워진 채 바닷물에 해맑게 씻겨진 머리뼈. 그리고 그 정수리에는 주검의 머리에서도 얼마 동안 자란다고 하는 머리털처럼 쭈뼛쭈뼛 자라고 있는 짙은 녹색의 나무들. 어느덧 배가 엔진을 멈추는가 하더니 다시 '통, 통, 통, 통' 역스크루를 돌렸다. 속력을 줄여 접안하려는 것이었다.

섬은 예전에 일본군의 중대가 주둔했다고 하듯이 천연의 요새였다. 턱뼈처럼 돌출된 바위벽의 옆을 타고 섬의 위쪽으로 오르는 길은 몹시 가팔랐고, 마치 부서진 머리뼈의 일부를 복원해놓은 듯 시멘트로 덮여 있었다. 같이 타고 온 승객들이 서둘러 사라진 뒤 나는 어슬렁거리며 그 길을 따라 올라갔다. 벼랑 아래로 햇빛이 바닷물에 부딪쳐 눈부시게 반사되었다. 벼랑에 붙어서 산나리꽃이 피어 있었다. '경고. 이 지역은 풍치 지구이므로 어로 행위 및 해산물 채취 행위를 금함.' 빛바랜 경고판으로부터 갑자기 숲이 우거지면서 하늘까지 가려진 길이 굴속같이 뚫려나갔다. 섬에 도착하기 전 배에서 바라본 느낌과는 달리 숲은 울창했다. '이런 숲이라면 팔색조가 깃들일 만도 하군.' 나는 팔색조가 깊은 숲속에 산다고 한 사실을 상기했다. 한참을 올라가자 대나무숲을 지나고 드디어 동백나무숲이 나타났다. 어느새 기울어가는 오후의 햇빛에 그 잎사귀들은 무디게 반짝이고 있었다. 어떤 동백나무는 바오밥나무처럼 꾸불꾸불 가지를 벌리고 아름드리로 자랄 수도 있음을 나는 처음 알았다. 나는 그 나무 아래 앉아서 담배를 피워 물었다.

동백나무는 섬의 뒤쪽에도 우거져 있었다. 청동빛을 띤 풍뎅이들이 둔중하게 날고 있는 나무와 나무 사이로 넓게 트인 바다가 내다보였다. 나는 빠끔히 뚫려 있는 샛길을 미끄러지면서 아래로 내려가보았다. 파도가 부딪치는 곳은 바위투성이였다. 그 바위를 조심스럽게 톺아내려가자 문득 낚시꾼들의 모습이 나타났다. 같은 배를 타고 온 사람들이었다. 그들은 이제 막 낚싯바늘에 갯지렁이를 꿰어 바다에 던지고 있는 참이었다.

"여기선 고기가 많이 잡힙니까?"

나는 알은체를 하면서 다가갔다.

"전에 왔을 땐 많이 낚았는데 두고 봐야지요."

한 사내가 이빨을 드러내며 웃음 띤 얼굴로 대답해주었다. 나는 그들과 적당히 통성명을 하고 옆에 쭈그리고 앉았다.

"빨리 깜싱이 한 마리 낚아서 서울분 잡숫게 해야 할 텐데."

장사를 하고 있다고 한 사내가 역시 웃으며 말했다. '깜싱이'는 '감성돔'의 사투리였다. 그는 첫눈에 보아도 낚시에는 꽤나 이골이 나 있는 사람 같았다. 그에 따르면 낚시터에 도착해서 몇몇 곳에 종이쪽지를 구겨 던져 물이 빙빙 도는 곳을 찾는다고 했다. 그 한가운데에 낚시를 넣으면 이제는 그저 연신 건져올리는 것만이 일이라고 했다.

"나중엔 팔이 아파서 못 건져올립니다."

그는 그런 경험이 있음을 자랑하듯 으쓱거렸다. 그때 '엇' 하는 소리와 함께 앞자리의 사내가 낚싯대를 채어올렸다. 과연 한 마리가 파닥거리며 달려 올라왔다.

"뭐꼬?"

"술비이, 술비이."

고기는 낚싯바늘을 의외로 깊이 삼키고 있었다. 아가리를 벌리고 낚싯줄을 세게 잡아당겼는데도 쉽사리 빠지지 않았다. 그러자 그는 가차없이 칼을 집어 아가리로부터 몸통을 가르고 낚시를 꺼냈다. '술비이'의 정확한 발음은 '술뱅이'였다. 비단고기라고도 하고 용치라고도 한다고 했다. 갓 잡아올렸을 때의 비단고기의 이름대로 빛깔이 고왔다. 거의 말짱한 채로 두어도 일단 잡힌 놈은 금방 죽으며, 시간이 지남에 따라 맛도 훨씬 떨어진다고 했다. 첫 고기를 잡은 뒤 불과 몇 분이 지나지 않아 세 마리의 비단고기가 잇달아 올라왔다. 그와 함께 장사꾼 사내가 돌아앉아 익숙한 솜씨로 회를 뜨기 시작했다. 나는 만약에 기회가 오면 나도 저렇게 해보리라 하는 마음으로 열심히 바라보았다. 이곳에 생선회 뜨는 방법을 배우러 왔다는 생각이 들 정도였다.

어느새 시간이 상당히 흘러 있었다. 내가 자리에서 일어선 것은 비단고기를 비롯해서 노래미, 볼락 같은 생선을 맛보고 나서였다. 그때 마침 베도라치라는 물고기가 올라왔는데 단검만한 길이의 뱀장어를 닮은 이 거무튀튀한 물고기는 남의 것을 빌린 것처럼 쭈글쭈글하고 헐렁한 껍질을 뒤집어쓰고 있었다. 나는 그 흉측한 몰골이 끔찍해서 급히 일어났다.

"뱃시간이 급하군요. 먹다 보니 너무 늦었어요."

나는 감사하다는 표시로 허리를 약간 굽혔다. 사실 뱃시간은 아직 조금은 여유가 있는 듯했으나, 앉아 있다가 저 흉측한 물고기의 살을 먹게 되는 변을 당해서는 도저히 견딜 수 없다고 생각했다. 나는 서둘러 왔던 길을 되돌아왔다. 섬을 떠날 것인가, 하루를 묵어갈 것인가에 대해 나는 여전히 결정하지 못한 채 무심코 선착장까지 걸음을 옮겨놓았다. 낚시꾼들에게서 회에 곁들여 얻어먹은 술이 적당히 올라 있었다. 선착장에 이른 나는 간단한 음료수와 술을 파는 가게의 노인에게 배가 언제쯤 오느냐고 물었다.

"오늘은 없습니다. 저기…… 갔십니다."

노인이 턱으로 바다를 가리켰다. 저쪽 희끗희끗 이는 물결을 헤쳐나가는 작은 배가 있었다.

"틀렸군요. 빨리 온다고 왔는데."

나는 낙망한 듯 말했다. 그러나 노인의 말을 들어본즉, 비록 내가 섬을 떠날 의지를 가지고 선착장으로 왔다고 하더라도, 내쪽에서 늦은 것은 아니었다. 갑자기 파도가 높아지기 시작하여 배가 예정보다 좀 빠르게 떠나가고 말았다는 것이었다.

"하, 참 낭패로군요."

나는 멀어져가는 배를 바라보며 어이없는 표정을 지어보였다.

물론 나는 조금도 낭패를 했다거나 어이없는 심정이 아니었다. 오히려 내 의지로 그렇게 결정하지 않아도 좋게 된 것이 다행이라는 생각이었다.

"민박을 하셔야 하겠네요."

우두커니 서 있는 나를 위로하듯 노인이 말했다.

"민박을요?"

"쭉 올라가다간 첫번째 집에 들르십시오. 제 집입니다요."

노인은 돌멩이로 굴과 소라 껍데기를 깨어 살을 꺼내면서 말했다. 나는 고개를 끄덕였다. 모든 일은 이미 그렇게 되도록 되어 있는 것이었다.

"그러지요."

나는 허망한 꼴이 되었다는 투로 긴 나무걸상에 걸터앉아 소주 한 병과 안주 한 접시를 시켰다. 노인이 소라를 깨는 동안 멀리 보이던 작은 배는 어느덧 시야에서 사라져버리고 말았다.

내가 그 여자를 만난 것은 처음 섬에 와서 담배를 피워 물었던 그 동백나무 아래에서였다. 나는 어둠이 깔린 무렵에야 길을 다시 올라갔고, 민박할 집도 정하지 않은 채 동백나무 아래 멍하니 앉아 숨을 돌리고 있었다. 바로 그때 그녀가 내게로 다가왔던 것이다. 내게로 다가왔다기보다는 그 동백나무 아래로 다가왔다고 하는 편이 옳을 것이었다. 그 동백나무 위용에 비추어 내 인간의 몰골은 내가 생각해도 초췌했다. 모든 인간은 자연 앞에서는 남

72

루한 것이겠지만, 그때의 나는 더한층 그랬다고 하는 표현이 가능하리라. 게다가 날은 이미 어둑어둑해지고 있었다. 나는 그 섬에 내가 문득 와 있다는 것이 공연히 서글퍼져서 유배지에 온 죄수라도 되는 양 고개를 숙이고 무슨 생각엔가 젖어 있었다. 팔색조의 울음 소리라도 생각하고 있었는지 모른다.

"여기 사시는 분인가요?"

어느 틈에 다가왔는지 몰랐다. 저녁 어스름 속에서는 지나치게 맑은 목소리에 퍼뜩 고개를 들었다. 순간 나는 왜 팔색조를 연상했을까.

"아뇨. 배를 놓쳤지요."

나는 아까처럼 낭패한 표정을 지었다.

"아, 네."

그녀는 말하면서 알겠다는 듯이 약간 고개를 숙였다. 여기 사는 사람이냐는 물음은 그녀가 그 섬사람이 아니라는 뜻을 내포하고 있었다. 그렇다면 그녀 역시 배를 놓친 사람이라고 짐작되었다.

"댁은?"

나는 던지듯 물었다.

"글쎄요……"

그녀는 잠시 말꼬리를 흐리면서 모호한 웃음을 지어보이다가 수월하게 털어놓았다.

"이 섬엘 자주 오는 편인데 저도 오늘은 실수를 했군요. 파도가

새의 肖像 73

늘 말썽이에요. 배가 없으면 꼼짝없이 사로잡히니까요."

"사로잡힌다……"

나는 그 말에 언뜻 놀랐다. 섬에서 뱃길이 막히면 언제나 갇힌다고만 생각해왔던 나였다. 갇힘과 사로잡힘은 본원적으로 다른것이다. 짐승이 함정에 빠질 때 그것은 갇힘이 아니라 사로잡히는 것이다.

"그러니까 이 가까운 섬에 오는 것도 모험이에요. 어쩌면 이렇게 사로잡힐 기회를 스스로 엿보는 거니까요. 이렇게 한 번쯤 사로잡혔다 풀려나면 오랫동안…… 오랫동안…… 괜찮아요."

그녀의 말뜻을 나는 알 것도 같고 모를 것도 같았다.

"괜찮다니요?"

나는 뭔가 홀린 느낌으로 어리숙하게 물었다. 나는 내 정신이왜 이렇게 갑자기 혼미한 지경에 빠지고 있는지 안타까웠다.

"말하자면 정신 건강 같은 거라고나 할까요. 삶의 의욕이 생겨요. 물론 자기로서는 최선을 다해야요. 그리고 나서 돌아갈 수없게 되어 사로잡히는 꼴이 되면…… 그렇지만 이런 기회가 좀처럼 없어요. 안 그렇겠어요?"

나는 그녀가 나 역시 그녀처럼 '사로잡히는 꼴'이 되었음을즐거워하고 있다고 느꼈다. 즐거워하고 있는 것이 아니라면 위로하고 있는 것인지도 몰랐다. 그렇지 않고서야 처음 보는 남자에게 그토록 술술 이야기를 꺼낼 까닭이 없었다. 어쨌든 그녀의말대로 나도 사로잡힌 몸이었다. 비록 묵어갈 것인지 그냥 갈 것인지 망설였다고는 할지라도 나도 최선을 다했다고 여겨졌다.
나는 비로소 그녀의 모습을 자세히 훑어보았다. 이십대의 후반
쯤 되어 보였다. 여자 나이를 가늠하는 데 서툴렀지만 나는 그렇
게 어림했다. 아직은 완전히 어두워지지 않은 동백나무 그늘 아
래 마치 옛 구리거울 속에서처럼 떠올라 있는 그 흐린 얼굴.

"그런데 왜 여기 앉아 계셨던 거예요?"

그녀가 낮은 바위에 걸터앉으면서 물었다. 그녀가 핸드백에서
담배를 꺼낸 것은 그때였다. 그와 함께 나는 '당신을 기다리고
있었소' 하는 투로 농담을 던지고 싶은 충동이 일었다.

"팔색조를 아십니까?"

도대체 터무니없는 되물음이었다. 그녀 역시 무슨 뚱딴지 같
은 말이냐는 듯 어리둥절해서 나를 바라보았다.

"팔색조라뇨?"

"전 그 새가 이 섬에 있는지 확인하려고 왔거든요. 아십니까?"

나는 한없이 진지한 표정을 지었다. 그녀가 팔색조를 모르는
듯해서 조금은 안심이 되었다.

"몰라요. 전 새에 대해서는 관심이 없어요. 그 새를 찾아서 어
떻게 하려는 건가요? 말려서 박제를 만들 건가요?"

"아, 박제……"

나는 뜻밖의 말에 입을 다물었다. 그런 방법이 있었다. 그것을
알고 있었으면서도 나는 내 생각 속에서 떨쳐버리려고 했었다.
왜였을까. 만약에 그 새를 어떻게든 잡을 수만 있다면 박제를 해

서 내 방에 놓아두고자 한 욕망이 있던 때문이 아니었을까. 나는 정신이 거듭 혼미해짐을 느꼈다.

"그래서 그 새를 찾으셨어요?"

그녀가 자신의 말이 좀 지나쳤다 싶었는지 부드럽게 물었다.

"아뇨. 아직은……"

나는 얼버무렸다.

"그렇담 왜 돌아가실라고 하셨어요?"

"어쩐지 틀렸다 하는 생각이 들었지요. 이곳에는 그런 새가 오질 않는다……"

꾸며낸 말이 나도 모르게 자연스럽게 흘러나왔다. 나는 팔색조는 아예 생각조차 없었었다.

"좀 성급한 판단은 아닌가요?"

"그렇진 않은 것 같습니다. 여기 환경이 그 새가 오기에 적당치 않습니다."

나는 새의 생태에 대해 많은 연구를 했고 또 조예가 깊은 사람이기라도 한 양 단호하게 말했다. 어떻게 되어서 그런 상황에 이르렀는지 나도 모를 일이었다. 그러자 그야말로 꼼짝없이 사로잡혀버린 몸이라는 생각이 들었다. 나는 가슴이 답답하여 공연히 목을 빼고 머리를 좌우로 휘둘러보기도 했지만 답답함은 시간이 갈수록 급격히 가중되어왔다.

"아무래도 뭘 좀 마셔야겠군요."

나는 그녀에게 기다리라는 시늉을 하고 가게를 찾아나섰다.

그녀는 도대체 어떤 여자일까. 가늠할 수가 없었다. 단지 파도 때문에 배를 놓친 여자로서 무료한 시간을 때우기 위해 내 옆으로 온 여자? 그런 것만은 아닐 것이라고 여겨졌다. 그렇다면? 수수께끼였다. 나는 내 생각의 공간이 허공과 같이 텅 비어가고 있음을 느꼈다. 어떻게 된 일이냐고 나는 머리를 갸우뚱거리면서 몇 병의 음료수와 술과 비닐 봉지에 든 대구포 등을 사들고 동백나무 아래로 돌아갔다.

그로부터 그날 밤 일어난 일을 곧이곧대로 옮겨적을 용기도 없으려니와 기억 자체도 도통 흐릿하기만 하다. 우선 구리거울 속에 떠오른 얼굴처럼 희미한 그녀의 얼굴부터가 머리에 또렷이 떠오르지 않는 것이다. 그리고 쓸데없이 팔색조 이야기를 꺼냈고 박제 이야기를 한 뒤부터는 그녀와 나 사이에 이렇다 하게 뚜렷이 오간 이야기조차 없었다. 다만 서로 권하며 술을 마신 것밖에는. 나는 나무들을 스쳐가는 바람 소리를 간간이 들었고 그 바람 소리가 그녀와 나의 속삭이는 소리라고 했던 기억이 어렴풋이 난다. 그리고 모든 일이 희미하고, 희미하고, 끝없이 희미했다. 그녀가 동백나무 아래 나타났을 때, 그때부터 섬 전체가, 아니, 세상 전체가 몽혼된 것이나 아니었는지.

나는 그날 밤 어느 순간 속에서 박제의 새와 인간의 말로 사랑을 속삭이고 있었다. "내가 널 잡아 박제로 만들었지. 넌 썩지 않고 영원히 그 모습으로 날 사랑하게 될 거야." "아, 아, 당신은 어리석어요. 당신은 내게 사로잡힌 몸이에요." 나는 새의 딱딱한 부리에 입을 맞추었다. "새도 혓바닥이 있던가?" "남잔 다 바보예요. 혓바닥 없는 새가 어디 있겠어요. 자, 보세요. 밀렵꾼 선생님." 박제의 새가 차고 딱딱한 부리를 들이밀었다. "당신은 날 박제로라도 해서 갖고 싶으신가요? 그건 안 될 말이에요. 오늘밤만 우리는 서로의 것이에요. 우리는 최선을 다하고도 이 섬을 빠져나가지 못한 거예요. 사로잡힌 꼴이지요. 파도가 늘 말썽이에요. 하지만 내일이면 우린 모두 자유로운 몸이 될 거예요." 꿈이었던가, 생시였던가. 내가 껴안았던 그 뜨거운 몸이 박제된 새의 몸뚱이였던가……

다음날 그녀는 굳이 같은 배를 타고 나가지 않겠다고 고집했다. 나 역시 무엇엔가 고즈넉해져서, 아침이건만 그 노인에게 다시 안주 한 접시와 소주 한 병을 시켜놓고 그녀를 먼저 보냈다. 노인이 돌멩이로 소라를 까는 동안 떠나가는 배 위에서 그녀가 한 번인가 손을 흔들었다.

나는 포구로 돌아와서야 그녀의 신상에 대해서 아무것도 파악하고 있지 못하다는 사실에 새삼스럽게 놀랐다. 그럴 만한 시간은 충분히 있었다. 그럼에도 불구하고 알아둘 생각조차 하지 못했다니 도무지 납득할 수 없는 일이었다. 그날 밤의 일만으로 그녀와의 관계를 단절할 특별한 까닭도 없었다. 그러면서도 나는 담담히 그녀를 보냈었다. 돌이켜볼수록 안타까운 노릇이었다. 아마 그렇게 만났듯이 손쉽게, 필연적으로 다시 만나게 되리라고 여겼음에 틀림없었던 듯했다. 그뒤 나는 그 섬에 대한 보고서고 뭐고 다 뒷전으로 밀어둔 채 혹시 어디선가 그녀를 만날 수 있을까 하여 거의 매일같이 돌아다녔다. 그 작은 섬에도 몇 번 갔었다. 그러나 그녀의 모습은 어디에서도 찾을 수가 없었다. 그런 채 여름은 지나가고 있었다. 여름이 가고 떠날 날이 성큼 다가오고 있었으나 나는 그녀를 찾는 일을 그만둘 수가 없었다. 날이 가면 갈수록 그녀의 모습은 희미해져갔고, 그에 따라 나는 거의 미칠 지경이 되어 그녀를 찾아다녔다. "여자 때문에 미치다니, 세상에 별 녀석이 다 있군" 하고 스스로를 매도하면서도 실제로 나는 제정신이 아니었다.

그런 어느 날이었다. 마침 며칠 전에 돈이 바닥이 나서 집에서 부친 우편환을 환금하기 위해 우체국에 들른 나는 그만 그 자리에 얼어붙듯 서버리고 말았다. 그녀가 있었던 것이다. 그녀는 창구에 붙어서서 마악 일을 마친 다음인 듯했다. 나는 피가 거꾸로 흐르는 느낌이었다. 숨이 꽉 막히고 온몸에 경련이 일었다. 섬에서와 달리 옷차림이 집에서 입는 그대로 수수한 것이었을 뿐 그녀가 확실했다. 나는 정신을 가다듬고, 돌아서 나오는 그녀에게로 가까이 갔다.

"저…… 안녕하십니까?"

내가 앞에 멈춰서자 그제서야 그녀도 나를 쳐다보았다. 구리거울 속에 떠오른 것 같은 얼굴…… 시선이 잠시 당황하듯 비껴갔는가…… 그러자 내가 앞에 서 있음에도 불구하고 그 얼굴은 조금도 흐트러지지 않았다. 그 얼굴은 오히려 무슨 영문인지 빨리 말해보라는 지극히 사무적인 얼굴이었다.

"저, 절 모르시겠습니까?"

당황한 것은 나였다. 그녀가 나를 몰라볼 리가 만무했다. 혹시 내가 잘못 본 것인지도 모르지만 그럴 리도 만무했다.

"누구시죠?"

그녀는 차갑게 잘라 말했다.

"저…… 팔색조……"

"네?"

그녀의 차가운 눈길이 내 얼굴을 스쳐갔다.

"저는…… 그…… 섬에서……"

나는 더듬거렸다.

"무슨 말씀이신지 도대체 모를 말씀이세요."

"섬에서…… 파도가…… 배를 놓쳐서……"

등줄기에 진땀이 흘렀다.

"사람을 잘못 보신 모양이군요."

"아닙니다. 그렇지는 않을 것입니다. 틀림없습니다."

나는 단호히 말하면서도 허둥대고 있었다. 그녀가 과연 섬에서의 그 여자가 틀림없다면 이토록 시치미를 뗄 수 없으리라 싶기도 했다. 나는 머리를 흔들었다. 그와 함께 그녀는 경멸하는 투로 내게 마지막 시선을 던지고 옆으로 움직여나갔다.

"틀림없습니다. 당신이 틀림없습니다. 그뒤 나는 그 섬에서 팔색조를 찾았습니다!"

나는 그때처럼 팔색조 운운의 거짓말을 꾸며대 소리쳤다. 그 말에는 그녀도 동요의 빛을 나타냈다. 아주 미세한 동요였다. 그러나 나는 결코 그것을 놓치지 않았다. 틀림없는 그녀였다. 순간, 그렇다면 그녀가 나를 모르는 체하는 것에는 어떤 까닭이 있다는 데 생각이 미쳤다.

"아무튼 건 제가 모르는 일이에요."

그녀는 여전히 시치미를 떼고 말했다.

"아, 그렇군요."

나는 더 이상 무슨 말을 하더라도 그녀로 하여금 나를 아는 사람이라고 말하게 할 수는 없다는 것을 알았다. 나는 가벼운 목례를 그녀에게 던졌다. 그러나 그 목례조차도 그녀는 휙 뿌리치다시피 하고 바깥으로 나가버렸다. 나는 아연한 채 그런 그녀의 뒷모습만 우두커니 쳐다보았다. 그런 일을 마지막으로 섬에서의 여름은 막을 내렸다.

혹시 내 눈이 틀렸는지도 모른다. 그러나 나는 지금도 우체국에서의 그녀와 섬에서의 그녀가 동일인임을 믿는다. 그녀는, 섬에서의 암시처럼 그날 하룻밤만 우리들의 것으로 남겨놓았던 것이다. 그녀가 나를 몰라본 체한 것이 아니라 진실로 몰라보았다고 하더라도 그녀를 탓해서는 안 될 것이다. 그녀의 섬에서의 행동은 결코 일상의 행동이 아니었다. 그것은 사로잡힌 몸으로서 새로이 자유롭고자 하는 몸부림이었다. 그것을 모르고 나는 일상의 그녀를 찾아헤맸던 것이다. 내가 그녀를 찾아헤맨 것은 그녀를 내 박제로 하려던 데 지나지 않았다. 사랑 가운데는 한 순간에 스쳐지나감으로써 더 영원한 사랑도 있을 것이었다. 그녀가 택한 그런 방법을 나는 어리석게 모르고 있었다. 그리하여 내 귓전에 영원히 '호오이 호오이' 부르고 있을 그 소리를 없애버린 것이었다. ……그래서 이제 누군가 내게 그 섬에 팔색조가 오는가 안 오는가 묻는다면 다음과 같이 되물을 수밖에 없음을 밝혀두고자 한다.

그 섬에 팔색조가 깃들이는가, 안 깃들이는가.

그대의 마음이 영원히 그 새가 우는 소리를 듣고자 원하는가, 그렇지 않은가……

검은 숲, 흰 숲

  내가 스님을 불러세웠을 때, 소녀는 당황한 듯 나를 쳐다보았다. 자기가 교회로 가고 있는 줄 알지 않느냐, 그런데 왜 스님은 부르느냐 하는 뜻이 담겨 있었고, 아직은 그래도 낯선 나에 대해서 뭔가 의구심을 갖는 몸짓이었다. 그러고 보니 소녀에게는 미안한 일이었다. 나도 한때 건성으로 교회에 다니면서도 절의 탱화(幀畵)를 보고는 심한 거부감에 무서움마저 느꼈던 적이 있었다. 소녀가 스님에게 거부감을 느끼는 것을 나는 충분히 이해할 수 있었다. 당연한 일이었다.

  그러나 나는 이미 앞서가는 스님을 불러세웠고, 서른이 채 안돼 보이는 스님은 걸음을 멈춘 상태였다. 소녀가 스님의 눈초리에서 보호받고 싶다는 듯 내게로 바싹 달라붙었다. 소녀에게 어떤 위화감을 주어서 미안한 일이기는 했다. 하지만 나는 스님을 불러세운 내 행동에 대해서 스스로에게는 잘한 일이라고 말할 수밖에 없었다. 결과적으로는 소녀의 눈치를 살피느라 몇 마디 말밖에 건네지 못했지만, 나는 시골의 산고개를 넘어가면서 스님이야말로 말동무로는 적격이라고 여겼던 것이다. 단순한 말동무로서만이 아니었다. 스님은 내 일, 그러니까 그 당분간의 내 밥벌이 일에도 이것저것 큰 도움을 줄 수도 있었다. 동안거(冬安居)중인 한겨울에 수행하지 않고 떠도는 돌중이라 할지라도.

처음 뒤에서 누군가 사람이 따라오는 것을 안 나는 적이 긴장되었었다. 얼마 전까정 도둑이 들끓던 되여. 소녀의 이모가 소녀에게 하던 말도 떠올랐다. 강도? 그러나, 그것으로 긴장되었던 것은 아니었다. 완전히 어둠이 깃들인 한밤에 갑자기 발자국 소리를 내며 나타난 사람, 사람이 무서웠다고 솔직하게 말하지 않으면 안 된다. 세상에 가장 무서운 게 사람이라고 하는 말은 보편성을 띤 말이었다. 가령 달밤에 공동묘지 부근에서 갑자기 웬 사람을 만났다고 상상해보라. 더군다나 그 사람은 예쁘게 단장한 묘령의 여자. 그 여자가 하얗게 웃으며 말없이 다가온다고 상상해보라. 꼬리가 아홉 달린 여우가 둔갑한 것이라면 그래도 괜찮다고 할 수 있겠다. 원한에 사무쳐 무덤 속에서 나온 진짜 귀신이다!

그러나 우리 뒤를 따라온 사람은 그런 무엇은 아니었다. 그는 빠른 걸음으로 뒤따라와서 그때까지, 비록 여자가 아님을 간파했을지라도, 잔뜩 긴장되어 있는 나를 안심시켜주려는 듯 "길이 늦었소이다" 하고 지나가는 말로 인사까지 건넸다. 언뜻 돌아보니 스님이었다. 스님은 그렇게 말하고는 어느새 우리를 앞질러 가기 시작했다. 잰걸음이었다. 나는 안도의 숨을 내쉬며 소녀를 살펴보았다.

밤에 산길에서 사람을 만나는 것처럼 무서운 것은 없다. 나는 일을 맡아 충청북도 땅을 뒤지고 다니게 되기 바로 전 몇 사람과 어울려 밤 숲길을 지나던 때가 떠올랐다. 그때도 그런 이야기가 나왔다. 그 숲은 깊어서 낮에도 검푸른빛이 감돌았다. 밤의 나무들은 지구의 생성에 대한 책들에 나오는 고생대니 중생대니 하는 무렵의 기괴한 나무 모양이었다. 그때 누군가가 물었다. 김형, 밤에 산에서 뭐가 젤 무섭지? 김형이라 불린 이는 한때 제주도에 살면서 홀로 한라산에 몇십 번을 오른 경력을 가지고 있다고 했다. 밤이고 낮이고를 가리지 않고 틈만 나면 올랐다는 것이었다. 밤에 산에 홀로 오른다는 사실만으로도 나는 그가 존경스러웠다. 밤에 산에서 무엇이 가장 무섭느냐는 물음에 그는 대뜸 소라고 대답했다. 소. 그 대답에 모두들 그에게로 주의가 집중되었다. 소라니? 밤에 웬 소냐고 의아해하는 물음에 그는 제주도의 특성부터 이야기했다. 그의 설명에 따르면 제주도에서는 흔히 소를 방목해서, 소가 산자락 여기저기서 풀을 뜯는다. 이 소들은 밤에 나무 그늘을 의지하여 잠을 잔다. 그런데 이 소들은, 아마도 잠을 자고 있기 때문일 텐데, 사람이 아무것도 모른 채 바로 코앞에 다가갔을 때에야 후닥닥 뛴다는 데 문제가 있다는 것이었다. 간 떨어지지, 간 떨어져. 그러나 그는 그 말을 마치기가 바쁘게 다시 말했다. 그래도, 그래도 역시 무서운 건 사람입니다. 그리고 나서 이야기는 정해진 것처럼 허깨비니 귀신이니 하는 것들로 옮겨갔다.

　검은 숲속에서 그런 존재에 대한 체험을 아무렇지도 않게 남에게 들려줄 수 있는 담대한 사람이 있는가 하면, 다른 한편으로는 일부러 주의를 다른 데 주면서 언뜻언뜻 듣는 몇 마디 낱말에도 오싹오싹해지는 사람이 있다는 것은 분명히 불공평한 일이었다. 나는 계속 귀를 닫고 있었다. 그러기 위해서 나는 무엇인가 집요한 생각을 하지 않으면 안 되었다. 나는 검은 숲을 생각했다. 검은 숲. 남쪽 독일의 광활한 지역에 우거져 있는 숲, 슈바르츠발트. 휴일이면 그녀는 그 숲속의 길을 자전거로 달린다고 했었다. 그녀는 서울을 떠날 때 학위를 받기까지 5년, 아니 7년을 기다려달라고 내게 말했었다.

　이곳도 가을입니다. 오늘 일요일 오후 근교의 숲으로 산책을 갔었습니다. 자전거와 함께이지요. 가을이 망설이듯 오고 있었습니다. 밭길에서 한 농부를 만났습니다. 모르는 야채가 있길래 그저 이름이나 물어보려 했었는데 대화가 제법 길어졌습니다. 흉년 걱정합니다. 고향도 올해는 흉년이란 말을 전해 듣고 있습니다…… 한 주일 충분히 잠 못 자고 잘 먹지 못하고 독일어와 씨름해야 했었습니다. 이 달말에 전공 과목을 위한 어학 시험이 있습니다. 철학과 예술사의 복수 전공 입학 허가서를 받아놓고 있지만 그 시험을 통과해야 전공 학과에 정식 등록이 됩니다. 그러니까 한 학기는 말 배우고 청강이나 하면서 보낸 셈입니다.

그녀의 편지는 공책 두 장을 빽빽이 앞뒤로 이어지고 있었다. 밤늦게까지 우리말로 무엇인가 쓰고 나면 이튿날 독일어가 그렇게 서툴러질 수밖에 없다는 것, 니체를 읽고 있다는 것, 가을의 입구에서 지평선을 바라보며 순간이지만 완벽하게 평화로웠고 은총처럼 내리쬐는 가난한 햇살이 아름다웠다는 것(여기서 그녀는, 다른 좋은 말이 있을 것 같은데 찾아낼 수가 없군요라고 덧붙였다), 시험이 끝나면 스위스 국경 근처의 보덴제라는 호수로 여행을 갈 예정이라는 것 등등. 그녀가 무엇이라고 쓰고 있든 그것은 이미 나와는 아무런 상관이 없는 일이었다.

그녀가 서울을 떠날 때, 나는 내가 그토록 오랜 세월을 기다릴 수 없다는 것을 이미 알고 있었다. 물론 나는 기다린다고 말했었다. 그러나 나는 나를 믿을 수가 없었다. 5년, 아니 7년? 나같이 참을성이 없는 인간으로서는 그런 몇 년 단위의 세월을 기다려야 한다는 몫이 바로 내 인생의 몫이라는 사실만 생각해도 참을 수가 없는 것이다.

모든 남녀의 만남이 그렇듯이 그녀와 나의 만남도 우연하게 급속도로 이루어졌는데, 그에 알맞게 헤어짐도 급속도로 이루어진 셈이었다. 그럼에도 불구하고 그녀와 나는 자주 편지를 나누었다. 서울과 독일 프라이부르크라는 도시 사이에 봉함 엽서가 전달되는 시간은 일주일쯤이 소요되었다. 내게 전달돼오는 엽서는 납작하게 박제된 짐승 껍질 같은 것에 지나지 않았다. 나는 마음속에서 멀리 떠나간 여자의 사연을 열심히 읽었다. 어떤 때는 몇 번이고 무심코 반복해 읽다보니 거의 욀 지경까지 되었다. 하지만 그 사연은 박제가 된 사연들이었다. 잘 다듬어진 우리글로 된 시나 소설을 읽고 싶어 견딜 수가 없습니다. 여자는 그렇게 말하고도 있었다. 멀리 떠나서 보내오는 편지를 보니 다른 모든 여자들처럼 그녀도 평범한 여자였다. 그런데도 나는 그 편지들을 무엇보다도 열심히 읽어야 했다. 그것은 마치 내가 거리를 지나가다가도 박제가 놓여 있는 상점 앞이면 어김없이 발걸음을 멈추고 들여다보는 심리와 같았다. 노루, 사슴, 꿩, 두루미, 악어, 천산갑, 뱀, 거북 그리고 대가리뿐인 멧돼지, 그것들은 늘 불편하게 내 마음을 사로잡았다. 커다란 멧돼지 대가리가 장식된 것은 이화동의 한 술집이었는데, 그 대가리 밑에서 나는 홀로 소주잔을 기울이곤 했었다.

그녀로부터의 마지막 소식이 온 것은 그녀가 떠난 지 2년쯤 되어서였다. 그녀는 선생을 한다는 루드비히라는 독일 청년과 결혼을 하고 있었다. 이곳 사람들은 이상해요. 찌개 같은 뜨거운 걸 못 먹어요. 한번은 그에게 우리식으로 찌개를 끓여주었는데, 비지땀을 뻘뻘 흘리며 간신히 먹는 거예요. 그리고 여자는 루드비히의 애칭은 루디라고 덧붙이고 있었다. 그러고 보니 언제부터인가 그녀는 엽서의 겉봉 주소에 서독을 영어식인 웨스트 저머니 West Germany가 아닌 독일어식인 베 에르 도이칠란트 B.R. Deutschland라고 적고 있었다. 그 겉봉의 변이가 그녀의 마

음의 변이를 벌써 충분히 이야기하고 있었던 것이었다. 아무래
도 좋은 일이었다. 나로서는 나보다 먼저 그쪽에서 기다림에의
배반을 보여주었다는 사실에 기분이 매우 흡족했다. 그러면 그
렇지, 내가 이겼다! 그러니까 내가 감쪽같이 마음을 숨기고 우
리 사인 애시당초 없었던 걸로 하자느니 어떻느니 하는 따위의
덜떨어진 소리를 늘어놓아 한바탕 소동을 벌이지 않았던 것이야
말로 얼마나 성숙한 마음가짐이었던가. 그런 뜻에서라면 나는
내가 생각해도 참을성이 없다고 할 수는 없는 인간이었다. 나는
그녀가 그렇게 떠나갈 때까지, 마치 노름을 잘 하는 사람이 손에
쥔 패를 결코 얼굴에 노출시키지 않는다는 것처럼 내 마음을 숨
기고 기다렸다. 참았다. 싸움의 진정한 승리는 그 싸움에서 이기
고 지는 게 아니라, 모든 것이 판가름난 훨씬 뒤의 평가에 있음
을 나는 알고 있었던 듯싶다. 그래서 나는 모든 부담을 그녀에게
지울 수 있었고 홀로 빙긋이 웃음조차 띠었던 게 아닌가. 어느
비 오는 밤, 그녀는 이국 남자의 품에 안겨 문득 그녀가 배반한
고국 남자를 생각하리라. 그리고 눈물지으리라.

　그날 나는 일행이 괴기담을 하며 그 검은 숲을 지나는 동안 줄
곧 그녀가 휴일이면 자전거를 타고 달린 그 검은 숲에 대해서만
생각했다.

　중부 유럽의 울창한 검은 숲은 너도밤나무의 숲이라고 했지.
그 너도밤나무라는 나무는 우리나라에서는 울릉도에만 자란다
고 했지. 검은 숲에 눈이 내리는 어느 날 밤에도 그녀는 그녀가

배반한 고국 남자를 생각하리라. 찌개 잘 먹는 고국 남자를 생각
하리라. 그리고 눈물지으리라. 불쌍한 루디 녀석!

그녀의 마지막 소식을 들은 지 몇 달이 지난 뒤에도 나는 여전
히 혼자였는데, 생활에 뿌리를 못 내리고 이리저리 옮겨다니고
있었다. 이리저리 옮겨다니고 있었다는 것은 셋방을 옮겨다닌
것에서부터 직장을 옮겨다닌 것, 그리고 마음의 갈피를 못 잡아
마음을 옮겨다닌 것, 이 모두를 통틀어 이르는 말이다. 나는 외
로운 짐승처럼 실제로 밤거리를 헤맸다. 솔직히 말해서 나는 여
자를 찾고 있었다고도 할 수 있다. 어차피 내가 남자인 바에야
그것은 남자의 한계일 것이었다. 그러나 곰곰 생각해보면 나는
단순히 여자를 찾아 헤맨 것 같지만은 않다. 그만큼 삶이라는 게
막막했다.

어떤 출판사의 의뢰를 받아 충청북도 일대로 취재를 떠나게
된 것은 그럴 무렵이었다. 교통이 발달된 오늘날에 와서 충청북
도는 단지 두어 시간의 거리에 있는 지역에 지나지 않는다. 그러
나 충청북도 전역을 샅샅이 뒤지고 다녀서, 각 동네마다의 특성
을 두루 살핀다고 할 때는 그리 간단하지만은 않다. 본디 그 일
은 내게 돌아올 것이 아니었다. 출판사에서 그 일을 계획한 것은
꽤 오래 전 일이었다. 그래서 어느 정도 취재까지 진행이 되고
있었다. 그런데 충청북도를 맡은 사람이 개인적인 일로 회사를
물러나는 바람에 이른바 대타로 내가 기용된 것이었다. 내가 연
락을 받고 가보니, 전임자는 벌써 몇 번째 충청북도를 다녀왔다

고 하면서 『도지(道誌)』를 비롯하여 자질구레한 신문 스크랩 따위를 내게 인계해주었다. 그는 그때까지, 군별(郡別)로 일을 착수하기 전에도 전체의 개괄적인 면모를 살피고 있었다. 그는, 일의 시행착오를 방지하기 위해서 사전에 개괄적인 글을 쓴다는 회사의 방침에 따라 몇 장의 글도 써놓고 있었다. 우선 충청북도를 어떻게 파악하고 있는지, 또 어떻게 파악할 것인지에 대한 간략한 보고서라고도 할 수 있었다. "참고가 되지는 않겠지만, 읽어보십시오." 전임자는 웃으면서 그것도 넘겨주었다. 그러면서 아무래도 이제까지의 일에 구애를 받지 말고 새로이 시작해야 할 것이라고 조언했다. 나는 일이 상당히 막연한 느낌이 들어서 그가 쓴 글부터 읽었다.

……충주와 청주의 머리글자를 따서 충청도라는 이름이 생겼듯이, 이 두 도시를 함께 가지고 있는 충청북도는 '충청도 양반'의 본고장이라는 긍지가 높은 곳이다. 그러나 이러한 긍지가 때로는 발전을 가로막는 요인이 되었음도 숨길 수 없을 터이다. 그래서인지 나라 안에서 제주도를 빼고는 가장 작고 보잘것없는 도로서, 뒤떨어진 산골 정도로만 알려져 있다시피 한 곳이기도 하다. 하지만 충청북도가 없다면 우리나라 사람의 3분의 1쯤은 고추를 넣은 김치를 못 먹고, 담배 피우는 사람의 3분의 1쯤은 담배를 못 피우고, 시멘트로 집을 짓는 사람의 3분의 1쯤은 일손을 놓지 않으면 안 된다. 게다가 이 땅의 구석구석에는 '산골' 인

만큼 예전 모습을 고스란히 간직하고 있는 신비한 이야기와 이상한 풍습이 아직도 많다.

충청북도는 지금 엄청난 변모를 겪고 있는 곳이다. 나라 안에서 가장 규모가 큰 '다목적댐'을 세워서 내륙의 바다를 만들고 있는가 하면, 도의 전체를 하나의 관광지로 묶는 계획을 밀고 나가고 있는 곳이다. 이런 가운데, 바람이 불면 대추가 떨어지고 대추가 떨어지면 시집을 못 간다고 가슴 죄었던 속리산 아래 처녀들은 지금은 어떻게 살아가는가, 나는 힘껏 살필 계획이다……

얼핏 머리에 들어오지는 않았어도, 그 글은 충청북도가 국내 생산고의 3분의 1 가량 되는 고추, 담배, 시멘트를 각각 생산하고 있음을 알려주고 있었다. 그러나 나는 신비한 이야기와 이상한 풍습을 예전 그대로 고스란히 간직한 곳이라는 구절에 정신이 쏠렸다. 아닌게아니라 그 무렵 중원군에서 뜻밖에 고구려 비석이 발견되어 떠들썩하고들 있었다. 길가에 버려져 있던 돌이, 만주에 있는 광개토왕 비를 닮은 고구려 비석임이 확인되었다는 것이었다. 그러니 충청북도는 아직도 무한한 이야기를 간직하고 있음이 확실했다.

그렇게 나는 일에 착수했다. 남이 상당히 앞서나갔던 일을 처음부터 다시 해나가는 식이어서 꽤나 더뎠다. '신비한 이야기와 이상한 풍습'은 쉽사리 발견할 수 있는 게 아니었다. 이런 가운데 내 눈길을 가장 먼저 끈 것이 올갱이라는 것이었다. 아니, 올갱이로 끓인 국, 올갱이국이었다. 충청북도의 역사를 비롯하여 경제·사회·문화, 그리고 인물에 이르기까지 종합적인 인문지리지(人文地理誌)를 작성하려는 거창한 일에 참여하여 어쩌자고 한 그릇의 싸구려 국에 그토록 눈길이 쏠렸는지는 나도 모를 일이었다. 나름대로 까닭이 있다면 있다고도 할 수 있을 것이다. 올갱이 자체는 충청북도 것만이 아니었다. 그러나 그것으로 국을 끓여 파는 올갱이국은 충청북도 고유의 것이었다. 올갱이국은 충청북도의 남쪽 지역인 옥천이나 영동 쪽을 제외한다면 충청북도 전역에서 가장 널리 알려져 있는 음식이다. 그런데 충청북도 땅을 벗어나는 순간 그것은 이름조차 사라져버린다. 따라서 이 충청북도의 특산물에 내 눈길이 쏠린 것은 당연한 일이었다. 그러나 한 도의 과거와 현재를 총괄하고 그것을 바탕으로 미래까지 내다보는 보고서를 작성하는 데 한 그릇 올갱이국을 따질 계제가 아니었다. 그런데도 나는 올갱이국이 충청북도의 정치·경제·사회·문화의 무슨 상징이라도 되는 듯 시종일관 머릿속에 넣고 다녔다. 나는 가는 곳마다 그 국을 파는 집을 꼭 찾아들어야만 직성이 풀렸다. 올갱이는 다슬기의 충청북도 말이었다. 흔히 길거리에서 삶아서 펜치로 꽁무니를 잘라 파는, 우산을 접어놓은 것 같은 원뿔꼴의 작은 고동. 올갱이국은 그것을 삶아 일일이 살을 빼내서 우거지와 함께 끓인 국이었다. 갖은 양념을 다져넣고 찌개를 끓이기도 한다. 삶아서 빼낸 올갱이 살은 곤륜

(崑崙)의 옥(玉)이 생각났을 정도로 유난히 벽옥(碧玉)빛을 냈다. 술안주로 이 벽옥빛 나는 살만 접시에 담아 내오기도 한다.

그날도 나는 올갱이국을 끓여 파는 집으로 찾아들었다가 소녀를 만난 것이었다. 소백산맥에 바싹 다가앉은 그 마을에 도착했을 때, 이미 다른 곳으로 가는 차편은 끊겨 있었다. 꽤 크기는 했으나 아직 읍으로 승격하지는 못한 어중간한 마을이었다. 그런데 문제는 그날이 공교롭게도 성탄 전야인 12월 24일이라는데 있었다. 빌어먹을, 나는 혀를 찼다. 빌어먹을, 어쩌자고 하필이면 크리스마스 이브에 이 산골짜기에 처박히게 되었단 말인가. 나는 볼품없는 길거리를 바라보며 내 신세를 한탄했다. 내깐에는 그런 신세가 되지 않으려고 서둘렀는데도 불과 몇 시간의 차질 때문에 나는 오도 가도 못 하게 되고 만 것이었다. 하루 전날 몇 시간만 빨랐더라면 나는 거기서 다시 고개를 넘어 별리 마을까지 갔다가 되돌아나와서 그때쯤은 서울로 가는 고속버스에 몸을 실었을 몸이었다.

객지에서 크리스마스 이브를 맞고 보니 생각보다 훨씬 기분이 스산했다. 기독교인도 아닌 주제에 굳이 크리스마스를 들먹일 처지는 못 된다 해도, 그렇더라도 그날 하루쯤 예수를 빙자해서 즐거운 분위기에 휩싸일 만한 은총은 누구에게나 주어졌다고 해도 무방할 것이었다. 서울에서라면 친구들과 어울려 한잔 걸치고 밤늦어서야 뿔뿔이 흩어질 것이리라. 그러나 객지에서 함께 어울릴 친구가 있을 리 만무였다. 나는 그날 난생 처음 그 마을에 발을 딛고 있었다.

이미 차편은 끊겨 있었으나, 나는 마을의 이모저모를 살필 겸해서 이곳저곳 기웃거리며 한편으로는 택시라도 구해 탈까 하는 생각으로 한동안 돌아다녔다. 그러나 결국 그곳에서 머물 수밖에 없다는 결론에 도달하고 말았다.

이미 말했다시피 그리 작지 않은 마을이어서, 요즈음의 웬만한 마을이 다 그렇듯이, 제법 대도시의 문물을 맛보고 있다는 것처럼 반들반들한 구석이 없지 않았다. 다방이나 음식점은 여전히 촌티를 내고 있었다. 그러나 무엇보다 눈에 띄는 것은 좁은 바닥에 세 군데나 되는 생맥주집이었다. 나는 들어가보지 않고도 그 안이 어떻게 치장되어 있는지 잘 알 수 있었다. 우선 그 벽에는, 반나체의 여자가 젊음과 몸매를 자랑하며 맥주를 선전하고 있는 대형 인쇄물이 붙어 있을 것이었다. 그 여자를 생각하자 나는 처음에 일을 위해 서울을 떠날 때 '예전 그대로 고스란히 남은 신비한 이야기와 이상한 풍습'을 머릿속에 그렸던 내가 공연히 머쓱해져서 쓴웃음을 지었다.

맥주집뿐이 아니었다. 모퉁이의 한 전파상에서는 열심히 징글벨이 울리고, 루돌프 사슴코는 매우 반짝인다고 끝없이 외쳐대고 있었다. 개 코는 냄새를 잘 맡기 위해서 축축해 있어야 하기 때문에 젖어 반짝인다고 했었다. 그렇다면 오늘 루돌프 사슴인지 아돌프 사슴인지는 이 거리에서 무슨 냄새를 맡으려고 저리 매우 반짝인단 말인가.

나는 어거지로 도시화를 흉내내려고 한 길거리를 못마땅해하는 몸짓으로 얼마 동안 서성거렸다. 내가 접하고자 원했던 것은 '신비한 이야기와 이상한 풍습'은 아닐지언정 적어도 시골의 정취인 것이다. 그러나 그것도 헛일이었다. 그러니 그런 산골짜기에 처박힌 내가 더욱 한심스럽기만 했다.

그렇다고 해서 내가 유난히 흥청거리며 크리스마스 이브를 보내고 싶었다는 것은 아니다. 말이야 바른말이지 크리스마스 이브랍시고 흥청거릴 나이는 꽤 오래 전에 지나 있었다. 아무리 나이를 따지고 싶지 않아도 나이는 나이인 것이다. 아니, 나이가 새파랗게 젊다 한들 홀로 시골 마을에서 흥청거리긴 뭘 어떻게 흥청거린단 말인가.

문득 고등학교를 졸업한 그해 크리스마스 이브 때 생각이 났다. 몇이서 계집애들과 짝을 지어 빈집에서 밤을 새웠었다. 그날 밤은 생각만 해도 낯간지러운 밤이었다. 특히, 누가 고안해냈는지 그놈의 사과 돌리기와 오징어다리 씹기는 치사하다 못해 구역질나는 것이었다. 사과 돌리기는 턱밑에 사과알을 끼우고 손 안 대고 상대방 남자나 여자의 턱밑으로 옮겨주는 놀이였고, 오징어다리 씹기는 오징어다리 하나를 남녀가 각각 다른 쪽에서 물고 다 먹을 때까지 씹어 들어온다는 놀이였다. 그때 내게로 오징어다리를 씹어 들어오던 그 계집애는 어디서 어떻게 살고 있는지 궁금했다. 나는 별 쓰잘데없는 생각을 다 하며 상당히 오랫동안 서성거렸다. 하늘이 잔뜩 찌푸려서 날은 곧 어두워질 것 같앉다. 나는 날이 어두워지면 어디 색전등이 반짝거리는 맥주집이라도 찾아가 한잔 기울이기로 하고 먼저 그 식당으로 찾아들어갔던 것이다.

밥과 올갱이국과 소주 반병이 내 앞에 놓여지기까지 나는 소녀가 무엇인가 투정을 부리고 있다는 사실을 알지 못했다. 소녀는 화가 잔뜩 난 복어처럼 볼이 부어 있었다. 나는 그런 모습을 보고서도 처음에는 별다른 느낌이 없었다. 저맘때의 소녀들은 하루에 열두 번도 더 볼이 붓는다. 금방 입이 삐죽거리는가 하다가는 금방 자지러지듯 웃을 수도 있다. 자기가 싫어하는 과일을 즐겨 먹는 사람을 그 싫어하는 과일보다도 더 싫어하는 게 소녀인 것이다. 그러니 소녀가 볼이 잔뜩 부어 있다고 해서 괘념할 거리가 못 되었다. 그러나 조금씩 시간이 흐름에 따라 무엇인가 다른 느낌이 내게 전달되어왔다. 부어 있는 것은 소녀뿐이 아니었다. 소녀에게 일을 시키고 있는 주인 여자도 역시, 화난 복어처럼은 아니라도, 볼이 부어 있었다. 나는 얼마쯤 관심을 기울였다.

"아니, 이것아. 이 저녁에 어딜 가겠다는 게냐? 한번 못 간다믄 못 가는 줄 알질 않구서."

아니나다를까, 주인 여자의 목소리가 들려왔다.

"이모두, 어딜 가긴 어딜 가유. 그냥 집에 가겠다는데."

볼멘 소녀의 대꾸였다.

"늬 엄마 그런 소리 읊드라. 신정에나 보내라구 했어."

주인 여자의 잘라 말하는 말들로 보아 그 동안 소녀는 꽤 끈질기게 매달렸던 모양이었다. 그리고 여전히 물러설 기세는 아니었다. 그 몇 마디의 대화에서 그들의 관계가 이모와 조카 사이임은 쉽게 밝혀졌다. 다시 소주 한 잔을 털어넣으면서 나는 주인 여자가 "말만한 계집애가 다 늦게 어딜……" 하고 혼잣말로 중얼거리는 소리를 들었다. 그 말에 나는 좀 놀랐다. 말만한 계집애? 내가 잘못 보았는가 해서 나는 한쪽 옆에서 잔뜩 불만스러운 표정으로 바깥을 바라보고 있는 소녀에게로 눈길을 돌렸다. 내가 보기에는 분명히 말만한 계집애라고 할 수는 없었다. 말만한 계집애라는 건 과년하여 무엇보다 몸매가 풍염(豊艶)하게 무르익은 여자를 말해야 했다. 그러나 소녀는 아직 확실히 앳된 면모 그대로였다. 다만 굳이 주인 여자의 말을 그런대로 써먹을 수 있다면 그것은 소녀의 엉덩이 부분일 것이라고 생각되었다. 그 엉덩이는 스커트 속에 꼬옥 감추어져 있었으나, 작은 암말의 그것처럼 팡파짐하게 제법 여물었겠다 싶었다. 하지만 역시 말만한 계집애는 아니었다. 나이도 이제 중학교를 마친 지 한두 해밖에 되어 보이지 않았다. 나는 잠자코 마지막 잔을 기울였다. 그리고 그날따라 왠지 밥도 잘 먹히지 않아 올갱이국만 퍼먹었다. 그러자 다시 소녀의 "이모……" 하고 하소연하는 듯한 소리가 들려 왔다.

"잠자쿠 있어. 그 길을 지금 혼자 어떻게 간다구 그랴. 얼마 전까정 도둑이 들끓던 되여. 곧 눈두 쏟아지겠구먼."

"뭐가, 그간에두 줄창 다니던 덴듸."

소녀는 막무가내였다.

"글쎄, 안 듸여."

주인 여자는 소녀를 집에 보내고 싶지 않아서가 아니라 어떤 위험 때문에, 그 언니가 아니면 동생의 딸일 소녀에 대한 책임감 때문에 허락하지 않고 있어 보였다.

나는 짐짓 끼여들었다.

"집이 어딘데? 차도 끊겼잖니."

나는 소녀에게 말하고 있었다. 소녀가 놀란 듯 나를 빤히 쳐다보았다.

"요 고개 넘어 별리, 걸어가두 일 없어유."

소녀는 차도 끊겼지 않느냐는 내 말에 항변하듯, 걸어가도 일 없다는 말에 힘을 주었다.

"별리?"

별리라는 말을 듣자 나는 정신이 번쩍 드는 느낌이었다. 그곳은 내 목적지였다. 나는 다음 일정을 위해 그날 적어도 그곳까지 갔었어야만 되었다. 그곳에는 새로 발견된 마애불(磨崖佛)이 있다고 했고, 나는 그것에 대해 사진까지 찍어야 했다.

마침내 나는 소녀와 동행을 자청하고 나섰다. 하지만 일 가지고 내가 소녀와의 동행을 자청하고 나선 것은 아니었다. 일이야 이왕 늦은 것, 하루 더 늦는다고 무슨 변이 생기지는 않을 것이었다. 어떻게든 소녀의 소원을 들어주어야 한다. 나는 꼭 그렇게

해주지 않으면 안 된다고 생각했다. 주인 여자를 설득시키는 것
은 그렇게 어렵지 않았다. 나는 군청 문화공보 과장의 이름을 들
먹였고, 나 역시 마침 급한 공무로 그곳까지 가야 할 몸이라고
둘러댔다. 물론 내 사진이 곁들여진 몇 가지 증명서도 보여주었
다. 마침내 함께 길을 떠나기로 되자, 소녀는 나를 힐끔힐끔 곁
눈질하면서도 얼굴 가득히 기쁜 빛이 역력했다.

우리는 서둘러 식당을 나왔다. 소녀는 이모네 식당에서 일한
지 두 달 남짓밖에 안 되었다고 했다.

"그런데 왜 집에 굳이 가겠다는 거지?"

진작부터 그것은 궁금한 일이었다. 소녀가 고개를 갸우뚱했
다.

"아저씬 교회엘 다니셔유?"

소녀가 느닷없이 되물었다.

"아니."

나는 어쩔까 하다가 솔직하게 대답했다. 순간 소녀의 얼굴에
실망의 빛이 스쳐지나가는 것을 나는 놓치지 않았다. 기독교 계
통의 학교를 다닌 나로서는 실망시키지 않기 위해서 얼마든지
거짓으로 대답할 수도 있었다. 그러나 나는 그럴 수 없다고 생각
했다. 나도 기독교인이 되려고 노력했던 때가 있었다. 그러나 아
무래도 교회가 체질에 안 맞았다. 내가 하나님에게 가장 절실하
게 기도한 순간들이 있었다면 그것은 초등학교에 다닐 무렵 주
일학교에 오가면서였다고 나는 새삼 기억했다. 내가 교회에 가

게 된 것은 어린 나이에 내가 좋아하고 있던 재봉틀집 계집애가
다녔기 때문이었다. 그애의 어머니는 '옷수선'이라고 써붙인 창
문 밑에서 늘 재봉틀을 돌리며 옷을 뜯어고치고 있었다. 나는 교
회에 나가 그애를 내 각시로 해달라고 하나님에게 간절히 기도
하곤 했었다. 그것밖에는 나는 기독교 계통의 학교를 다니면서
도 하나님의 존재를 그렇게 심각하게 받아들일 수가 없었다. 내
무엇이 잘못되었는지, 답답한 노릇이었다.

"교횐 왜?"

나는 입을 다물고 있는 소녀가 쉽게 다음 말을 꺼낼 수 있도록
유도했다. 그래도 소녀는 한참 머뭇거리다가 마지못한 듯 입을
열었다.

"난 지금 교회엘 가는 거여유."

소녀는 담담하게 말했다. 그리고 이어서 자기는 집 동네 교회
에 열심히 다녔으며 크리스마스 때는 꼭 가서 여러 가지 행사를
같이하겠다고 굳게 약속했다는 것이었다. 그러므로 어떠한 일이
있어도 가야만 한다는 것이었다. 말끝에 소녀는 이모가 정 보내
주지 않으면 몰래 도망이라도 쳤을 거라고 야무지게 덧붙였다.
교회에서는 「메리 크리스마스」라는 동극(童劇)도 하려고 계획하
고 있었는데, 그것은 확실치 않다고도 했다.

"기특한 일이구나."

나는 소녀의 말에 알 수 없이 깊이 감동되었다. 나는 다시 주
일학교 시절이 떠올랐다. 재봉틀집 계집애도 교회 일에 열성이

었고, 여러 선생님들의 귀여움을 독차지했었다. 그러나 나는 반대로 밖으로만 빙빙 돌았다. 예수님에 대해서, 하나님에 대해서 워낙 아는 게 없기 때문이었다. 나는 예수님이 왜, 어떻게 물 위를 걸어갔는지 도무지 알 길이 없었다. 물고기 한 마리가 어떻게 엄청나게 많아져서 수많은 사람이 배불리 먹게 되었는지 도무지 알 길이 없었다. 그래서 간단한 노래만 뻐끔뻐끔 따라 불렀다. 나는 신산주일학교 학생, 예배당에 나와서 주님 말씀 재미있게 듣고 좋은 사람 되겠어요. 그리고 기도만 했다. 내 각시가 되게 해주세요, 하나님 아버지.

이런 한심스런 일은 대학을 졸업하고 나서도 여전했다. 예수의 기적을 곧이곧대로 사실로 믿어야 한다, 아니다, 그것은 비유에 지나지 않다. 이런 논쟁 사이에서 다만 어리둥절하고만 있었을 뿐이었다. 이에 대해서 내가 기껏 할 수 있었던 짓거리는, 언젠가 송추유원지에 갔을 때, '이스라엘 초어'라는 큼직하고 시커먼 민물고기를 산 채로 파는 것을 보고, 아, 이게 예수가 불렸다는 물고기 종류인가보다 하고 한 마리 회를 뜨게 했던 그런 정도에 지나지 않았다. 터무니없는 짓거리에 지나지 않았다.

현실 생활에 대해서도 마찬가지로 종교의 문제에 대해서도 나는 도무지 갈팡질팡이었다. 내가 본래 카톨릭의 영세를 받은 몸임을 나는 알고 있었다. 강릉 임당동 성당의 271번 베드로였다. 그러나 그것은 내가 의식할 수 없는 어린 시절에 유아 영세라는 과정을 통해서였다. 단지 그뿐으로, 카톨릭과의 인연은 줄곧 멀었다. 구태여 밝히자면 전쟁 뒤에 구호 물자로, 챙이 달리고 안에 흰 양털을 넣은 모자를 얻어쓰기는 했다. 담요로 누빈 바지에 그 모자를 쓰고 나서면 소령집 애 부럽지 않았다.

어쨌든 그뒤, 말했다시피, 신교 주위를 어정거리다가 나중에는 어떤 심경의 변화로 불교 쪽으로도 기웃거렸다. 이것도 오산이었다. 나는 승려가 되어볼까 하고 얼마 동안 산에 들어가 있기도 했었다. 그러나 나는 종교적인 인간이 못 되었다. 나중에 승려가 되어 사미계를 받았다는 한 방의 동료는 쉽게 말했었다. "신심만 있으면 어려울 게 없지. 우선 이 260자만 읽으라구. 다른 거 생각할 거 없어. 까짓 260자 못 외겠어?" 그는 모든 수행승들의 기본적인 경전이라는 반야심경(般若心經)을 내게 가르쳐주었다. 반야심경의 온 명칭은 마하반야바라밀다심경이었다. 어려서부터 창의력은 부족해도 암기력은 좋다는 성적 통지표를 받곤 했던 내가 그의 말대로 260글자를 외는 데 그리 큰 힘이 들 것은 없었다. 요컨대 그의 말대로 신심이 문제였다. 나는 반야심경을 외었다.

관자재보살(觀自在菩薩), 행심반야바라밀다시(行深般若波羅蜜多時), 조견오온개공(照見五蘊皆空), 도일체고액(度一切苦厄), 사리자(舍利子), 색불이공(色不異空), 공불이색(空不異色), 색즉시공(色卽是空), 공즉시색(空卽是色), 〔……〕 아제아제(揭諦揭諦), 바라아제(波羅揭諦), 바라승아제(波羅僧揭諦), 모지사바하(菩提

沙婆詞).

정확한 뜻은 모르되 제법 소리까지 높여 외어보아도 애초에 없는 신심이 솟아날 리 없었다. 나는 아직도 애욕의 바다에 너울거리며 뜬 한 마리의 해파리와 같은 존재였다. 좀더 그럴듯한 먹이를 찾아 어디론가 너울거리지 않으면 안 되었다. 나는 밤중에 산 밑으로 도망치듯 내려오고 말았다. 그리고 자, 다음 차례는 힌두교인가 회교인가 하고 나는 참담해졌었다.

내가 고개 중턱에서 스님을 불러세운 것은 예전의 내 방황의 찌꺼기가 아직 내 정신의 밑바닥에 남아 있기 때문일 것이었다. 내가 소녀의 보호자로 고개를 넘겠다고 자청한 이상 소녀의 뜻을 살피기는 했어야 했다. 소녀야, 이 방랑자를 조금은 이해해다오. 우리는 나를 가운데로 내 왼쪽에는 소녀가, 오른쪽에는 스님이 서서 걸었다. 막상 말동무로 스님을 불러세웠으나 내게 바싹 달라붙는 소녀의 존재는 생각보다 훨씬 큰 부담을 주었다. 소녀의 태도는 나로 하여금 섣불리 스님에게 말을 붙이지 못하게 눈에 보이지 않는 압력을 가해왔다. 소녀의 이교도에 대한 경계는 「시편」에 나오는 어떤 저주의 분위기와도 같았다.

우리가 바벨론의 여러 강변 거기 앉아서 시온을 기억하며 울었도다. 그 중의 버드나무에 우리가 우리의 수금(竪琴)을 걸었나니 이는 우리를 사로잡은 자가 거기서 우리에게 노래를 청하며 우리를 황폐케 한 자가 기쁨을 청하고 자기들을 위하여 노래 중 하나를 노래하라 함이로다. 우리가 이방(異邦)에 있어서 어찌 여호와의 노래를 부를꼬…… 여호와여 예루살렘이 해받던 날을 기억하시고 에돔 자손을 치소서. 저희 말이 훼파하라, 훼파하라, 그 기초까지 훼파하라 하였나이다.

나는 말동무로 스님을 불러세우고 일행으로 삼았다가 오히려 난처한 입장이 되고 말았다. 내가 소녀를 어떻게든 꼭 집으로 보내주어야 한다고 다짐한 것처럼, 나는 소녀의 감정을 조금이라도 상하게 하고 싶지 않았다. 소녀의 태도가 그렇게까지 결연할 줄 몰랐던 내 불찰 탓이었다. 소녀들은 하루에도 열두 번씩 볼이 붓지만, 그런 경우 역시 여자답게 마음의 문을 여는 데는 형식적인 절차가 필요한 것이 당연하다고 나는 어렴풋이 생각했다. 아니, 그렇지 않을지도 몰랐다. 소녀는 일부 학자들에 의해 주장되듯이 예수의 시신을 수습한 막달라 마리아의 화신 같기도 했다.
이렇게 되니 세 사람의 분위기는 여간 어색하지 않았다. 나는 스님이 사자암으로 간다는 말에 겨우, "사자암이 예서 멉니까?" 하고 엉뚱한 물음을 던진 것이 고작이었다. 나는 이미 『도지』와 또 몇만 분의 일이라는 지도에서 사자암이라는 절을 보아놓고 있었다. 스님에게 가장 물어보고 싶은 말인, 새로 발견된 마애불에 대해서도 이러쿵저러쿵 꺼낼 수가 없었다. 내가 바위 벼랑에 새겨진 불상을 취재하기 위해 길을 나섰다고 한다면, 아기 예수를 맞기 위해 그렇게도 고개를 넘으려고 했던 소녀는 순식간에 나를 등질 것이었다. 나는 사서 고생하는 격으로 이러지도 못하고 저러지도 못 했다. '말만한 계집애'는 결코 아닌 작은 소녀에게 내가 그렇게도 마음을 쓴 적은 전에 없었다. 이해할 수 없는 일이었다. 그렇다면 소녀에게서 나는 내 어릴 적 각시인 재봉틀집 계집애를 보고 있었던 것이 틀림없다.

"어딜 가십니까, 오늘 같은 날에?"

어색한 분위기를 못 견디겠는지 스님이 입을 열었다.

"오늘 같은 날이라뇨?"

나는 소녀의 눈치를 살피며, 단지 그쪽에서 무슨 말인가 꺼내준 것이 고마워서 금방 말을 받았다.

"크리스마스 이브 아닙니까, 오늘은."

뜻밖의 말이었다. 나는 산골 고개를 넘는 스님의 입에서 크리스마스 이브라는 말 자체가 나온 것에 어떻게 반응을 나타내야 좋을지 알 길이 없었다. 그 점에서라면 소녀도 마찬가지로 나름대로의 충격을 받은 모양이었다. 어둑어둑 스며오는 땅거미 속에서도 나는 소녀가 흠칠하고 스님 쪽으로 눈을 돌리는 것을 놓치지 않고 보았다.

"더군다나 이 소녀는 교인이지요?"

스님은 그것을 간파했는지 앞짚어 말했다. 나보다도 약간은 어리다 싶었는데, 뜻밖에 능갈하다 싶은 말투였다. 그보다 놀란 것은 소녀 쪽이었다. 이 소녀는 교인인 듯한데라는 스님의 말을 듣는 순간 소녀는 어쩔 수 없이 내 손을 거머잡고 말았다. 소녀의 손바닥은 땀에 젖어 축축했다.

나는 비로소 스님에게 몇 가지 사실을 털어놓았다. 소녀는 지금 교회에 가고 있다는 것, 나는 우연히 동행을 하고 있다는 것, 그러나 결코 마애불 때문에 내가 가고 있다는 말은 하지 않았다.

"그렇다면 내가 본 중에 젤 아름다운 크리스마스군요. 나무서가모니불."

스님은 거침없이 말했다. 나무와 남무(南無)가 어떻게 다른지 모르고 또 석가(釋迦)와 서가가 어떻게 다른지 몰라도 그는 분명히 서가라고 발음했다. 나무서가모니불.

"스님은 절에 들어온 지 오래되셨습니까?"

나는 물었다. 그러나 곧 스스로의 말에 놀랐다. 나는 분명히 들어 '온' 지라고 말하고 있었다. 그렇다면 그것은 잘못이었다. 그것은 들어 '간' 지라고 말해야 옳을 것이었다. 다행히 소녀는 그 말의 차이점을 괘념하지는 않는 듯했다.

"뭐 그냥 어려서부터 들어왔지요. 절에 보내면 명이 길다고 했다나요."

"그럼 지금 계신 곳이 사자암?"

"아닙니다. 뒤늦게 학교에 적을 두었지요. 하, 동국대학교 불교학과. 방학이 되어 은사 스님을 찾아가는 길입니다. 나무관세음보살."

나무관세음보살이라는 말이 유난히 두드러졌다. 그러나 스님의 말투에는 경건함이 깃들여 있었다. 스님이 서울에서 대학을 다닌다고 하더라도 크리스마스를 들먹인 것은 나에게나 소녀에게나 파장이 컸다. 그래도 나는 여전히 스님에게 조금이라도 기울어진 자세를 보이지 않았다. 그런 내 태도에 소녀는 그 극심한 경계심이 조금은 풀어진 것 같았다. 하지만 셋 사이에 흐르는 공기는 별반 달라진 것이 없었다. 우리는 여전히 한 사람의 회의주의자, 한 사람의 예수주의자, 한 사람의 석가모니주의자였다.

고개 마루턱까지는 꽤 먼 길이었다. 어느덧 날은 어두워 내가 확실히 볼 수 있는 것은 내 옆에 걷고 있는 소녀의 어깨 거리 안이었다.

"눈이 올 것 같은데 안 오는군."

스님이 그렇게 말했다. 마치 그 말이 무슨 신호인 양 우리는 마루턱에 올라섰다. 지도에 따르면 사자암은 거기서 왼쪽으로 더 높이 올라가고, 우리는 드디어 별리 마을로 내려가게 되어 있었다. 마루턱에 올라서자 이제 반은 넘어섰다는 안도감이 전달되어왔다. 게다가 소녀와 스님에게 별것도 아닌 것을 가지고 부담을 주었다는 느낌에서 해방되는 것이 반가웠다.

"자, 그럼, 스님."

나는 인사를 했다. 주머니에서 양쪽 손을 꺼냈는데, 합장은 하지 못했다.

"잘 가시오. 눈이 올지 모르니. 애기는 크리스마스를 잘 지내고, 나무관세음."

젊은 스님은 어디까지나 나무관세음보살이었다. 소녀만 없었으면 나는 뭔가 한마디 뿔난 소리를 했을 것이었다. 너무 그렇게 나무, 나무 할 것까진 없지 않소. 그러는 사이에 스님은 어느덧 위로 휘적휘적 멀어져갔다. 그토록 빠른 걸음걸이를 가졌으리라고는 미처 상상하지 못했었다.

소녀와 나는 어둠 속에서 스님이 사라지는 것을 무슨 기묘한 마술을 보는 것처럼 바라보고만 있었다. 그때였다. 소녀가 갑자기 앞으로 나섰다.

"메리 크리스마스!"

나는 소녀의 입에서 나온 소리에 놀라지 않을 수 없었다. 그 목소리는 연극에서처럼 고양되어 있었다. 나는 나도 모르게 앞으로 걸어가 소녀의 손을 꼭 쥐어주었다. 그러면서 나는 스님이 먼데서 무엇인가 웅얼거리는 소리를 들었다.

날이 어두웠다. 우리는 고개를 내려가기 시작했다. 그럴 즈음 나는 눈발이 하나둘 내린다는 것을 알았다.

"어, 눈이 오는구나."

"쪼금 아까부터 내렸어유."

그와 함께 나는 주위를 두리번거렸다. 올라올 때와는 전혀 다른 풍경이었다. 어둠 속에서도 나는 그 차이를 확연히 알 수 있었다. 그것은 흰 숲이었다. 방금 눈이 내려서 흰 숲이 아니었다. 고개를 넘은 쪽은 해가 안 드는 서북쪽으로, 언젠가 내린 눈이 아직도 녹지 않고 있는 것이었다. 어둠 속에서도 나뭇가지들이 함박꽃 송이만한, 녹다 만 눈덩어리를 매달고 있는 것을 나는 보았다. 그리고 다시 내리기 시작한 눈. 멀지 않아 숲은 희디흰 숲이 될 것이었다.

"어서 가자."

나는 마애불의 얼굴을 그려보았다. 그 벼랑에 새겨진 얼굴은 부드러운 선에 귀가 귀인(貴人)처럼 늘어진, 웃을 듯 말 듯한 얼굴이리라. 주위들은 바로는 신라 때 것인지, 백제 때 것인지, 혹은 고려 때 것인지 밝히고 있는 중이라고 했다. 아무래도 좋았다. 그 산 바위 벼랑에 기어올라 하나의 얼굴을 쪼았던 우리 조상의 모습을 나는 강조하려고 하는 자세였다. 누군가가 아무도 없는 바위에 붙어 어떤 얼굴을 쪼았을 것이었다. 내게는 그 얼굴이 루오가 그린 예수처럼 보일 수 있을지도 몰랐다. 아니, 어떤 나라의 왕자였다가 깨달은 이름 모를 사람이라도 좋을 것이었다. 우상을 숭배하지 말라. 기독교에서 배웠다. 그런데 그런 학교를 다녔으면서도 나는 절했다. 그러나, 그때 금물로 칠해진 불상은 내게는 우상이 아니었다. 그것은 내 마음이었고, 결국 나였다. 나는 새벽 세시에 일어나 절했다. 나에게 절했다. 내 흐트러진 마음에 절했다.

나 때문에 일어난 모든 일에 대해서 나를 벌하옵소서. 예수 그리스도, 진정한 마음. 술 먹고 싶고, 여자 간하고 싶고, 돈 갖고 싶은 마음. 권세 가진 자를 욕하고, 친구를 침뱉은 사악한 마음, 이웃을 헐뜯고 자기를 앞세우는 간특한 마음, 잘된 자 시기하고 못된 자 핍박하는 악마의 마음, 긍휼히 여기소서, 주여.

　나는 누구보다도 먼저 일어나 촛불을 켜고, 손바닥을 귀 뒤에서 위로 하는 그 부처에 대한 진정한 배례(拜禮)를 하면서 빌었다. 옛날 정반왕의 아들 고타마 싯다르타는…… 보리수 나무 아래서 삶의 이치를 깨달았다. 예수와 싯다르타……

"스님이 뭐라고 하고 갔죠?"

　눈발 탓인지 소녀는 내 팔에 매달려 있었다. 나는 스님이 먼 음성으로 보내던 소리를 생각했다. 소녀는 그 입으로 거리낌없이 '스님'이라고 했다.

"글쎄…… 저기 불빛 보이는 데가 동네지? 벌써 행사는 시작했겠지?"

　나는 나이먹은 사람의 그 의뭉을 떨었다. 소녀가 내 손을 더욱 꼭 잡았다. 눈은 본격적으로 내리려고 하는 것 같았다. 나는 소녀를 예수에게로 인도하려고 가고 있음이 분명했다. 그러나 내가 해야 할 일은 다른 일이었다. 붓다의 얼굴을 보러 가야만 했다. 바위 벼랑에 새겨진 한국의 붓다. 그렇지만 소녀가 물어본 것을 사실 그대로 대답할 수가 없었다. 그 스님이 멀리 가면서 들려준 소리, 그것은 눈발 속에서 나만이 알아들을 수 있는 가물가물한 소리였다. 아제아제, 바라아제, 바라승아제.

　고갯길이 훨씬 가팔라졌다.

"조심해, 다 왔으니까."

　길은 소녀가 더 잘 알 것이었다.

그리고 나는 다시 흰 숲을 보았다. 눈이 아주 녹지 않은 곳이 있었다. 희디흰 숲이었다. 스님의 마지막 소리는 무엇이었던가. 아제아제, 바라아제, 바라승아제. 스님은 그런 소리를 남기며 산으로 올라갔다. 반야심경의 마지막 구절이었다. 아제아제, 바라아제, 바라승아제. 그 뜻은 가자 가자, 높이 가자, 더 높이 가자라는 것이었었지.

문득 내 눈에 그녀가 검은 숲에서 흰 숲으로 자전거를 타고 달려가고 있는 모습이 어른거렸다. 이곳 사람들은 찌개를 못 먹어요. 검은 숲이 아니라 흰 숲이었다. 나는 아무것도 못 이루고, 여자도 못 찾고, 헤매기만 하는 나를 되돌아보았다. 이제 마을에 도착하면 밤은 더욱 막막하리라. 나는 어금니를 꽉 깨물었다. 현실의 삶도, 직장도, 정신적 지주도, 종교도, 나는 내 것으로 한 것이 없었다. 지평선을 바라보며 순간적이지만 완벽하게 평화로웠습니다. 먼 불빛이 일렁일렁 가까워지는 듯했다.

그래.

나는 헤매오기만 했다. 삶? 종교? 또 무엇? 모든 것이 엉터리였다. 그러나 포기할 수는 없는 것이었다. 내가 아무리 날나리 인생을 살아왔든, 나도 아름다움을 추구하며, 악을 미워하는 정의로운 인생길에 접어들고자 노력해왔지. 아무렴, 가자 가자, 높이 가자, 더 높이 가자. 아무렴.

그때 나는 나도 모르게 중얼거렸다.

불쌍한…… 녀석!

그렇다. 나는 루디라고 하려고 했다. 불쌍한 루디 녀석! 눈 내리는 어느 날 밤에 그녀는 눈물지으리라. 불쌍한 루디 녀석! 그러나, 그러나, 그러나, 눈이 내렸다.

불쌍한······ 녀석!

내가 녀석이라고 부르는 그것이 루드비히의 애칭이 아닌 줄을 나는 이미 알았다. 그것은 나 자신이었다. 5년, 아니 7년. 그렇다면 아직 나는 얼마나 기다려야 할까. 루디의 애를 갖겠다고? 5년, 아니 7년. 흰 숲이었다. 눈이 쏟아지고 있었다.

원숭이는 없다

아파트에 정기적인 소독날이 되어 우리는 쫓겨나다시피 바깥으로 나왔다. 무슨 적당한 빌미가 없나 하여 이런 궁리 저런 궁리로 시간을 죽이던 차에 옳다꾸나 하고 옆의 작은 공원으로 모인 것이었다. 연출가 김형과 배우 김형, 그리고 나. 말이 연출가고 말이 배우지 솔직히 말해 그 방면으로는 별로 빛을 못 보고 그저 앙앙불락하고 있는 처지들이었다.

끼리끼리 모인다는 말대로 나 역시 이들과 한패를 이룰 수밖에 없었다. "나 같은 귀두(鬼頭)를 세상이 몰라주니, 민주화가 돼봤자 그게 뭐겠나 이런 생각이 듭니다. 안 그렇습니까. 캬를캬를캬를." 연출가 김형은 거의 언제나 이런 말을 농담으로 던지고 있었다. 귀재라는 낱말 대신에 우스개처럼 귀두라는 낱말을 만들어 사용하고, 또 여러 사람들로부터 '칠면조 소리'라고 놀림을 받는 독특한 웃음 소리로 얼버무리고는 있었으나, 자기 능력에 대한 자부심과 세상에 대한 불만을 곧이곧대로 드러내는 말이었다. '칠면조 소리'의 웃음이 아니라면 더욱 씁쓸하게 들

114

릴 말이었다. 그러나 그 '칠면조 소리'에 기대는 바가 커서 그가 언제나 허물 없이 던질 수 있는 말인 줄을 우리는 알고 있었다.

우리들은 이른바 수도권이라는 변두리 동네에 이사와서 서로 끼리끼리임을 알아보고 곧 죽이 맞아 친한 사이이기는 했지만, 그리고 온갖 할 소리 안 할 소리 하며 어울리고 있었지만, 단 한 가지 가장 중요한 것만은 잘 모르고들 있었다. 이를테면 누구의 마누라가 생리통을 앓고 있다는 것까지 알고 있었지만, 도대체 어떻게 해서 생활을 꾸려가나 하는 의문만은 무슨 금기처럼 서로 건드리려고 하지 않았다. 보릿고개가 없어지고 절대빈곤이 없어진 지 오래인 사회라고는 떠들어대도 그것과 상관없이 먹고 산다는 문제처럼 심각한 것이 어디 있단 말인가. 그런데 이 심각한 문제 앞에서 허울 좋은 우리는 말할 수 없이 허약한 존재에 지나지 않았다. 그래서 누군가가 "이 동네엔 등처가들이 많다면서요? 마누라 등쳐서 먹고 사는 사람들. 껄껄껄" 하고 너털웃음을 웃었을 때 우리는 아무도 따라 웃지 않았었다.

소독약의 약내가 다 사라지자면 오후 한나절이 걸릴 것이었다. 그것은 그때까지 우리가 매우 자연스럽게 어울릴 수 있다는 것을 뜻했다. 남들은 한참 일터에 나가 일하면서 또 세상 보란 듯이 노동조합이니 뭐니 만들어 당당하게 뛰어다니는 한낮이었다. 작은 공원에는 한쪽 다리를 질질 끌거나 지팡이에 몸을 의지한 늙은이만 어쩌다가 한둘 유령처럼 모습을 나타낼 뿐이었다. 그러니 건장한 나이의 가장으로서 소독약을 핑계로 공원에 나와 앉아 있는 처지인 만큼 '귀두'가 어쩌고 변명을 하지 않을 수도 없는 노릇이었다.

"여기 이 벤치에들 단골로 와 앉으니 아예 명패까지 만들어다 놓읍시다. 국회의원이나 무슨 높은 사람들 책상 위에 있는 것처럼…… 캬를캬를캬를." 건축 공사장 현장 식당에서 기르고 있는 칠면조가 그런 소리를 낸다는 걸 처음 안 것도 셋이 함께 있을 때였다. 그것은 제 영역에 누군가 들어오면 지르는 위협과 경고의 소리라고 여겨졌다. "김형은 그 개들 홀레붙는 소리 같은 칠면조 소리만 안 내면 출세할 텐데"하고 누가 지적할라치면 그는 되받아 말하곤 하였다. "글쎄 이게 내 등록상푠데 칠면조가 허가도 없이 써먹고 있으니 세상 칠면조들 죄 집합시켜놓고 따질 수도 없고…… 다음부턴 이런 행위를 않겠습니다. 사죄 광고를 내랄 수도 없고…… 캬를캬를캬를."

"칠면조 고기 거 별맛 없습디다. 퍼석퍼석해서 우린 별로…… 미국 놈들은 뭐 그런 걸 좋아하는지 몰라." 배우 김형이 거들었다. "월남에 갔을 때 나도 몇 번 맛봤었는데……" 그러자 갑자기 월남(越南) 이야기가 나왔다. 분명히 캐보면 월남 이야기가 아니라 먹는 이야기에 지나지 않았지만, 아마도 이렇게 된 것은 칠면조의 맛에서 비롯된 먹는 이야기 때문이었으리라. 어쨌든 월남전 참전용사인 배우 김형은 월남 이야기부터 시작하고 있었다. 그는 언제나 눈을 일부러 크게 껌벅여 보이려는 것 같은 버릇이 있었다. 그 모양을 보고 있으면 아마도 배우들은, 특히 출

116

세하지 못한 배우들은 저런 식으로도 얼굴 표정을 만들고 있어야만 하는가 하는 생각이 들게끔 했다.

어쨌든 월남 이야기가 끼여드는가 했더니 이어서 원숭이 이야기가 끼여들었다. 월남에서 원숭이를 먹는다는데 우리가 개를 먹는 게 뭐 그리 야단스러우냐는 요지의 이야기였다.

"원숭이가 개보다 사람 쪽에 훨씬 가깝지 않은가 말야."

그와 함께, 원숭이 요리가 등장하면 늘 이야기되듯이, 산 원숭이의 두개골을 빠개 골을 빼먹는다는 방법이 입에 오르내렸다. 이 이야기는 꽤 여러 번 들은 적이 있으나 직접 그렇게 먹었다는 사람을 한번도 만나지 못한 것은 이상한 일이었다. 이야기인즉 산 원숭이의 두개골만 도드라져 나오게끔 가운데 구멍이 뚫린 식탁이 우리나라의 숯불구이 식탁처럼 놓여 있고 거기에 산 원숭이를 꼼짝못하게 조여놓고 두개골의 정수리를 두들겨 깬다는 것이었다. 산 원숭이지만 바둥거리지도 못한다. 아니, 아무리 밑에서 바둥거려봤자 두개골은 별수없이 평온한 상태로 놓여 있다. 두개골은 무슨 과일처럼 쪼개져서 뇌수를 드러내놓는다. 이걸 먹는 겁니다, 하하하 하듯이 누군가가 선뜻 숟가락을 가져간다. 그렇지. 열대에는 두리안이라는 원숭이 머리통만한 과일이 있다. 그걸 쪼개면 안에 하얀 크림 같은 과육이 나온다. 바로 이걸 먹는 겁니다 하고 누군가가 말한다. 모두들 미끈미끈한 것을 찍어든다. 단백질 썩는 냄새 같은 게 코를 찌른다. 이 과일 이름이 뭐라고 했죠? 두리안이라고요? 그거 사람 이름 같군요. 두리

안, 두리안. 두리안. 이 과일나무는 종려나무처럼 높게 자란다. 그래서 과일을 딸 때면 원숭이를 올려보내 따서 밑으로 던지게 한다고 한다.

"하기야 월남에서는 원숭이 값이 싸니까……"

배우 김형은 다리 어디에 수류탄 파편 자국을 가지고 있었다. 수색중대의 무전병이었다고 그는 말했었다. 망중한의 이런 이야기 가운데 나는 엉뚱하게도 그 며칠 전에 신문에 조그맣게 났던 한 기사를 떠올리고 있었다. 그것은 과학자들이 저 화성에서 50만 년 전에 이룩된 것으로 보이는 어떤 문명의 흔적을 발견했는데, 그 흔적이 홰를 타고 앉아 광활한 우주 공간을 응시하는 거대한 원숭이의 얼굴 모습이라는 것이었다. 그리고 아울러, 아직도 역사의 수수께끼로 영국 어느 평원에 늘어서 있는 거대한 돌기둥들과 같은 것들도 관측되었다고 곁들이고 있었다고 기억되었지만, 내게 갑자기 다가온 것은 그 원숭이의 모습이었다. 홰를 타고 앉아 광활한 우주 공간을 응시하는 거대한 원숭이.

5월 들어 햇볕은 금방 본격적인 열기를 띠어가고 있었다. 금년은 몇십 년 만에 오는 짙은 황사 현상이라고 보도되었듯이 4월은 온통 바람과 뿌우연 모래 먼지로 가득 찼었다. 그리고 5월이 되고 황사가 걷히자마자 염천으로 돌입하고 있는 것이었다. 모두들 이제는 어찌 된 셈인지 봄이란 게 없어졌다고 말하고 있었다. 과연 그런 말을 들을 만도 했다. 봄이나 가을은 오는가 하자 어느 틈에 사라져버리는 것이었다. 교과서가 한반도의 겨울

날씨에 대해 3한 4온이라고 적어서는 안 되는 데서부터 기후는 사실상 달라진다고 보아야 했다. 일, 이십 년 사이에 모든 것에 걷잡을 수 없는 변혁이 오고 있었음을 기후가 단적으로 보여주고 있다고들 했다. 눈을 들면 공원 한구석의 운동장으로 햇볕이 자꾸만 눈동자 조리개를 좁히며 쏟아지고 있었다. 그 운동장 가장자리에 철봉에 스무 살 남짓한 나이의 청년이 사지를 쫙 벌리고 매달려 있었다. 그 모습은 말리기 위해 막대기를 버팅겨 매달아놓은 무슨 짐승 껍질 같아 보였다.

그것과는 상관없이 나는 한 마리의 작은 원숭이를 눈앞에 그리고 있었다. 그 어느 해였던가. 국민학교 때, 의붓아버지를 따라 곡마단의 천막 앞에 서 있었던 기억이 그 한 마리의 작은 원숭이를 떠올리게끔 한 것이라고 생각되었다. 그 밖에는 원숭이와 내가 직접 맞닥뜨린 사건은 내 생애에 없었다. 이 경우에도 그 원숭이를 기억한다고 해서 그놈의 얼굴 생김새의 특징까지 요모조모로 뜯어서 말할 성질의 것은 아니다. 사람에 있어서도 인종이 달라지면 그게 그 사람 같아 보이는 판국에 원숭이의 얼굴까지 개별적으로 구별할 눈은 내게는 물론 웬만한 사람에게도 없을 것이리라. 곡마단의 출입구 위에서는 가로막대에 올라간 광대가 등에 멘 북을 발로 차서 치며 나팔을 불었다. 의붓아버지는 나와의 위화감을 줄이기 위한 의도로 그런 종류의 구경거리를 보는 방법을 택하리라고 작정한 모양이었다. 그래서 이미 나는 몇 번인가 곡마단 구경을 했었다. 높은 그네를 타거나 막대

위에 접시를 올려놓고 돌리거나 사람이 들어간 상자에 칼을 쑤셔넣거나 하는 따위로 뻔한 구경이었다. 줄을 서서 기다리던 나는 목줄에 매인 작은 원숭이가 출입구 옆 가로막대를 홰로 하여 오도카니 쭈그리고 앉아 있는 것을 보았다. 나는 그 원숭이에게 마음이 끌렸나보았다. 우리는 똑같이 어리다 하는 감정에서부터 알 수 없는 곳에 끌려와 있는 신세를 나와 견주어 어떤 동류 의식을 느꼈었다고 여겨진다. 불쌍한 원숭아, 네 아빠 엄마는 어디 있니. 나는 원숭이에게 몇 발짝 다가갔다. 내가 한 행동은 그것뿐이었다. 그러나 원숭이는 얼굴을 반짝 들고 유리로 해박은 것 같은 반들거리는 눈으로 나를 바라보았다. 나는 무슨 시늉인가를 하였다. 아마도 우호적임을 나타내는 시늉이었을 것이다. 그런데, 순간, 원숭이의 팔이 휘익 뻗쳐오더니 내 얼굴을 스칠락말락하여 스웨터를 옭아쥐었다. "으악!" 나는 겁에 질려 소리쳤다. 인간은 자신의 우호적인 태도가 상대방으로부터 배척당할 때 가장 절망하고 분노하는 것이라면, 그때의 내가 그랬다. 그러나 나는 그 어리고 작은 짐승에게 단지 스웨터 한 자락을 잡히고 있는 데 지나지 않음에도 불구하고 겁에 질린 채 어쩔 줄을 몰랐다. 원숭이가 유난히 팔이 길다는 것과 아울러 악력이 대단하다는 것을 나는 그때 확실히 경험했다. 누군가가 와서 원숭이를 때려 팔을 거두게 한 뒤에서야 나는 그 손아귀에서 가까스로 벗어났다. 나는 지나치게 새파랗게 질려 있었다. 그런 일을 겪어서인지 그날의 곡마단 구경에 대해서는 아무런 장면도 남아 있지 않다. 아마 혼쭐이 났다고 해도 과장이 아니리라.

그뒤 나는 원숭이 꿈을 여러 번 꾸었는데 나타난 것은 어김없이 그 원숭이였다. 그리고 꿈이 아닌 현실에서도 한 마리의 원숭이를 두고 두고 머릿속에 간직하게 되었는데 그것은 자신이 아무리 외로운 상태에 빠져 있다 하더라도 함부로 다른 사람에게 나타내고 함께 나누기를 바라서는 안 된다는 교훈으로서의 원숭이의 얼굴이기도 했다.

"그건 그렇고 오늘은 어디로 좀 움직여보는 게 어떨까들. 소독약 냄새가 여기까지 오는 거 같아서."

나는 제안했다. 목이, 가슴이 무엇엔가 짓눌리듯 답답함을 느끼고 있었다.

"어디, 뭐, 좋은 데라도 있나요?"

배우 김형이 동조하는 눈치를 보였다.

"좋은 데긴 뭐 원숭이 구경이나 할까 하는 거죠."

나는 웃음을 띠고 우스개를 말하고 있었다. 그러나 내게서 그런 제안이 나온 것은 나로서도 뜻밖이었다. 그 바로 직전까지 나는 그 따위 계획은 꿈에도 생각지 않고 있었다. 아닌게아니라 연출가 김형이 캬를캬를 웃을 듯한 표정으로 "원숭이? 진짜 원숭이를?" 하고 묻는 것도 당연했다. 나는 장난처럼 나온 내 말에 왠지 강한 책임감을 느꼈다. 그것은, 이야기가 원숭이에 대한 것이었고, 실제로 소독약 냄새가 내 코끝에도 아른거리기 시작한 결과, 아무런 대안도 없이 해본 소리였다. 아니, 내가 '원숭이 구경이나 할까' 하고, 입 밖에 냈을 때 내가 뜻한 것은 '진짜 원숭이' 구경이 아니라 그저 사람 구경이나 하자는 것이 아니었을까. 그랬음에 틀림없었다. 그렇다. 내가 무료에 못 이겨, 혹은 어떤 강압감에 못 이겨 '원숭이 구경이나 할까' 라고 중얼거린 것은 어디 사람 구경이라도 하러 가자는 뜻에 다름아니었다. 그런데 말을 마치자마자 나는 문득 책임감을 느꼈다. 늘 그렇듯이 아무 말이나 툭 던져놓고 상대방에서 자세한 걸 물어오면 '그저 그렇다는 얘기지, 뭐' 하고 얼버무려도 그만이었다. 그러나 나는 알 수 없는 손아귀에 덜미를 잡힌 느낌이었다. 왜 그럴까. 사람을 원숭이에 비견한다는 것은 어떤 짐승의 경우와는 좀 다르기 때문이었을까.

"어찌 됐든 일어나보자구요."

나는 손에 들고 있던 담배 꽁초를 쓰레기통으로 던졌다. 원숭이와 사람은 너무 닮았다. 그래서 원숭이는 애초부터 재수없다는 구설수를 뒤에 달고 다니는 게 아닐까. 자기와 닮은 사람을 만나면 당황하게 되듯이, 같은 옷을 입은 사람을 만나면 당황하고 불쾌하듯이, 누구 말대로 나는 '끄끕한' 마음이 되었다. 진짜 원숭이를 찾아야 한다. 어디선가 이런 목소리가 들려오는 것만 같았다. 숨이 막혔다. 나는 여전히 목덜미를 움켜잡힌 채였다. 웬 손아귀가 이리도 억센가 하고 실제로 현실의 일인 양 여겨 나는 흘깃 뒤를 돌아다보기까지 했다. 등나무 시렁 위로 성글게 뻗은 덩굴줄기 사이에서 햇무리가 뭉그러지듯 빛났다. 그리고 나는 한 마리의 원숭이를 보았다는 착각이 들었다. 그것은 어릴 적 곡마단 천막 앞에 오도카니 앉아 있던 그 작고 어린 원숭이로 보였다. 여간 기분이 언짢은 게 아니었다. '이놈이 아직도 날 놓지 않고 있어!' 나는 속으로 외쳤다. 그러나 속으로 외쳤다는 이 소리는 거의 바깥까지 들렸을 지경이라고 생각되었다. '지독한 놈!' 하고 나는 뒷말을 달았다.

"진짜 원숭이가 있는 데가 어디 있긴 있을 텐데…… 가령 저쪽 변두리 장 같은 곳엘 가면……"

나는 가벼운 현기증을 느끼며 쫓기듯 중얼거렸다. 나 자신 내가 몽유병자 비슷한 상태에 빠져 있다고 생각되었다.

"변두리 장이라뇨?"

배우 김형이 물었다. 그렇지 않아도 그는 매사에 핼끗핼끗 호기심이 많은 사람이었다.

"닷새마다 서는 5일장 같은 게 아직도 섭디다. 그리 볼 건 없지만 약장수가 들어와 한바탕 북새통을 떠니까…… 맞아. 원숭이도 있었던 것 같은데."

지난 가을에 우연히 그곳에 가서 장터 구경을 한 적이 있었다. 검정 고무신이 쌓여 있는 난전 옆으로 대장장이가 벌겋게 속까지 단 시우쇠를 모루 위에 놓고 치고 있는 광경만이 예전 장터 풍경으로 남아 있었다. 그 밖에는 5일장이고 뭐고 조금 과장해서 표현하면 슈퍼마켓을 산만하게 흩어놓은 꼴이었다. 그때 거기를 뭐 하러 지나치게 되었는지에 대해서는 아슴푸레하게 잊어

먹은 상태였다. 분명히 무엇 때문에 갔을 터인데 그 무엇은 잊어
먹고 그 언저리 풍경만이 남아 있었다. 좀 비약이지만 삶도 결국
은 그러리라는 데 생각이 미치면 여간 어정쩡해지는 게 아니다.
그러니까 무엇 때문에 사느냐고 물으며 어설프게 괴로워할 일은
아닌지도 모른다. 그러다가 장터 한구석에 닭이나 오리를 비롯
해서 개, 고양이, 염소, 비둘기에 꿩이며 거위까지 파는 장사치
앞에 이르렀고 마침내 또 한 번 새로 공연을 벌이는 약장수 패거
리들을 볼 수 있었던 것이다.

"확실히…… 원숭이도 있었어……"

나는 스스로에게 확신을 불어넣기 위해 단정적으로 말하려고
애썼으나, 원숭이를 보았다는 기억은 아리송하기만 했다. 그 바
로 옆에 여러 가지 동물들을 파는 장사치가 있어서, 거기서 끌어
낸 연상일까. 아니면 그런 약장수들은 흔히 원숭이를 끌고 다닌
다는 고정관념을 앞세워 자신에게 유리하게 끌어낸 상념일까.
원숭이는 거기 어디에 오도카니 앉아서 과일이나 과자를 야금야
금 먹고 있다가 느닷없이 끌려나와 억지스러운 재롱을 떨며 사
람들 앞을 한 바퀴씩 돌곤 했다는 기억이 떠올랐다. 틀림없는 듯
했다. 약장수에 원숭이가 없다니 말도 안 되는 소리였다. 틀림없
었다. 그 약장수들이 보여주는 쇼도 결국 천편일률적이긴 했으
나 오래간만에 보는 터라 그러려니 하면서 나는 그 옆에 꽤 오래
맴돌았다. 땟국에 전 '쭈쭈복'을 입고 작은 소녀가 텀블링을 하
고, 난쟁이 부부가 나와 서로 마주보며 고고인지 디스코인지 엉

덩이춤을 추었다. 제법 우산 위에 불덩이도 돌리는가 하더니, 재담에 격파무술 시범으로 이어져갔다.

"지금 나오실 분은 오랫동안 지리산에서 도를 닦으며 무술을 연마하신 높으신 도사이십니다. 요전에 서울운동장에서 열렸던 전국 무술대회에서 영예의 일등을 차지하시고 여러분도 보셨으리라 믿습니다만 얼마 전 엠비시 텔레비전에도 출연하셨던 분입니다. 워낙 높으신 분이라 웬만해서는 모습을 나타내시기조차 꺼려하시는데 금번, 금번만 특별히 여러분들께 그 높으신 무술을 보여드리기로 했습니다. 어느 누구도 선생님의 무술을 이제 다시는 볼 수 없습니다. 왜냐하면 선생님은 오늘 이곳에서 시범을 보이시고 곧장 다시 도를 닦으러 지리산으로 들어가시기 때문입니다. 여러분은 일생에 큰 행운을 잡으신 겁니다. 다른 곳에서 한 번만 더 보여주십사고 애걸복걸해도 결단코 이번이 마지막이라는 겁니다. 그러므로 여러분들께서는 이후로 다른 어디에 가서도 선생님의 신기에 가까운 무술을 볼 수 없으실 뿐만 아니라, 아울러 부탁드릴 것은 또한 오늘 이 자리를 일어나시자마자부터는 선생님의 무술에 대해 입을 꼭 다물어주십사 하는 것입니다. 다른 마을 사람들이 우리 마을에는 왜 안 데려오시느냐고 항의를 하는 날에는 저희들은 그날로 굶어죽는 수밖에 없습니다. 선생님은 결코 약장수가 아니십니다. 엠비시뿐인 줄 아십니까. 케이비에스 「만나보고 싶었습니다」 시간에도 직접 나오신 걸 여러분들 잘 아실 겁니다. 지금도 여기 와 계신 걸 알면 금방이라도 신문사에서 달려올 것입니다. 그런 선생님을 특별히 모실 수 있었던 것은 선생님께서 여러 어르신네들 앞에서만 꼭 한번 하늘에서 받은 신기의 무술을 보여주시겠다고 어렵게 허락하셨기 때문입니다. 영광스러운 일입니다. 자, 그럼 선생님을 모시겠습니다. 마지막으로 다시 한번 꼭 부탁의 말씀 드릴 것은 다른데 가서는 이런 걸 보았다고 말하면 안 된다는 것입니다. 자, 선생님께서 나오실 때 박수로 맞아주십시오."

그럴듯하게 꾸며대는 소개말과 함께 휘장이 쳐진 미니버스 속에서 건장한 중년 사내가 큰스님이나 걸쳐야 할 십조가사를 거창하게 늘어뜨리고 잔뜩 위엄을 떨치며 뚜벅뚜벅 걸어나왔다. 앞서 등장해서 여러 가지 잡스런 쇼를 보여주던 역할들은 바람잡이들에 지나지 않았다. 그는 합장을 한 뒤에 가사를 고이 벗어 개어놓고 가운데 떡 버티고 서서 우선 머리로 각목 몇 개를 쉽사리 부러뜨려보였다. 각목을 어떻게 처리해놓았든 아니든 나 같은 약골에게는 그것만도 아닌게아니라 신기에 가까웠다. 구경꾼들도 오금을 사려줘었다. 이어서 붉은 벽돌을 쉽사리 깨고 나서 또 이어서 차돌은 어느 정도 힘을 들여 어렵사리 깼다. 그의 몸놀림에는 무술인다운 절도가 유난히 강조되어 드러나보였다. 그리고 마지막으로 도저히 깰 수 없는 듯한, 주춧돌로나 쓰면 알맞은 크기의 우악스런 돌이 받침대 위에 올려졌다. 돌이 아니라 차라리 바위였다. 옆에서 거드는 행자 차림의 젊은이가 그 위에 수건을 접어 올려놓고 숨마저 죽인 채 뒤로 물러났다. 그는 심호흡을 하고 나서 돌 위에 손을 얹었다.

"소생이 이번에는 이걸 한번 깨보이겠습니다. 달리 깨는 것이 아니라 공중에 뛰어올라 몸을 한바퀴 돈 뒤에 내려오면서 이마로 이걸 받아서 깨보이겠습니다."

엄청난 일이 벌어지려는 찰나였다. 구경꾼들은 흥미로운 눈빛에 긴장하는 기색이 역력했다. 그때 나는 바로 옆의 포장집에서 국수를 시켜 먹고 있었다.

"뻔질나게 오믄서 지까짓 게 도사는 무신 눔의 도사. 돌은 깨지도 않는 걸 가지고!"

아까부터 술에 잔뜩 취해 실성한 듯 히죽히죽 웃기까지 하며 포장집 아주머니를 추근거리고 있던 사내가 침을 탁 내뱉었다. 나도 이미 그것을 눈치채고 국수라도 한 그릇 시켜 먹을까 하여 구경꾼들 틈을 빠져나온 참이었다. 이제는 구경거리란 없고 약을 파는 순서만 남아 있게 마련이었다. 그렇지만 그 과정을 빤히 아는 사람에게도 약장수가 구경꾼들을 꼼짝못하게 얽어매 기어코 약을 사게끔 하는 솜씨야말로 '신기'가 아닐 수 없을 것이다. 그는 정말 '도사'로 불려 마땅했다. 그러는 사이에 어느덧 해가 설핏해지고 있었다.

거기에 원숭이는 과연 있었던가. 나는 여전히 아슴푸레했지만, 있었다고 믿어보고 싶었다.

"자, 어서 가자구요. 장에 가면 원숭이가 있다구. 틀림없이, 여기서 소독약 냄샐 맡고 있느니 바람 쐬러라도 가자구요. 택시 타믄 얼마 안 걸려요."

헤어날 활로를 찾은 사람처럼 나는 말했다. 어차피 얼마 동안 집구석에 들어가지 못할 바에야 어디론가 갈 곳을 찾기는 찾아야 하기도 했다.

"원숭인 뭘…… 골이라두 깨먹을 거라믄 몰라두. 캬를캬를캬를."

연출가 김형은 망설이는 눈치였다.

"아니 원숭일 꼭 보자는 건 아니지. 그건 이를테면 건달 세계의 명분이랄까."

나도 따라 빙긋이 웃어보였다. 그러나 곧 나는 그가 왜 망설이는지 까닭을 어렴풋이 짐작할 수 있었다.

"별 볼일 없는 사나이들일수록 명분 하나만은 그럴듯해야지. 그렇지 않습니까? 그러니까…… 거, 왜, 원숭인 우리나라엔 없는 동물 아뇨. 그걸 보러 간다는 건 굉장한 명분이지. 김형, 그렇지요?"

나는 농담 섞인 투로 배우 김형 쪽을 향해 동조를 구했다.

"원숭이를 보러 간다…… 하, 그거 명분 하나 기막힙니다. 이 숨막히는 시대에 말입니다. 뭔가 오는 게 있군요. 이놈의 일상을 한번 벗어나봅시다. 마누라 등쌀에다 3김씬지 뭔지 도통 답답한 시대에 말입니다. 원숭이……"

그는 웃지도 않고 눈을 껌벅이며 대답했다. 그가 무슨 생각을 하고 있는지는 몰라도 어딘지 진지한 면모가 없지 않았다. 숨막히는 시대라는 말은 마침 민주화를 외치며 최고조에 달한 데모의 열기와 그에 맞서 엄청나게 터뜨리고 있는 최루탄의 독한 가스에 휩싸인 저 거리들을 연상시켰다. 그의 진지성에 건성으로 그런 제안을 했던 나는 얼마쯤 주춤했다. 그는 나 같은 어중된 부류와는 달리 암울한 정치와 시대를 걱정하고 있었다. 어느 때나 어중된 인간은 그와 같이 시대고를 짊어진 사람들에 의해서 삶의 중추를 가누고 있다는, 큰 빚을 지고 살아가는 것이다.

"솔직히 말해 난 못 가요. 마누라가 직장에서 곧 돌아오거들랑요. 씨바."

연출가 김형은 이번에는 '칠면조 소리'를 내지 않았다. 나는 알고 있었다. 그의 아내는 이웃 공단에 직장을 가지고 있다고 했는데 네시면 퇴근해서 집으로 돌아왔다. 빨라서 좋은 게 아니라 이상했다. 솔직한 편인 그가 아내의 직장에 대해서만은 어물거리는 것은 아마도 정상적인 취업 상태가 아니기 때문일 터였다.

"우리 마누란 새벽에 일을 끝냈으니깐 그런 걱정은 없네요. 허허허."

배우 김형의 아내가 새벽마다 우유를 배달하고 있는 것을 우리는 알고 있었다. 얼핏 들은 바에 따르면 그는 경기도 어디의 면사무소 직원 즉 '당당한 공무원'이었다는 것이었다. 그런데 어릴 적에 단 한 번 무대에 섰던 경험이 나이가 들수록 그를 아프게 쑤셔대서 그만 때려치웠다는 것이었다. 연극을 해야만 살 것 같았다는 것이었다.

"우리 마누란 우유 배달도 못 하고 밥만 축내니……"

나는 그가 들으라고 하는 말은 꼭 아니었지만 혼잣말처럼 우물거렸다.

"형이야 유산이 워낙 많잖수. 허허허."

배우 김형이 이죽거렸다. 그가 유산이라고 하는 것은 이사을 때 받아가지고 온 쥐꼬리만한 퇴직금을 일컫는 것이었다. 그것도 다 떨어져 간당간당한다고 아내는 조바심을 치고 있었다. "나래두 뭘 해야 할까봐요……" 하고 아내는 흐린 얼굴을 들고 바깥을 응시하곤 하는 것이었다. 이 동네엔 등처가들이 많다면서요……

"거기 김형은 마누라한테 봉사하시고 우린 떠납시다. 원숭일 보구 옵시다."

나는 배우 김형을 잡아끌었다.

"맞아요. 원숭일 보구 우리가 진화해온 역사에 대해 곰곰이 따져봐야지요. 사실 우리네 살아가는 꼴은 조삼모사에서의 원숭이 꼴인지도 모르니까요. 아침에 세 개 주고 저녁에 네 개 준다면 길길이 뛰며 화를 내다가도 반대로 아침에 네 개 주고 저녁에 세 개 준다면 좋아라 하는 원숭이 꼴……"

내게 있어서 원숭이란 단순한 하나의 상징에 지나지 않았다. 그것은 조금만 유별난 동물, 이를테면 곰이라든가 늑대라든가 오소리라든가 하물며 족제비라도 상관없었다. 그런데 그에게는 이제 원숭이는 다른 동물로 대체될 성질의 것이 아닌 듯싶었다.

"어서 가요, 가. 가서 원숭이 똥구멍이 빨간지 어떤지 확인하고 오쇼. 캬를캬를."

손짓하는 연출가 김형을 뒤에 남겨놓고 우리는 무슨 굉장한 일이라도 있는 사람들처럼 공원을 빠져나갔다. 부랴부랴 택시를 잡아타고 나자 원숭이는 훨씬 구체적인 과제로 내게 다가왔다. 그렇다. 지금 우리는 원숭이를 찾아서 가는 것이다. 홰를 타고 앉아 우주 공간을 응시하는 거대한 원숭이가 아니라 구체적인 한 마리의 원숭이. 작지만 결코 가까이 가서는 안 될 원숭이.

언뜻 길가에 내걸린 '부처님 오신 날'의 플래카드와 원숭이의 모습이 겹쳐졌을 것이다. 언젠가 화보에 실렸던 저 인도지나 반도 크메르 왕조 때의 유적이 눈앞을 스치고 지나갔다. 그 유적은 오랫동안 버려진 채 밀림 속에 숨어 있었다고 했다. 이리저리 얽혀 완전히 휘감긴 덩굴줄기 속에서 마침내 장엄한 불두(佛頭)가 나타나고 있었던 것이다. 그것은 밀림 속에 아무렇게 버려져 있었으나 언젠가 나타나줄 사람을 기다려 외로움을 견디는 지극한 지혜를 전하려는 의지의 모습처럼 보였다. 힘주어 굳게 다문 입이 그랬고 덩굴줄기에 갇힌 채 아직도 형형하게 빛나는 듯한 눈이 그랬다. 그것은 살아 있는 거인의 머리였다. 그런데 그 모습이 왜 살아 있다고 느꼈을까. 그 옛날 돌을 다룬 솜씨의 빼어남 때문이었을까. 물론 그렇기도 했을 것이다. 하지만 거기 덩굴줄기를 타고 얼굴을 오르내리고 있던 원숭이들이 없었더라면 어땠을까 하는 생각이 새삼스럽게 들었다. 수많은 원숭이들이 있었다. 그리고 그 수많은 원숭이들이 분명히 성스러운 얼굴을 짓 밟고 있음에도 불구하고 오히려 수호하고 있다는 느낌이 든 것 도 이상한 일이었다. 수많은 원숭이들은 성상(聖像)을 지키기 위해 끽끽거리며 모여든 원시 부족처럼 보였다. 그러자 부처의 얼굴이 따뜻한 피가 도는 얼굴로 살아나고 있었던 것이다. 이것 은 오래 전에 본 화보를 다시금 해석해서 얻은 결과이다. 그러나 이런 결과에 이르기 전에도 오랫동안 밀림이라는 말과 부딪칠 때마다 나는 그 부처의 얼굴을 떠올렸으나, 그것은 덩굴줄기에 의해 이리저리 얽힌, 잔뜩 비끄러매여 구속된 얼굴일 뿐이었다. 그 구속된 부처의 모습이 내 마음을 찌르고 있었다고 나는 고백 해야 한다.

그런데 거기에 원숭이가 있었다. 예전 보았을 때도 원숭이는 있었다. 그러나 그것은 부처의 얼굴을 짓밟아, 안 그래도 황폐한 모습에 처량함마저 더해주던 경망스러운 짐승들이었다. 하지만 우연찮게 원숭이를 찾아 택시를 타고 가는 도중에 그 원숭이들 은 다른 모습으로 내 뇌리에 되살아났던 것이다. 알 수 없는 노 릇이었다. 이렇게 원숭이들이 역할을 바꿈과 함께, 나는 처음 그 화보를 보았을 때 내가 나도 모르게 숙제를 가진 채 살아왔다는 사실을 깨달았고 또한 그 숙제가 모습을 드러내는 순간 풀리고 있다는 사실을 깨달았던 것이다. 밀림 속에서 부처의 얼굴은 원 숭이들에 의해 신비하고도 생생한 삶을 영위하고 있었다. 부처 의 얼굴은 덩굴줄기에 비끄러매여 있는 처참하고 무력한 모습이 아니었다. 덩굴줄기라는 세속의 결박과 고난 속에서도 의연히 희망의 빛을 내뿜는 얼굴, 결연히 달마(達磨)를 외치는 진중하고 환한 얼굴, 그것이었다.

"원숭이가 정말 있을까요?"

배우 김형이 중요한 질문이라는 듯 물었다. 왜 그렇게 집착하는지 모르겠어도 그는 그 나름의 어떤 궁리를 하고 있는 모양이었다. 또 그 시대고인가 하는 생각이 들자 공연히 역겨움마저 느껴졌다. 나는 그의 진지함이 여러 가지 공부나 경험이 모자란 데서 오는 열등 의식의 결과라고 여겨졌던 때가 종종 있었다. 그렇게 여겨질 때는 그를 만나고 있는 것이 고역으로 변했다.

"글쎄, 운이 좋으면 있겠고…… 없어도 그만 아니오?"

나는 다소 퉁명스러운 말투로 받았다. 내가 원숭이에 대해서 여러 상념을 굴리고 있는 만큼 그도 그렇단 말인가. 우스꽝스러운 일이라고나 해야 했으나 불쾌한 기분이 앞섰다. 이 사람, 왜 자꾸 원숭이, 원숭이, 하는 거야. 남은 지금 크메르의 밀림 속에 가 있는데, 하는 심정도 곁들였다. 그러자 그가 입을 열었다.

"석가모니 부처님의 전생 설화에 보면 말입니다. 부처님이 많은 전생을 거쳐서 가비라 국의 왕자로 태어나는데 그 전생 중에, 물론 다른 많은 동물들도 있습니다만. 원숭이도 나옵니다. 오래 돼서 기억은 흐릿하지만……"

그 말에 나는 흠칫 놀랐다. 마치 그가 내 뾰족한 마음의 일단을 엿보고 있는지도 모른다는 생각이 든 때문이었다. 그렇지 않고서야 난데없이 그의 입에서 '석가모니 부처님'은 웬 것이란 말인가. 그도 '부처님 오신 날'의 플래카드로부터 생각을 연기 (緣起)하고 있었음에 틀림없었다. 그렇다면 내가 밀림 속의 부처의 얼굴을 더듬고 있을 때, 그는 한술 더 떠서 그 부처의 전생 설화를 더듬고 있지 않았는가!

"김형은 불교 신잔가보군요."

나는 흐트러진 감정을 재빨리 수습하려고 애썼다.

"신잔 무슨 신자겠습니까. 해마다 이맘때쯤 꽃피는 봄은 석가 모니의 계질이요, 또 눈 내리는 겨울은 그리스도의 계질이요 하고 있는 거지요."

다분히 연극 대사투의 말임에도 불구하고 반감만을 앞세울 계 제가 아니었다. 나는 눌리는 느낌이었다. 한두 마디 말로 갑자기 그가 나보다 한 수 위에 있게 되었다고 생각하니 불뚝 부아마저 끓었다. 그는 어떤 경우에도 나보다 밑에 있어야 마땅하다는 게 내 평소의 자리매김이었던 것이다.

"하, 거 참 좋은 신앙입니다."

나는 짐짓 차창 밖으로 눈을 돌리고 감탄도 아니고 비아냥도 아닌 어정쩡한 투로 말했다. 어서 빨리 벗어나서 몇 마디 말 때 문에 생긴, 잘못된 질서를 바로잡아야 한다.

"꽃피고 눈 내리고…… 생각해보면 얼마나 기막힙니까. 눈물 나지요. 다 와가는가보죠?"

그가 배우로서의 능력을 은연중에 발휘하고 있다고 믿고 싶었다. 그는 이제까지의 그와는 달리 보였다. 더 이상 말을 붙였다가는 그야말로 무슨 선지식(善知識)이 또 나를 압도할지 모를 일이었다. 나는 입을 꾹 다물고 크메르의 밀림 속에 있는 부처의 얼굴을 떠올려보려고 했다. 그러나 목적지가 가까워서 들쑥날쑥 건물들이 붙어선 비좁은 길에 들어서서인지 그 얼굴은 잘 떠오르지 않았다. 할 수 없었다.

"마침 오는 날이 장날인 모양입니다. 잘됐군요. 원숭이가 있겠어!"

나는 기대감에 넘쳐서 말이 크게 나왔다. 말이 장날이지 이미 옛 풍습이 사라진, 도시 가까운 시골장은 활기를 잃고 있었다. 우리들은 택시에서 내렸다. 그도 이리저리 휘둘러보기는 했지만 장날치곤 보잘것없다고 실망한 눈치였다. 하긴 파장이기도 했다. 너무 급격한 변화를 일으키며 어디론가 내닫고 있는 세상인지라 며칠 전이 옛날이 되고 마는 실정이었다. 불과 얼마 전까지도 있었던 풍물이 하루아침에 사라지는 판국이었다. 예전의 우리 삶이 향수를 머금고 찾아갈 만한 시골장은 이제 아무 데도 없는 것이었다. 그렇긴 해도 그날따라 장은 워낙 보잘것이 없었다. 그런 정황이 원숭이가 있겠다는 기대감에서 급속히 바람을 빼고는 있었으나. 우리는 오토바이 상점을 지나 약장수들의 터로 향했다.

"뭐 볼 게 없네. 장이라고⋯⋯"

그가 뒤따라오면서 중얼거렸다. 원숭이를 못 보리라고, 그래도 괜찮다고 그쪽에서 미리 실망의 부담을 덜어주려는 배려 같았다. 나 역시 택시를 내릴 무렵과 내리고 나서의 상태가 완전히 반대로 바뀐 데 놀랐다. 원숭이가 있을 기미는 전혀 없었다. 나는 이상하게 벌써 단정을 내리고 있었다. 원숭이는 없다.

"없으면 또 어떻겠소. 어디 가서 막걸리나 한잔 하고 가믄 되는 거지. 원숭인 그저 있으나마나 재미로 내세운 거 아뇨."

나는 무뚝뚝하게 말했다. 야채장수의 마이크 소리가 우렁우렁 울리고 있었다.

"있으나마나는 아니지만…… 없는 데야 할 수 없겠죠."

그는 사실대로 말하고 있는 것이었다. 그러나 그 말도 왠지 내 비위를 거슬렀다. 언제까지나 삼류로 남아 있다가 죽을, 삼류 연극쟁이 같으니라구. 나는 부글부글 끓어오르는 감정을 꾹 누르느라고 숨까지 식식 몰아쉬었다. 약장수 터가 보이기 시작했으므로 원숭이가 없으리라는 건 기정사실이 되어 있었다. 왜냐하면 그 터에는 있어야 할 약장수가 아예 보이지 않는 것이었다. 이번 장에는 오지도 않은 모양이었다. 왜 원숭이는 들먹거려가지고 이 꼴이 되었는지 알다가도 모를 일이었다.

"없군요. 아예 약을 팔지를 않으니. 전에는 도사가 나와서 이마로 돌을 깨고…… 틀렸어요. 원숭일 본 재수가 없다더니…… 저기 국숫집은 그대로 문을 연 모양이니 거기서 막걸리로 목이나 축입시다. 원숭인 없어요."

나는 그의 의사도 묻지 않고 그리로 향했다. 나는 풀이 죽어

어깨마저 내려앉았다. 원숭이 따위를 찾아서 무엇 때문에 여기까지 씨근벌떡 왔는지 도무지 알 길이 없었다. 원숭이는 없다. 따져보면 아무 일도 아닌 것이 확실한데, 무엇엔가로부터 된통 당한 느낌이 들었다. 그 약장수 패거리는 어디 다른 곳에 '도사'를 모셔놓고 아무 효험도 없는 밀가루약을 신경통이나 온몸이 쑤시는 데 특효라고 한바탕 사기를 치고 있을 것이었다. 빌어먹을. 나는 얼굴까지 벌게졌다. 그러나 어떻게든 내 심리 상태를 감추지 않으면 안 되었다.

내가 향하는 대로 그도 휘적휘적 따라오고 있었다. 이제 원숭이야 있든 없든 그만이라고 덮어두려고 해도 자꾸만 마음이 걸렸다. 더군다나 그와 집에 갈 때까지 같이 있어야 한다는 생각이 들자 갑자기 죽은 원숭이의 시체라도 등에 걸머지고 있는 느낌이었다.

"아주머니, 나 아시겠어요? 저번에 여기 와서 국수 한 그릇 먹고 간…… 오늘은 막걸리나 한 통 줘요. 휴우, 벌써 날씨가 더워지네."

포장집 안은 후끈거리기조차 했다. 그와 나는 좁다란 판대기 의자에 나란히 앉았다. 그가 원숭이에 대해서 더 이상 이러쿵저러쿵하지 않는 것만도 다행이었다. 아주머니가 막걸리통을 흔들어 내놓는 동안 다시 돌이켜 생각하니 약장수 패거리들이 없는 것이 잘된 일이라고도 여겨졌다. 만약 그들이 있는데도 원숭이가 없었더라면 더욱 낭패였을 것 같았다. 내 기억이 정확하지 않

음에도 나는 그렇게 믿고자 하는 의지를 앞세워 없는 원숭이가
있다고 허상을 세워놓은 것은 아닐까. 그럴지도 모르는 일이었
다. 아니, 그렇지는 않았다. 원숭이는 있기는 있었다. 그런데 지
금 없는 것이었다.

"아주머니, 여기 혹시 약장수들, 원숭이 끌구 다니지 않았습니
까? 원숭이 구경왔는데."

나는 용기를 내서 물었다. 어차피 원숭이 놀이는 끝난 것이었
다. 이제 원숭이 이야기는 끝내도 무방할 것이었다. 언제부터인
지 쓰잘데없이 원숭이, 원숭이 하고 다녀서 몸 어디엔가 원숭이
냄새가 잔뜩 배어 있는 듯했다.

"자, 원숭이를 위해서 한잔."

나는 맥빠졌다는 듯 목소리를 낮추고 컵을 쳐들었다. 그가 말
없이 컵을 들어 부딪쳤다.

"약장수 원숭이요? 원숭이는 많아요. 종종 뵈는 게 원숭인데요
뭘. 원숭이가 있음 구경꾼들은 한둘이라도 꾀게 마련이니까요."

아주머니는, 당신네들 처지두 알 만하우, 하듯이 비싯 웃음을
머금었다. 요즘 세상에 오죽 변변찮으면 원숭이나…… 그러자
그가 눈빛을 빛냈다.

"어디, 있습니까? 원숭이 보러 왔으면 골은 못 빠개 먹어도 낯
짝은 봐야지."

그가 힘주어 말했다. 아주머니가 놀란 듯 뒤돌아보았다.

"오늘두 있었는데…… 파장이라…… 요전번 약장순 원숭이가

없지요. 난쟁이다 뭐다 잔뜩 있으니까. 대신 다른 사람이⋯⋯ 마찬가지로 약장수지만요. 저쪽으로 갔어요. 요 언덕 너머 쪽으로요. 그 사람 집이 거긴가 그렇다나봐요."

그곳에 원숭이가 있었다는 것은 사실이었다. 나는 멀거니 그를 쳐다보았다. 그러나 원숭이가 있었다고 하더라도 이제는 하등 흥미가 없었다. 그것은 애초에 막걸리 한 잔에 달랠 수 있는 갈증에 해당하는 흥미였는지도 몰랐다. 다만 원숭이가 있기는 있었다는 사실이 증명되어 위로는 되었다. 그러나 그의 태도가 어딘지 미심쩍었다.

"어때요? 이왕 여기까지 왔으니 산보 삼아 거길 가봅시다. 원숭이야 어디까지나 명분이지요. 오래간만에 시골길을 걷는다는 것도 괜찮겠는데. 난 사실 집에 가야 할 일도 없고요. 어떻습니까? 바쁩니까?"

그가 은근하고도 집요하게 달라붙었다. 죽었던 원숭이가 다시 살아나는가 싶었다. 나는 어떻게 대꾸해야 좋을지 몰라 잠시 망설였다. 원숭이에는 흥미가 사라졌다기보다 질렸다는 편이 옳을 것이다. 그러나 '집에 가야 할 일도 없고요' 하는 그의 말만큼은 내가 할 말이었다. 아내는 아직 소독약 냄새가 채 가시지 않고, 바퀴벌레의 시체가 나뒹구는 집구석에 기어들어와 암담한 표정을 짓고 서성거리리라. 그렇지만 그의 뜻에 선뜻 따르기가 좀 뭣한 데가 있어서 나는 막걸리잔을 들며 일단 오늘은 좀 늦지 않았느냐고 미지근하게 대꾸할 수밖에 없었다.

"늦을 게 뭐 있습니까? 해지기 전까지만 갔다가 돌아가믄 그만이지. 사실 원숭인 많다지 않습니까. 가는 데까지 가보자 이겁니다. 오늘은 나도 이상한 점이 있습니다만, 하여튼 갑시다. 원숭이를 찾아서 간다…… 이 시대에 우리가 할 일이 뭐 별로 없지요. 지랄 같은 세상 아닙니까?"

그가 막걸리 한 잔에 취했을 리는 없었다. 그가 구체적으로 어떤 현상을 가리켜 '지랄 같은 세상'이라고 하는지는 설명하지 않아도 알 수 있었다. 그러나 나는 울분을 토하는 데는 신물이 나서 그저 고개만 끄덕거렸다. 그러면서 눈길을 떨구고 있는 참에 "자, 일어나서 갑시다" 하는 소리가 들려왔다. 술을 잘 못하는 체질인 데다가 낮술이어서인지 개씨바리라도 앓는 듯 충혈되어 있는 그 눈이 유난히 번들거린다고 나는 느꼈다.

어느 정도 기운 해도 벌겋게 충혈된 빛이었다. 우리들은 원숭이라는 이상의, 정의의 기치를 높이 들고 바야흐로 언덕을 향해 나아가고 있었다. 어차피 그리 된 바에야 나는 원숭이에 대한 정열을 다시금 불러일으킬 필요가 있다고 생각되었다. 그래. 또 한 마리의 원숭이가 있기는 있었다. 붉은 얼굴 바탕에 흰 점이 뚝, 뚝, 뚝, 뚝, 찍히고 눈 둘레가 흰 동그라미로 강조된 탈의 원숭이였다. 옷차림도 아래위가 다 붉었다. 봉산탈춤이었지. 아마? 나는 기억을 더듬었다. 거기 등장한 원숭이는 소무(少巫)와 어울려 엉덩이를 흔들며 음란한 장면을 연상시키는 춤을 추었다는 기억이 되살아났다. 하지만 그뿐이었다. 그 원숭이는 내게 아무런 영감을 불어넣지 못했다. 영감은커녕 말마따나 재수없는 원숭이에 불과했다. 나는 그 요망스러운 엉덩이짓을 빨리 머리에서 떨쳐버려야만 했다. 그렇다면 다른 원숭이는? 나는 머리를 쥐어짰다. 그러자 너무도 잘 알려진 원숭이가 비로소 나타났다. 원숭이 생각을 하면서 그 이름이 왜 그토록 늦게 나타났는지 의아스러울 지경이었다. 삼장(三藏)법사를 따르는 손오공이었다. 하지만 손오공도 내게는 별 힘이 되어주지 못했다. 그저 터벅터벅 걷고 있는 내게 손오공이 와서 빨리 좀 걸으라고 한들 그것이 무슨 의미가 있을 것인가. 나는 불법을 구하러 천축으로 가는 스님이 아니었다. 그런데 원숭이를 찾아서 가다니, 원숭이는 뭐 말라죽은 원숭이란 말인가.

언덕을 넘자 높다란 돌산이 나타났다. 언덕 밑에서부터 돌산 밑까지는 버려진 개펄이었다. 그리고 한쪽으로 물이 반듯반듯 네모지게 고인 곳은 염전이었다. 더욱 낮아진 해가 잿빛의 개펄 위 나지막한 하늘에 삶은 게의 등딱지처럼 빨갛게 붙어 있었다. 우리는 말없이 서서 담배를 한 대씩 피웠다. 아주 멀리, 영원히 아무도 모를 비의(秘意)의 땅으로 온 것 같기만 했다. 말을 맞추지 않아도 우리는 돌산까지 가보자는 데 합의하고 있었다. 돌산 밑으로 집 몇 채가 있는 작은 마을이 눈에 잡히는 듯했기 때문이었다. 누가 먼저라고 할 것도 없이 우리는 걸음을 옮겨놓았다.

군데군데 갈대와 나문재가 자랄 뿐 개펄은 죽은 땅이라는 말을 연상시켰다. 작은 농게 한 마리라도 눈에 띌 법하건만 전개되는 것은 잿빛의 젖은 땅뿐이었다. 그 땅의 단조로움은 모든 살아 있는 것들에게 오로지 침묵만을 강요하는 듯싶었다. 아메리카 사막의 혹심한 환경도 방울뱀을 기르고 있다는데, 어쩐지 섬뜩한 느낌도 들었다. 여기저기 좁다란 골을 이루어 물이 질척질척 흐르고 있을 뿐인 것이다. 그곳을 오직 돌산으로 가는 것만이 목적인 두 사내가 살아 움직이고 있었다. 돌산으로 간 다음에는 물론 돌아오는 것만이 일이었다. 내가 그렇게 알고 있듯이 그도 잘 알고 있을 것이었다. 사막 같군 하고 나는 말하려다가 그만두었다. 그곳은 틀림없이 바닷가 개펄이었다. 그러나 그런 사실 때문에 말을 못 꺼낸 것은 아니었다. 무슨 말을 하기에는 우리 두 사람은 서로가 너무 고립되어 있는 것이었다.

얼마나 걸었을까.

황량한 개펄을 지나 우리는 염전으로 들어섰다. 수차(水車)가 아무렇게나 뒹굴고 있는 것으로 보아 소금 굽는 일은 일찌감치 걷어치운 모양이었다. 우리는 염전 논두렁길을 밟고 돌산을 마주 안듯이 하고 걸었다. 돌산 언저리의 표고가 높아진 탓인지 해는 곧 넘어가려고 하는 참이었다. 빨갛고 반투명으로 사위어가는 해였다. 침묵으로 가득 찬 그 개펄 땅에서는 해마저 하나의 정물이었다. 돌산 밑에 분명히 몇 채의 집이 뚜렷한데도 얼씬거리는 그림자조차 보이지 않았다. 그곳은 오히려 괴괴한 정적마저도 감돌았다. 논두렁길이 끝나고 동네 어귀로 들어섰지만 사람 모습은 눈에 띄지 않았다. 사이사이에 적산 가옥들이 아직도 끼여 서 있는, 염부들의 동네 같았다. 염전이 폐쇄되자 모두들 어디론가 떠나간 것이 분명했다. 땅거미가 스며들어 집들은 더욱 우중충해 보였다. 으스스한 바람이 돌산을 감아 내려오고 있었다. 도대체 우리가 왜 이런 곳까지 왔는지 막막해졌다. 혹시 우리는 돌아가는 길을 잃어버린 것이 아닐까. 아니, 돌아가는 길 자체가 없는 것이 아닐까. 낡고 허물어진 빈집에서 평생을 유령으로서 살아야 하는 것은 아닐까.

그때였다.

"뭐 하는 사람들이오?"

바람결을 타고 분명히 사람의 목소리가 들려왔다. 소금기에 절었는지 잔뜩 가라앉은 목소리였다. 우리는 깜짝 놀라 그 자리에 멈추었다. 목소리의 주인공은 그나마 좀 성한 적산가옥 앞에 서 있었다. 낡은 작업복을 걸친, 키가 작은 사내였다. 우리는 사내를 보고도 입이 잘 떨어지지 않았다.

"아, 예…… 여긴 빈 동네로군요."

배우 김형이 겨우 입을 열었다.

"이젠 빈 동네가 됐소. 모두들 떠나갔소만…… 여긴 어찌들?"

사내는 경계심을 늦추지 않았다. 우리가 무슨 일로 여기까지 온 것일까. 알 수 없었다. 그냥 오다 보니 왔다는 것도 틀린 대답이었다. 우리는 맹목적인 가운데 열심히, 서로의 고립감에 대적하며, 무슨 극기 훈련이라도 하는 듯 거기까지 이른 것이었다.

"이 동네에 약장수가…… 원숭이가……"

나는 무슨 말인가 해야겠다고 생각해서 입술을 달싹거렸지만 내가 생각해도 어처구니없는 말이었다.

"뭐요? 약장수? 원숭이?"

사내의 말은 어느덧 카랑카랑한 목소리로 변해 있었다.

"예…… 원숭이를 끌고 다니는 약장수를 찾아왔습니다."

배우 김형이 겨우 문장을 만들었으나 그것은 암호로밖에 들리지 않았다. 사내가 여전히 경계심을 늦추지 않은 채 우리들의 아래위를 훑어보았다. 우리들은 죄지은 사람처럼 몸을 움츠렸다.

"보아하니 멀쩡한 사람들 같은데 여긴 그런 사람이 없어요. 나하고 내 집사람밖에 안 남았단 말요. 원숭이라니? 원숭이 따윈 없단 말요."

사내는 경계심 대신에 화를 내고 있었다.

"예…… 원숭이가 없구만요."

배우 김형이 기어들어가는 목소리로 말했다. 그러고 보니 우리가 왜 그렇게 주눅이 들어 있는지도 알 수 없었다.

"이 사람들이 누굴 놀리나…… 원숭이 따윈 옛날부터 없었소. 그리구 어서들 돌아가쇼. 여긴 해가 진 후에는 출입이 금지돼 있는 곳이니까. 경고문을 못 읽었소? 일몰 후에 어정거리다간 꼼짝없이 간첩이 돼요. 총 맞아 죽어도 말 못 해요. 아닌밤중에 원숭인 무슨 원숭이. 어서들 가쇼. 큰일날 원숭이, 아니 사람들이군."

"아니, 총을요? 총은 무작정 쏘나요?"

나는 머리를 조아리며 물었다.

"총이란 쏘라고 만들어놓았다는 말이 있지. 더군다나 아닌밤중에 원숭이 암호를 대고 다니다간 총을 맞기 십상이지, 어서들 가요."

사내의 말은 명령같이 들렸다. 우리는 대꾸할 말조차 잊어버렸다. 날은 이미 어두울 만큼 어두워 있었다. 우리는 뒤도 돌아보지 않고 그 사내 앞을 떠났다. 수차의 그림자가 어스름 속에 괴물처럼 보였다. 밤중에 개펄에 나가 뭔가를 잡던 사람이 군인의 수하를 받고 도망치다가 총에 맞아 죽은 데 대해 며칠 전에 공원에서 만나 이야기를 나눈 적이 있었다. 나처럼 그도 그 사실을 떠올리고 있을 것이었다. 그러고 보니 그 돌산으로 접어들 때부터 우리는 무엇인가 으스스한 기분에 젖어 있었다. 꼭 총알 하나가 그렇게 만들었다고 할 수만은 없었다. 굳이 따지자면 이 강산에 서로 총부리를 겨눈 채 깊이 침투돼 있는 흉측한 불신의 괴저 탓이라고나 해야 할 것이었다. 그도 나처럼 다리가 제대로 움직이지 않는 것이 어스름 속에 더욱 과장되어 나타났다. 다리를 후들후들 떨고 있는 것이었다.

"우리가 왜 여기 왔는지 몰라."

나는 두려움을 이기기 위해 말을 건넸다. 그래도 그는 말없이 걷기만 하고 있었다. 몸을 거꾸러질 듯 앞으로 수그리고 걷고 있는 그 모습은 흡사 원숭이 같았다.

"우리가 왜 여기 왔는지 몰라."

나는 그가 못 들었는지 모른다는 생각이 들어서 그에게 얼굴을 가까이 가져다 대고 호소하듯 말했다. 그제서야 그가 겁먹어서 쪼그라든 얼굴을 내게로 돌렸다. 화가 난 듯도 했다.

"쉿, 나도 모르겠어요. 그리고 다신 원숭이 얘기를 하지 맙시다. 재수없어요. 빨리 여길 빠져나가야겠어요."

그때 나는 내 눈을 의심하지 않을 수 없었다. 그의 얼굴은 단순히 겁먹거나 화난 얼굴이 아니었다.

"아니, 그 얼굴이……"

나는 분명히 '그 얼굴이 도대체 뭐요?' 하고 물으려고 했었다. 그러나 말이 이어지지를 않았다. 마악 밀려든 어둠 탓이려니 하려고 해도 헛일이었다. 나는 내가 잘못 보았나 해서 자세히, 그러나 그가 눈치채지 않도록 살펴보았다. 틀림없었다. 옆에서 본 얼굴도 틀림없었다. 주둥이가 튀어나오고 가장자리가 털로 둘러져 있는 얼굴.

그랬다. 그것은 영락없는 원숭이의 얼굴이었다. 어찌 된 노릇이란 말인가. 나는 악 소리가 나오려는 것을 간신히 짓눌렀다. 무엇엔가 홀렸다는 생각이 들었다. 그렇지 않고서야 멀쩡한 사람 얼굴이 원숭이 얼굴로 보일 까닭이 없었다. 다리만 후들후들 떨리는 게 아니라 아래위 이빨이 서로 부딪치는 소리가 수차 소리처럼 들려왔다. 그는 자기가 원숭이로 변했다는 사실을 전혀 의식하고 있지 않은 듯 부지런히 걷고만 있었다. 나는 공포 때문에 온몸이 돌처럼 굳어버릴 지경이었다. 그러나 어쩔 도리가 없었다. 내게 이미 사람으로서의 자유는 사라져버렸다고 나는 느꼈다. 그러자 조금 앞서 가던 그가 내게로 얼굴을 돌린다고 생각되었다. 아마도 잘 걷고 있는지를 보려는 모양이었으나 나는 그 얼굴을 정면으로 쳐다볼 수가 없었다. 이런 일이 어떻게 일어났는지 끔찍한 노릇이 아닐 수 없었다. 그런데 난데없이 그의 비명에 가까운 목소리가 들려왔다.

"아니, 그 얼굴이 뭐야? 꼭 원숭이 아냐!"

나를 보고 하는 말이었다. 나는 소스라치게 놀랐다. 아니, 그렇다면 나도 어느새 원숭이로 변했단 말인가. 그가 그렇게 보았으니 어김없는 사실일 터였다. 어느 순간에 우리는 둘 다 원숭이로 변하고 만 것이었다. 왜, 무엇 때문에 그런 사태가 일어났는지 따진다는 것은 무의미한 일이었다.

"사실 아까부터 얘기하려고 했는데 우린 지금 무슨 마술에 걸렸나봐요. 그래서 둘 다 원숭이가 됐나봐요. 킬킬킬."

나는 그를 안심시켜야 한다고 생각해서 짐짓 웃음 소리를 곁들였다. 아니, 그만을 안심시키는 게 아니라 나 자신도 안심시키지 않으면 안 되었다고 해야 할 것이다. 하지만 그 웃음 소리도 왠지 내 웃음 소리같이 들리지 않았다.

"둘 다 원숭이? 설마 그럴 리가?"

그는 곧이들리지 않는다는 눈치였다. 그리고는 자기 자신은 아직 원숭이로 변했다고는 믿을 수 없다고 덧붙였다. 그것은 나도 마찬가지였다. 그가 나를 원숭이로 보았다고는 할지라도 나는 그렇게 여겨지지 않았다. 단지 그가 원숭이 몰골을 하고 있다는 것만은 내 눈을 믿어 의심치 않았다. 그러니까 우리는 서로 상대방만을 원숭이로 보고 있는 셈이었다. 해가 중천에 있을 무렵부터 원숭이 타령을 하고 있었던 결과 눈들이 어떻게 되었는지도 모를 일이었다. 아니었다. 갑자기 어둠 속에 수하를 받고 옆구리에 들어온 총부리 때문이었다. 그것도 아니었다. ……하지만 그 전말에 대해 이러쿵저러쿵 따지고 있을 겨를이 없었다. 그것에 대해서는 서로가 상대방을 원숭이로 보고 있다는 것만으로도 충분했다. 다만 우리는 어쨌든 함께 그곳을 빠져나가야 한다는 데는 의견의 일치를 보고 있었다.

"빨리 갑시다. 무서워서 견딜 수가 없어요."

"그래요. 서둘러야겠어. 이러다간 꼼짝없이……"

'꼼짝없이'라는 말 다음에 할말이 죽는다는 것인지 원숭이로 영영 남게 된다는 것인지에 대해서는 나도 몰랐다.

그는 다시 휘청거리는 걸음으로 앞서나갔다. 다른 말은 더 없었다. 개펄이 어둠 속으로 빨려들어가고 있었다. 나는 그의 뒤를 따라 부지런히 걷기 시작했다. 죽은 땅 위로 바람이 무딘 쇠붙이 소리를 내며 불어왔다. 왔던 길이 맞는지 어떤지도 감을 잡을 수가 없었다. 나는 무슨 말인가를 하려고 했지만 머릿속까지 어둠이 들어와 꽉차버린 느낌이었다.

만약에 우리가 원숭이가 되어야 했던 까닭을 알 수 있는 자가 있다면 그것은 저, 홰를 타고 앉아 광활한 우주 공간을 응시하는 거대한 원숭이뿐일 것이라고 여겨졌다. 그토록 우리는 어떤 힘에 의해 봉쇄되고 무력하게 되었으며 진실로부터 버림받았다…… 는 생각에 내 원숭이 몰골은 더욱 볼썽사납게 보이리라 싶었다.

아무 말도 없이 우리는 앞을 향해 걸었다. 그가 몸을 앞으로 구부린 것처럼 나도 덩달아 몸이 앞으로 구부러졌다. 잘 보이지 않는 길을 더듬어 될수록 발걸음을 빨리하자니 자연 몸이 뒤뚱거릴 수밖에 없었다. 우리 둘은 극도의 공포에 휩싸여 쪼그라진 원숭이 얼굴들을 하고 컴컴한 어둠 속을 허둥거리며, 그토록 우리가 벗어나고자 몸부림쳤던 일상을 향하여 거의 사력을 다해 발걸음을 옮겨놓고 있었다.

모든 별들은 음악 소리를 낸다

1

버스가 고갯길로 접어들면서부터 매제의 눈매에 긴장감이 서렸다. 자못 심상치 않다는 표정이었는데, 그때서야 매제가 내다보고 있는 쪽 차창 밖을 내다본 나는 매제의 눈매에 왜 긴장감이 서렸는지 알 수 있었다. 험한 길 때문이었다.

그러나 그때까지 삶이니 운명이니 하는 모호한 상념에서부터 가계(家系)의 몰락, 그에 곁들여 한 마리 말[馬]에 대해서까지 뭉뚱그려 비장하게 생각하고만 있었던 나는 한동안 무덤덤했다. 그렇다. 나는 무엇인가 꾸준히 비장하게 생각해야 한다는 마음이었다. 하지만 실상 내 멍한 머리는 아무것도 구체적으로 생각하고 있지 못했다. 세상을 떠난 아버지 대신에, 웬일인지 한 마리의 말, 예전에 우리집에서 먹이다 사라져간 폐마(廢馬)가 자꾸만 떠올라서 나는 머리를 흔들며 생각을 가다듬곤 해야 했다. 한 순간 삶 자체가 엉뚱한 것이라는 생각도 들었고, 또 이어서 우리가 지금 타고 가는 버스도 예전 그 폐마가 끌고 가는 중이라는 착각이 들기도 했다.

나는 자꾸만 흩어지는 상념을 가다듬으려고 차창 밖에 관심을 기울였다. 갑자기 낭떠러지가 나타나고 벼랑 위에 간신히 의지한 채 포장도 되지 않은 찻길은 그야말로 구절양장(九折羊腸), 간담이 서늘했다. 그런데도 낡은 시골 버스는 마냥 거칠 것 없으랴는 듯이 웽웽 내달렸다. 군데군데 쌓여 있는 잔설 사이로 드러난 가장자리의 흙은 김이 무럭무럭 나면서 벼랑 아래쪽으로 흘러내려, 차체가 힘을 가할 양이면 와락 무너져버리지나 않을까 싶기도 했다. 나는 나도 모르게 흘끗 운전사의 얼굴을 훔쳐보았다. 그는 아무렇지도 않은 듯했다. 매제는 경상도 일대에서 운수업 계통의 일을, 그것도 여객 운수 계통의 일을 보고 있었고, 그래서 그런지 평소에도 남들보다 자동차 사고에 많은 관심과 우려를 품고 있는 편이었다. 이번에도 기차를 이용해서 상경한 데 대해 내가 고속버스를 들먹이자 매제는 "겁이 나서예" 하고 웃어보였다. 거기에는 자신이 그 방면에 몸담고 있으면서도 겁을 먹는다는 게 다소 멋쩍다는 뜻이 담겨 있었다. 버스는 쉬지 않고 달렸다.

"길이 험하지요?"

아무래도 직업이 직업인만큼 매제라면 이 정도가 어느 정도 위험한 길에 속하는지 알고 있으리라는 기대로 물은 말이었다. 매제는 버스가 기우뚱하는 바람에 어깨를 내 쪽으로 기대오면서

"험하네예" 하고 고개를 끄덕거렸다. 그러나 더 이상 말을 하지는 않았다.

길은 점점 험해졌다. 나는 경기도에도 이런 산길이 있었구나 하고 놀라면서 해인사 가는 길이나 진부령 넘는 따위의 험한 길을 떠올리며 마음을 가다듬으려고 애썼다. 그래도 표지판 하나 제대로 갖추어져 있지 않은 3등 지방도라 좀체로 안심이 되지 않는 걸 어쩌는 수 없었다.

"가뜩이나 눈이 와서 말입니더."

매제는 바깥을 내다보고만 있었다. 나는 안좌석의 등받이 위를 한 손으로 움켜잡고 저쪽 앞에 자리잡고 있는 어머니와 여동생을 살펴보았다. 그네들은 별다른 낌새가 없어 보였다. 아버지의 삼우제(三虞祭)에 가다가 온 식구가 아예 떼로 변을 당해 아버지의 뒤를 따라가는 것은 아닐까 하는 말이 방정맞게 입 안에 맴돌았다. 그러나 입 밖에 꺼내지는 않았다. 그런 우스갯소리로 액땜을 하려는 수작조차 공연히 말이 씨 되어 화근을 불러일으킬지 모른다고 생각했기 때문이었다.

"늘 이렇게 달립니까?"

나는 가운데 통로를 사이에 두고 앉은 중년의 사내에게 위험하지 않으냐는 투로 물었다.

"늘 그래요."

그는 덤덤하게 대답한 뒤 한참 지나서,

"밤에는 더 달리지요. 막차 말입니다."

하고 꼬리를 달았다. 나는 이왕 차를 탄 바에는 밤이었다면 차라리 바깥이 내다보이지 않아 마음이나 편하겠다고 생각했다.

"저쪽 길로 가면 좋을 텐데요."

나는 지난번 장의차로 갔던 길을 기억하고 있었다. 그 길은 말끔하게 포장된 4차선 도로였다.

"산업도로요? 며칠 뒤에 개통식을 하지요."

그의 말에 의하면 아직 정식으로 개통식도 하지 않은 데다가 개통식을 하더라도 노선 버스는 운행하기 힘들리라는 것이었다.

"예에."

나는 알아들은 척하고 다시 매제 쪽으로 얼굴을 돌리고, 집으로 갈 때는 시간이 좀 걸리더라도 천호동 방면으로 돌아갈 것을 제의하였다.

"그쪽으로도 길이 있습니까?"

매제는 반문하며 길이 있다면 그러고 싶다는 눈치였다.

"아마 있을 거예요."

언젠가 온 가족이 천호동 방면으로 들놀이를 나갔었는데 그때 '이리로 가면 광주가 된다'던 말을 들은 기억이 떠올랐다. 내가 우회하여 가자고 한 것은, 버스가 가는 방향으로 보아 왼쪽이 낭떠러지여서 앞쪽에서 오는 차와 마주칠 경우 가는 차는 오른쪽, 즉 산 밑으로 들어서게 되어 안전하겠지만 오는 차는 낭떠러지 쪽으로 바짝 나가게 되어 여간 위태롭지 않겠기 때문이었다.

"곧 차가 저쪽 길루두 다니게 될 거입니더."

매제는 말했다. 하기야 장례 비용도 거의 매제의 신세를 지고 있는 판국에 내가 교통이 나쁘다느니 어쩌니 할 처지가 아니었다. 우리 식구는 그래도 산소를 마련했다는 것에 안도의 숨을 쉬고 있는 형편이었고, 장남인 나는 출가외인이라는 여동생에게 집안일로 하여 번번이 경제적 부담을 안기는 데 대해 면구스러움을 금치 못하고 있었다.

"죽으믄 만고 편치" 하고 어머니는 아버지의 죽음을 집안의 경제적 핍박에 빗대어 말하곤 했는데, 사실 아버지는 장례 비용조차 남기지 않고 가버렸으니 억울해도 하는 수 없었다. 장례식 때 왔던 아버지의 동료들은 하나같이 혀를 차며 "아무개 변호사도 남의 집 지하실에 가마니를 깔고 살다가 갔다"는 일화를 이야기했다. 아버지가 변호사라는 사실 때문에 우리 식구는 늘 피해망상 같은 걸 가지고 있었다. 아니, 변호사라는 사실 때문이라기보다는 변호사인데도 집 한 칸 없이 가난하다는 사실 때문이라고 해야 정확한 표현이 될 것이다. 동생과 나는 철이 들어서부터는 어떤 서류에건 아버지의 직업을 쓰는 난이 있으면 '변호사'라고 써넣지 않았다. 동생도 물론 그랬겠지만 나는 그런 기회가 있을 때마다 야릇한 수치와 모멸을 느끼며 '무직'이라고 써넣었다. 정말 아버지의 직업이 없었더라면 하고 바라 마지않았다. 거기에서 우리는 야릇한 공범 의식을 느끼고 있기도 했다. 그렇게 거짓으로 기재했어도 아무런 뒤탈이 없었으므로 나는 나중에 딸애가 가정 환경 조사서를 써오란다고 내밀었을 때 종교란에 마호메트

교라고 거짓으로 기재했을 정도로 비뚤어져버렸다. 삶이 자신을 배반하는 것은 이토록 서투른 동기를 가지고 있었던 것이다.

아버지가 세상을 떠나던 날은 눈이 지독하게 많이 퍼부었다. 그 전날 밤, 나는 우연히도 동숭동에서 원남동 쪽으로 가지 않으면 안 되어 서울대학병원을 가로질러 갔다. 평소에는 전혀 다니지 않던 생소한 길이었다. 술에 꽤 취해 있었는데 병원 구관(舊館) 앞을 지나갈 무렵 갑자기 나는 어떤 강한 충동을 받았다. 머리가 아찔해지면서 어둡고 기괴한 빛 같은 것이 후딱 눈을 스쳐 갔다. 그것은 무슨 모습이었을까.

나는 나도 모르게 병원 안으로 걸어들어가 정신나간 사람처럼 복도를 헤맸다. 누가 죽어가고 있다, 누가 나달나달 해진 내 영혼에 낡은 깁을 잇면서…… 그는 누구인가? 나는 속으로 무슨 뜻인지 비참하게 절규하며 얼마 동안을 헤맸다. 넋을 놓고 헤매기에는 지나치게 환한 통로였다. 그러나 우리들 인생 또한 그와 같이 환한 통로를 통해서 얼마든지 암담하게 지나가고 있지 않은가. 병원이라면 일부러 피해가는 내가 왜 그 밤 이슥한 병원 길을 택했으며, 왜 병원 복도에서 어설픈 강신술사(降神術師)나 심령주의자라도 된 양 어처구니없는 꼴이 되어버렸던 것일까. 거기에 대한 설명은 전혀 할 길이 없다. 어쩌면 다음날 아버지에게 죽음의 사자가 닥치리라는 예감이었다고 한다면 그것은 책에서처럼 꾸민 표현이 될 것이다. 그러나 아버지는 다음날 숨을 거두었다. 회사로 온 전화를 받고 진눈깨비 속을 허둥지둥 달려갔을 때 아버지는 마지막 숨을 몰아쉬고 있었다. 나는 말없이 아버지의 머리맡에 무릎을 꿇고 앉아, 내가 왔다는 사실을 알아채는지 못 알아채는지 분간하기 위해 아버지의 어깨를 몇 번 가볍게 흔들었다. 아버지의 눈이 흘깃 나를 보았다. 마지막에 사람을 알아볼 때는 그렇게 되는구나, 하고 나는 생각했다. 나는 아버지의 손을 잡았다. 섬뜩하리만큼 차가웠다. 나는 어머니의 충혈된 두 눈 쪽으로 얼굴을 돌리며 "손이 아주 차" 하고 침통함을 억누르며 사무적으로 말했다. 어머니가 고개를 끄덕했다.

"글쎄 아까는 이쪽이 차고 그쪽이 따뜻했는데."

어머니는 체념 상태였다. "고등고시만 붙으문 호강시켜주겠다구 해서 삯바느질까지 해서 뒷바라지했더니, 못살 때 쌀 한 가마 안 보태주더라"고 늘 원망 섞인 푸념을 늘어놓곤 하던 고모도 아무 말이 없었다.

"그래두 어떻게 손을 좀 써봐야지 이러고들만 있으면 어쩐답니까?"

나는 말했다.

"아침에 의사가 다녀갔다. 도저히 가망이 없대."

어머니가 시무룩하게 받았다. 고모 역시 고개를 좌우로 흔들고 있었다. 이젠 안 된다는 것이었다. 나는 그들이 오랜 경험으로 인생의 마지막 상태를 익히 알고 있는 것이리라 판단되었다. 나는 아버지의 찬 손을 붙잡고 잠시 말없이 앉아 있었다. 가래 끓는 소리가 점점 심해지고 있었다. 가끔 입 밖으로까지 튀어나

오는 유난히 흰 가래를 나는 수건으로 닦아주었다. 이 순간을 위해 나는 어제 미리 초부정굿이라도 했단 말인가. 그때였다. 아버지의 얼굴이 약간 오른쪽으로 기울며 내 쪽을 향했다. 나는 아버지의 얼굴 가까이 내 얼굴을 들이대었다. 무슨 말을 하려 함이 분명하다고 판단되었다.

"말씀하세요. 아버지."

나는 귀에 대고 약간 소리 높여 말했다. 아버지는 여전히 숨을 몰아쉬면서 한동안 그러고만 있었다. 나는 다시 한번 반복했다. 그러자 아버지가 뭐라고 중얼거렸다. 나는 잡았던 손에 힘을 주고 얼굴을 더 바짝 들이댔다.

"브…… 버업…… 해…… 느……"

그뿐이었다. 아버지는 더 이상 말을 잇지 못했다. 나는 한참 동안 그 말의 뜻을 새길 수가 없었다. 단지 오랜 세월의 어느 부분에서 아버지의 인생의 가랑잎이 바삭이는 소리처럼 덧없이 들렸을 뿐이었다. 그러나 다음 순간, 나는 그것이 무슨 말인지를 또렷이 알 수 있었다. 등골에 전율이 한차례 뱀처럼 지나갔다. 법을 공부해라. 늦지 않았다. 그 말이었다. 나는 아버지의 뜬눈을 감기고, 악력을 느낄 정도로 잡혀 있는 내 손을 옆으로 해서 빼내었다. 그렇게 아버지는 간 것이었다.

2

그 몇 해 전 봉천동에 이사하고 나서 우리집은 난데없이 무슨 동물농장처럼 되고 말았었다. 개는 물론이고 닭, 토끼, 돼지, 게다가 말까지 키웠으니 어지간했다. 말을 키우다니? 지금도 서울시 관내의 변두리로 가면 개, 닭, 토끼, 돼지까지 키우는 집이 없지 않을 것이다. 실제로 어떤 선배는 칠면조를 키운다고도 했고 또 어떤 선배는 사슴을 키운다고도 했다. 하기야 그런 보기들과 견주면 우리집에서 말을 키웠다는 사실은 좀 다른 경우에 든다고 하겠다. 왜냐하면 우리는 말 그 자체를 키우기 위해 말을 먹인 것이 아니라 돼지를 키우기 위해, 돼지를 키울 먹거리인 이른바 짬빵을 실어 나르기 위해 말을 먹이게 되었기 때문이다. 지금 같으면야 짬빵을 실어 나를 마차를 시내까지 끌고 다니는 일조차 불가능할 것이다. 아버지도 애초부터 마차를 마련해야만 할 정도로 사태가 어렵게 진전될 줄은 꿈에도 몰랐음에 틀림없었다. 얼마쯤 가까운 식당들에서 수거해올 수 있는 짬빵이 달리고, 리어카를 끌던 떠돌이 청년 일꾼마저 온다간다는 말 한마디 없이 바람같이 사라져버리자 마차를 사들이기로 작정했던 것이다. 마침 아버지의 팔촌형 되는, 그러니까 큰아버지가 집에 묵고 있었던 참이어서 아버지는 그 큰아버지와 상의를 했는데 아는 것 많고 '외국어'까지 잘하는 그 큰아버지가 느닷없이 마차를 사는 게 어떻겠느냐, 마부 노릇은 내가 하겠다고 나섰기 때문에 아버지로서는 작정하기가 그만큼 빨랐다. 더군다나 큰아버지는 어느 시장에선가 마차를 사고 파는 광경을 본 적도 있었노라고 덧붙이기도 했다. 그 큰아버지가 아니었더라면 아버지로서는 마차는 아예 엄두도 못 냈을지 모른다.

"마르 부리 내겠소?"

아버지는 자못 근심스럽게 물었지만 큰아버지는 세상에 못 할 게 뭐 있겠느냐는 다부진 반응을 보였다. 마차를 사서 마부 노릇을 하겠다고 제안한 사람이 큰아버지였던 만큼 각오는 서 있었다고 보아야 할 것이다. 큰아버지가 그렇게 나온 이상 미적지근하게 자신 없는 태도를 보인다면 더 큰일이기도 했다.

"까짓거 뭐. 재갈 단단히 물린 놈, 끌구 다니기만 하믄 되지비."

큰아버지는 몇 번인가 되뇌었다. 그러니 큰아버지의 다부진 반응은 아무래도 무슨 자신이 있어서라기보다 당장 한 몸 눕히고 한 끼니 때울 곳이 없는 처지에서 보인 반응임을 아버지인들 모를 까닭이 없었다. 하지만 돼지 먹이도 벌써 며칠째 비싼 돈 주고 사온 복합 사료만 펑펑 쏟아붓고 있는 마당이니 더 따질 계제가 아니었다. 큰아버지를 잘 아는 나는 사태를 예의 주시하고 있었다. 아버지는 말을 먹일 일과 마구간을 지을 일에 대해서도 걱정을 했으나 결국은 마차를 살 수밖에 없다는 결정에 이르게 되었던 것이다.

"그럼 내일 당장 나가보오."

아버지의 말에 큰아버지는 고개를 끄덕거렸다. 한참을 말없이
앉아 있던 큰아버지가 아버지에게 같이 가지 않겠느냐고 물었지
만 아버지는 "내가 마르 아오" 하고 모든 것을 큰아버지의 재량
에 맡겼다. 이튿날 아침 집을 나선 큰아버지는 저녁 무렵이 되어
서야 돌아왔다. 정말 훤칠한 말이 끄는 마차와 함께였는데, 상기
되고 긴장이 감도는 큰아버지의 얼굴은 마차를 몰고 오면서 꽤
고심했음을 여실히 말해주고 있었다. 우리가 에워싸자 큰아버지
는 갑자기 흥분된 어조로, 마침 좋은 말이어서 퍽 만족스럽다고
으쓱했다. 곧, 노새도 버새도 아닐뿐더러 당나귀나 조랑말도 아
닌 진짜 말이라는 것이었다.

"진짜 말이라뇨?"

부엌에서 뛰어나온 어머니는 눈이 휘둥그래졌다. 큰아버지가
막상 말을 사오겠다고 나가기는 했어도 도무지 믿기지가 않는
모양이었다.

"족보까지 있다 합디다."

큰아버지는 한두 번 익힌 솜씨로 말의 멍에를 벗겨 내려놓으
면서, 본래 경마장에서 뛰던 말이라는 설명도 곁들였다. 족보까
지 있다는 말에 어머니는 마당 한구석에 웅크리고 있는 개를 쳐
다보았다. 개 역시 족보까지 있다는 진돗개였는데, 갑자기 말이
나타나자 족보도 족보 나름인지 기를 못 펴고 끙끙 눈치만 살피
고 있는 중이었다. 족보까지 있는 말이라는 설명에 어머니는 비

로소 '진짜 말'이 무엇인가를 알 수 있겠다는 듯한 표정이었다. '진짜 말'의 설명을 듣고 가장 만족한 것은 아버지였다. 아버지는 누구 말마따나 만면에 희색을 띠고 "햐, 족보까지 있는 말이라" 하고 감탄을 거듭했다. 이 족보가 있다는 말이, 그렇기 때문에 마차를 끌기에는 적합치 않다는 사실을 알기까지에는 그렇게 오랜 시일이 필요하지 않았다. 어쨌든 이렇게 해서 경마장에서 쫓겨난 폐마는 우리집에 있게 되었다.

봉천동에 이사하고 나서 가장 먼저 문제가 된 것은 동물보다는 식물이었다. 한 그루 포도나무 때문에 아버지와 내가 의견 대립을 보였던 것이다. 따지고 보면 그 동안 속에 숨어만 있던 반발이 첨예하게 드러난 결과일 터이지만, 그 의견 대립은 오래갔다. 간단하게 말하면, 아버지가 포도나무 한 그루를 심고 터무니없는 발상을 한 데서 비롯된 의견 대립이었다. 모든 의견 대립에서처럼 나는 아직도 내가 완벽하게 절대로 옳다고 잘라 말하려는 것은 아니다. 그럼에도 불구하고 나는 아버지의 발상을 터무니없다고 몰아세우게 되는데, 그것은 여태껏 내가 그런 보기를 접하지 못한 데 지나지 않다. 아버지는 포도나무 한 그루를 심고, 그리고 거름만 많이 잘 해주면 포도덩굴이 거의 무한정 자란다고 믿고 있었다. 염색체니 배수체니 방사능이니 콜히친이니를 주머니 속보다 더 잘 알고 있는 식물학자들이나 주장할 말이었다. 나는 어림도 없는 말이라고 우기며 대들었다. 포도나무가 무한정 자라든 말든 내가 상관할 바는 아니었다. 그 덩굴이 지구를 일곱 바퀴 돌고 또다시 돌려고 한들 나와 무슨 상관이 있단 말인가? 아버지는 내 주장에 아랑곳없이 포도나무 둘레를 삽으로 파고 집에 있는 동물들의 똥이란 똥 종류는 죄다 퍼부은 뒤 덩굴시렁을 온 마당 가득히 넓히려고 했다. 빨랫줄마저 햇볕 안 드는 뒤꼍에 옮겨 매어야 할 판국이었다. 포도나무는 이웃 포도밭에 택지를 조성한다고 해서 뽑아낸 것을 얻어온 것이었다.

그 무렵 봉천동 일대는 군데군데 택지가 조성되고 있었을 뿐 대부분 황량한 땅으로 버려지다시피 남아 있었다. 논밭은 농사를 싯기보다 땅값이 오르기만을 기다려 방치된 곳이 많았고, 연탄 쓰레기 흙을 편 매립지에 이따금 시금치 따위가 심어져 특별히 손이 가지도 않는 채 자라고 있었다. 농사를 지어봐야 인건비도 안 빠진다고 땅 주인들은 말했다. 경기도 땅이 서울시로 편입되어 주민들은 여러 가지 기대를 걸고 있던 때였다. 그러나 신촌과 상도동을 오가는 신촌교통 버스가 삼십 분에 한 대씩 행선지 표지판을 바꿔 끼우고 들어와서 겨우 시내로 연결해줄 뿐 교통도 엉망이었다. 버스 길이 비포장도로임은 물론 정거장 이름도 장승백이에서부터 주막거리, 말죽거리, 비석거리, 거북고개 등으로 이어져나갔다.

청련암(靑蓮庵) 밑의 야산 기슭에 블록 집을 새로 짓고 우리는 이삿짐을 옮겼다. 아버지 일의 실패로 말미암아 단행된 이사였다. 지금이라면 그 땅만 해도 제법 돈이 될 것이다. 그러나 아버지가 나중에 은퇴를 하면 파묻혀 보낼 별서(別墅)라도 마련할

양으로 그 몇 해 전인가 평당 몇십 원 꼴로 사둔 데에 지나지 않았던 그 땅은 그 무렵은 아직까지 거의 경제성이 없었다. 그런데도 굳이 이사를 해야 했던 까닭은 갑자기 모종의 사건에 연루되어 몇 년 동안 자격 정지 상태가 된 아버지가 그 땅에 양돈(養豚)을 결심한 때문이었다. 아버지가 돼지치기를 할 결심까지 했다는 것은 사실 큰 결단이었다. 아버지는 돈이야 어쨌든 그때까지 평생을 사회의 상류층으로서 보내왔다. 그런데도 그와 같은 결심을 했으니, 사태는 그만큼 심각했던 셈이다. 그러나 그때까지만 해도 아버지를 빼고는 모두들 그 사태가 얼마만큼 심각했는지 가늠할 수가 없었다. 우리들은 실실 웃음까지 흘렸다. 그러나 아버지는 심각하고 진지했다. 아버지의 설명에 따르면 돈사로 잡아먹는 땅은 얼마 안 되므로 돼지를 치는 외에 농사를 얼마쯤 지어 부식이라도 해결하면 우리 식구가 먹고 살 걱정은 없으리라는 것이었다. 그러면서 『최신 양돈법』이니 『양돈의 실제』니 하는 책들을 뒤적거렸다.

이사를 하고 나서 시멘트 블록으로 돼지우리를 짓고 본격적으로 계획은 추진되었는데, 포도나무는 그보다 앞서서 현관 옆에 심어졌던 것이다. 봉천동에서의 새 삶을 위한 기념 식수와 같았다. 새끼돼지들이 제법 중톨로 자라고 그리고 '진짜 말'이 새 식구로 들어왔을 즈음, 포도나무는 무성하게 순을 벋어 가지를 치기 시작했다. 모든 것이 순조롭게 진행되는 듯싶었다. 집과 그에 딸린 마당과 돈사가 차지한 땅을 뺀 나머지 땅에서는 고추,

토마토, 가지, 오이 따위가 무럭무럭 자라, 아버지는 포기마다 섶을 세워주기에 여념이 없었다.

그러나 나는 나도 모르게 집안일에 방관자가 되어 있었다. 이사를 함으로써 학교를 오가기에 여간 애를 먹지 않게 된 것이 첫째가는 이유라면 첫째가는 이유였다. 삼십 분마다 배차되는 버스가 어쩌다 한 대만이라도 안 오게 되면, 다시 삼십 분을 기다려야 하므로, 예정된 강의 시간에 대기는 이미 글러버린 일이었다. 조마조마하게 기다리곤 했으나 정책상 할애된 노선이라 걸핏하면 빼먹기 일쑤였다. 하지만 조금만 깊이 더듬어보면 그런 이유는 지극히 표면적인 이유에 지나지 않았다. 애초부터 버스를 기다리지 않고 2킬로미터쯤 장승백이로 걸어나가면 얼마든지 되는 것이었다. 그러니까 내가 방관자가 된 것은 아버지에 대한 불만 그것 때문이었다. 나는 아버지가 사리 판단에 어둡고 독선적이어서 자격 정지를 당했고, 그 결과 집안이 온갖 구차스런 일을 겪게 되었다고 굳게 믿고 있었다. 우리가 하는 고생은 생뚱하게 사서 하는 고생이라고 결론지은 나는 한마디로 말하자면 아버지를 모멸했다. 아버지야말로 원흉이었다.

그러나 진실로 집안의 몰락 때문에 내가 아버지를 모멸한 것이었을까. 그것 때문만이었더라면 나는 오히려 아버지를 동정하고 아버지와 고통을 함께하려고 했을지도 모른다. 그렇다면 무엇 때문이었을까. 어쩌면, 어떤 사람의 분석대로 모든 아버지에 대한 모든 아들의 원초적인 적대감이 유달리 마각을 드러낸 것이나 아니었을까. 불행한 일이었다. 나는 포도나무 일을 계기로 집안일에 대해서는 완전히 등을 돌리고 말았다. 아버지가 한 그루 포도나무를 무한정 키워 그 무한정만큼 포도를 따겠다는 소박하고 위대한 꿈에 부풀어 있는 것을 본 나는 "그럼 포도밭에서는 뭐 미쳤다구 나물 수백 주씩 심겠어요" 하고 대들며 돼지치기니 밭농사니 다 알조라고 못을 박았다. 누구의 말이 옳고 그르고의 문제가 아니었다. 내 어조가 지나치게 격렬하고 얼굴빛까지 붉으락푸르락하는 데는 나도 놀랐다. 도무지 이해할 수 없는 일이었다. "뭐 미쳤다구" 하는 말은 분명히 아버지의 생각이 '미친' 생각이라고 단도직입으로 찌르는 효과를 노린 말이었다. 나는 아차 잘못했구나 싶었지만 나도 모르게 드러나버린 어떤 마각을 순식간에 얼른 감출 수 있는 능력이 없었다. 나는 불쑥 대든 행위를 합리화하기 위해서 얼굴을 더욱 일그러뜨리고 숨까지 씩씩거리며 처절한 눈초리로 아버지를 노려보아야 한다고 판단했다. 정말 처절한 일이었다. 아버지가 그때만큼 어리둥절하고 멍한 표정을 지은 적도 없었다. 어렸을 적에 잘못을 저지르면 내 손으로 회초리를 구해오게 했던 그 아버지였다. 순간 나는, 아버지가, 이게 바로 '이유 없는 반항'이로구나 하는 데 생각이 미치지나 않았나 공연히 서글프면서도 부아가 났다.

고등학교 때까지만 해도 나를 불러 앞에 앉히고 이런 이야기 저런 이야기 늘어놓기를 좋아했던 아버지였다. 그러나 그 이야기들은 단순히 이런 이야기 저런 이야기가 아니었다. 그 이런 이야기 저런 이야기 끝에는 어김없이 명백한 훈도가 따랐다. 어떤 목적을 둔 그 이런 이야기 저런 이야기에 나는 이미 오래 전부터 역겨움을 느끼고 있었다. 그래서 그런 자리가 마련될 성싶으면 미리 무슨 구실을 달아서라도 빠져나올 궁리만 했다. 그 이런 이야기 저런 이야기 가운데 하나가 '이유 없는 반항'이었다. 내가 사춘기에 접어들었음을 간파한 아버지가 영화 이야기로부터 서두를 꺼내, 마침내 사춘기의 방황을 슬기롭게 극복하라는 투로 들려준 교훈이었다. '이유 없는 반항' 이야기를 처음 들었을 때 나는 그것이 제임스 딘이 주연한 영화 제목이라는 사실임은 까맣게 몰랐었다. 다만, 이유 없는 반항이라니 그게 뭔가, 반항이란 도대체 뭘 가지고 반항이라고 하는 것인가, 그냥 대드는 것인가, 아니면 하고 싶은 대로 하려는 것인가, 거기에 이유가 없다는 것은 또 어떤 것인가, 밑도끝도없이 대든다는 말인가, 그런 일이 어떻게 가능한가 하는 투로 생각을 굴리고만 있었다.

그 이런저런 이야기 가운데 내게 가장 절실하게 된 교훈을 준 이야기가 「나의 길을 가련다」라는 영화 이야기였다. '고잉 마이 웨이, 고잉 마이 웨이' 하고 유난히 목청을 높이면서, 인생의 목표를 설정한 이상 한눈 팔지 말고 최선을 다해야 한다고 들려준 이 교훈은 나중에 나로서는 잊을 수 없는 교훈이 되었는데, 그것이 도리어 아버지에게 심한 고통을 주게 될 줄은 아버지는 꿈에도 상상하지 못했을 것이었다. 왜냐하면 아버지가 겨냥한 내 인생의 목표와 내 스스로 겨냥한 내 인생의 목표가 서로 다른 때문

166

이었다. 아버지는 어렸을 적부터 내 인생의 목표가 법(法)으로 설정되었다고 믿고 있었다. 그러나 그렇지 않았다.

아버지가 한 이런 이야기 저런 이야기에는 또 '여자는 머리카락 한올 한올이 한 마리의 독사'라는 끔찍한 것도 있었다. 물론 여자에게 혹하지 말라고 경고하는 말이었다. 그러나 이 교훈은 두고두고 나에게 여자라는 존재의 불가사의와 그 신비성을 두드러지게 인상지어주는 데만 도움을 주었을 뿐이었다. 머리카락 한올 한올이 다 뱀이라면 도대체 몇천 마리, 몇만 마리나 될까. 그것도 꽃뱀이나 율모기 같은 독 없는 뱀이 아니라 살모사 같은 독사라지 않는가. 머리에 수천, 수만 마리 독사가 우글거리는데도 함초롬히 젖은 눈동자를 깜박거리며 꽃같이 미소지을 줄 아는 신화적인 동물, 여자!

내가 한 그루 포도나무를 앞에 놓고 아버지에게 대들면서 서글픈 가운데 부아가 난 것은 다른 까닭이 아니었다. 아버지가 만약 내 반발을 단순히 '이유 없는 반항'으로 생각한다면 그야말로 오산이었다. 그 오산을 아직도 오산으로 여기지 않을 아버지가 가련했다. 나는 아버지의 여러 교훈들이 한꺼번에 떠올랐다. 여자는 불가사의하고 신비한 존재임에는 틀림이 없었으나 '머리카락 한올 한올이 한 마리의 독사'인 것 같지는 않았다. 물론 그 교훈 속의 독사가 실제의 독사가 아닌 상징의 독사를 가리킨다고 할지라도, 그럴 것 같지는 않았다. 그리고 「나의 길을 가련다」야말로 서글픈 것이었다. 아버지가 누차 귀에 못이 박이도록

'고잉 마이 웨이, 고잉 마이 웨이'를 외친 가르침에 충실히 따르겠다는 듯이 나는 정말 나의 길을 가고 있었다. 아버지의 '고잉 마이 웨이'는 나로 하여금 법 공부에 전념하라는 준열한 교훈이었다. 그러나 나는 법 공부 따위는 안중에도 없었다. 나는 엉뚱하게도 시(詩)를 쓰고 있었던 것이다.

내가 시를 쓰기 시작한 것은 사일구를 겪은 뒤였다. 지난해 봄에 나는 문득 그때를 회상해볼 기회가 있었는데, 이야말로 우연한 일이었다. 지난해 봄 나는 퇴계로 5가에서 종로 5가 쪽으로 걸어내려오면서 길가에 벌여 있는 각종 난전을 기웃거리는 일이 유일한 낙이었다. 거기에는 흰쥐, 고슴도치, 강아지, 고양이 새끼, 오골계 같은 동물에서부터 칡뿌리, 더덕, 진달래꽃, 산나물, 두릅, 죽순, 복령(茯笭), 그리고 언젠가 아버지와 함께 와서 샀던 열무, 배추, 무의 조생종(早生種)과 만생종(晚生種) 씨앗 같은 식물에다가 신경통을 낫게 한다는 신비한 돌 같은 광물까지 골고루 갖추어져 있어서 학교 교육에서와는 좀 다른 차원의 자연 공부를 시켜준다고 할 수 있었다. 그런 것들 가운데 가장 많은 구경꾼들이 몰려 있는 곳은 발기를 오래 지속시켜준다고 하는 이상한 물건을 파는 곳이었다. 여기서는 아이들이나 여자들은 이건 또 뭘 파는 장사치일까 기웃거리기가 바쁘게 눈총을 받으며 쫓겨났다.

사람마다 살아온 발자취가 다른 만큼 어떤 사물에 대한 기억이라든가 연상 작용이 다른 법이겠지만 난전판 귀퉁이에서 연뿌리를 보았을 때의 내 연상 작용은 새삼스럽고도 각별한 것이었다. 저녁의 술자리 약속까지는 꽤나 시간이 남아 있기도 해서 이곳저곳 기웃거리던 나는 그 연뿌리 앞에 발을 멈추고 감탕이 채 씻기지 않은 희끗희끗한 겉가죽과 갈색으로 변색하고 있는 단면에 눈길을 던졌다. 그것을 팔고 있는 아낙네가 조바심을 내며 내가 사줄지 눈치를 살피는 행색이 완연했으나 실은 내 머릿속은 이미 연뿌리보다도 그것이 주는 연상 작용에 젖어 있었던 것이다. 길거리의 먼지를 뒤집어쓰고 있는 연뿌리를 보면서, 문학의 아취(雅趣)에 병들어서, 저녁에 연꽃이 꽃잎을 오므리기 전에 그 속에 차(茶)를 넣어두었다가 아침에 꺼내 달였다는 운(芸)의 이야기나 미당(未堂)의 '연꽃 만나러 가는 바람 아니라 만나고 오는 바람같이'라는 시를 읊조린다는 것은 아무래도 어쭙잖은 일이다. 그런데도 나는 박남수(朴南秀) 시인의 「탄생(誕生)」이던가 하는 시가 떠올랐다. 하지만 납득할 수 없는 것은 나는 그 시를 잘 기억할 수도 없는 데다가 또 내가 연상하고 있는 어떤 것과 그 시가 과연 어떻게 관련을 맺고 있느냐 하는 문제에 대해서는 더더구나 절벽이라는 점이었다. 다만 그 시가 내가 생각하는 바로 그 시가 맞다면 나는 감탕, 뻘 따위의 썩어 문드러진 새카만 죽음의 모토(母土)에서 몸부림치며 삶을 얻어 태어나는 빛과 같은 생명을 연상하고 있었다는 말이 된다. 물론 이것이, 더러운 진창으로부터 고귀하고 아름다운 연꽃 꽃대를 뽑아올림으로써 극락의 만다라(曼茶羅)를 그리려는 불교의 뜻하고는 아무런 맥락도 닿지 않는다고 밝혀두고 싶다. 내 기억에 따르면 「탄생」에는 연꽃이 아예 등장하지도 않는다. 또, 내가 '빛과 같은 생명'을 연상했다고 해서, 그런 생명이 무엇인지에 대해서 내가 확연히 깨닫고 있다는 말도 아니다. 다만 막연하나마 삶에 대한 자각이 아프고 외롭고 강렬하게 다가왔던 사춘기의 한때가 되살아났다는 정도로 말해두는 것이 옳을 것이다.

내가 감탕 혹은 뻘 속에서 연뿌리를 캐는 광경을 본 것은 부산의 동래(東萊)에서가 처음이자 마지막이었다. 물론 박남수 선생의 시는 읽어보기도 전이었는데, 발표된 시기로 봐서 선생이 그 시를 쓰기도 전이었을 것으로 추측된다. 하기야 선생의 시에서 연꽃이 아예 다루어지지도 않았다고 한다면 객쩍게 들먹거릴 계제는 아닐 것이다. 그날 나는 허벅다리까지 오는 긴 장화를 신은 사내들이 물 뺀 연못의 뻘을 뒤집을 때마다 하얗게 드러나는 연뿌리를 매우 신기한 눈초리로 들여다보았다. 연뿌리는 새카만 뻘 속에 의족(義足)처럼 드러누워 있다가 생생하게 모습을 드러냈다. 의족의 부활이었다. 비록 나는 호기심이 많은 인간이긴 하지만 그때처럼 신기한 눈초리를 가졌던 때도 달리 없었다. 그 따위 연뿌리가 무엇이 그렇게 신기했느냐고 묻는다면 나는 대답할 수 없다. 그러나 나는 다리가 아픈 것도, 배가 고픈 것도 잊고 한동안 넋을 놓았었다.

그날 술자리는 지루했다. 술도 하나 앞에 한 병 반 꼴로 돌아갔고 이야기도 아무개 아무개의 사생활에서부터 아파트의 관리

비, 엉덩이에 발찌가 났다고 하소연한다는 어느 회사의 여사원, 신문이나 잡지의 판매 부수, 별 볼일 없는 인생, 바둑의 상수와 하수, 조치훈, 원고료와 세금, 의료보험, 최근의 영화, 한국과 일본, 한국이 아시아의 꼬리라면 일본은 아시아의 똥이다. 소설과 시, 프로 야구, 마누라 길들이기 등등 일일이 기억할 수 없을 만큼 중구난방, 천방지축으로 끊임없이 이어졌고 그만큼 분위기도 무르익은 편이었다.

"발찌는 모가지 뒤에 머리털 있는 데 나는 종기를 말하는 건데 엉덩이에 발찌는 어찌 났을꼬? 엉덩이에 털 난 델 말하는 거라 해도 그게 어딜까…… 나 같은 둔재는 감이 잘 안 잡히는데?"

그야말로 악머구리 끓듯 왁자지껄하는 가운데 엉뚱한 말꼬리를 잡고 토를 다는 축도 있었다.

"누가 아나, 발쩐지 빨찌산인지 말이야, 자, 잔 비우라구."

"어쨌든 처녀가 유부남한테 엉덩이 얘긴 왜 해? 엉덩일 까보이겠다는 거야, 뭐야?"

"발찌는 본래가 입으로 빨아주어야 나을 수 있는 기라."

"맞다. 낄낄낄낄……"

무슨 이야기든 일단 도마 위에 오르면 이른바 작살을 내는 술좌석의 생리 그대로 남의 집 처녀 엉덩이일지라도 기어이 까보고 말겠다는 투였다.

"좋은 안주 놓고 좋은 소리들 한다. 것보담 우리 앞으루 늘 이렇게 술자리 격을 좀 높이자구. 맨날 돼지 허파 아니면 돼지 곱

창이니."

　중랑 사현(中浪四賢) 가운데 일현(一賢)을 자처하는 최(崔)가 제동을 걸었다. 중랑 사현이란 중랑천 옆의 열 평짜리 성냥갑만 한 아파트에 살면서 하루하루 먹고 살기에 바쁜 친구 넷이 자조하며 붙인 명칭이라는 것이었다. 그의 말처럼, 늘 모이는 여섯 명 가운데 무려 네 명이 실업자였던 우리들은 평소에 동대문시장 안의 허름한 술집을 찾아 가장 싼 안주인 돼지 허파나 돼지 곱창 따위를 볶아놓고 둘러앉는 것이 예사였다. 돼지 노린내가 입구에서부터 역겨워 코를 돌리면서도 여럿이 먹기에 제일 푸짐하고 값싼 게 또한 그것들이어서 제일 만만하기도 했다. 그런데 그날은 퇴계로에 자리잡고 있는 제법 쫀쫀한 광고회사에서 새로 일하게 됐다는 김(金)이 취직 턱으로 특별히 한잔 사겠다고 한 자리여서 그놈의 돼지 냄새는 맡지 않아도 좋았다.

　"소라는 거 이건 말이야, 대가리에서 꼬리 끝까지 버리는 게 없는 동물이야. 쓸모 없는 부분이 하나두 없다니까."

　양(楊)이 촌충 토막 같은 소의 등골 한 점을 집어들면서 말했다. 그날의 안주는 소에서도 가장 흔치 않은 골을 비롯하여 우설, 우신, 우랑 따위로 온통 우(牛)자 돌림의 엽기적인 것들로 채워졌다. 수육 한 접시로 길을 접어든 것이 그만 술김에 제 길로 빠진 것이었다. "이왕 줄라믄 빤쓰까지 화끈하게 벗구 주는 거지 뭘 그래" 어쩌고 부추겨대는 실업자 초년생 박(朴)의 말에 물주인 김도 무슨 신바람나는 일이 있는지 연신 '아줌마'를 불

172

러댄 결과였다. 마침 자리를 잡은 술집이 유별나게 그런 종류의 안주를 주종으로 삼고 있기도 했다. 나는 비위가 약한 편은 아니지만 그 연분홍 크림색 골에만은 왠지 젓가락이 가지질 않았다. 우설은 작부의 혓바닥 같았고 우랑은 오리알을 잘라놓은 것 같았는데, 우신은 어떤 데 견주어야 할지 알 수조차 없었다. 언젠가 다른 음식점에서 우신을 다듬는 주방 여자들을 보았었다. 여자들은 뺏뻣한 그것은 주무르며 키득키득거렸었다. 그때 나는 쇠좆매를 문득 생각했었다. 쇠좆매, 예전에 그것을 말려 죄인을 들고 치는 매를 만들었다고 했다.

"뿔은 언다 쓰는데?"

박이 양을 쳐다보며 엉뚱한 물음을 던졌다. 그러자 최가 가로막고 나섰다.

"언다 쓰긴 언다 써, 단김에 빼는 데 쓰지. 이 사람, 뿔 같은 소리 고만 하구 잔을 줬음 반응이 있어야 거 아냐. 안경까지 쓰구서 악써."

그 말에 박이 그의 앞에 놓여 있는 잔 둘 가운데 하나를 들었다. 그러나 곧장 입으로 가져가지는 않았다. "뿔이야 뭐 장식용으로 여러 가지루 쓰이잖어? 빨부리두 만들구."

김이, 별 시덥지도 않은 걸 가지고 화제를 삼는다는 듯 시큰둥하게 중얼거렸다.

"햐, 늬들 쇠뿔에 대해서 쥐뿔도 모르는구나. 그렇게 무식해서야 어찌 더불어 벗하겠냐? 쯧쯧쯧."

양이 혀를 찼다.

"쇠뿔로 말하자면 예로부터 각신이라구 해서 남자들 물건 대신
으로 쓰던 게 있는데 그걸 맨드는 원료로 쓰여졌단 말이다. 주로
궁녀들이 사다가 썼지. 뿔각(角)자, 좆신(腎)자."

"좋아허네. 무식하기는, 임마. 누가 누굴 무식하다구 하는 건지
모르겠네. 그건 점잖게 불알신이라구 하느니라."

어려서 서당에 좀 다녔다는 최가 받았다. 그러자 다른 친구들
이 때를 만났다는 듯 '공자 앞에서 문자 쓰네' '뻔데기 앞에서
주름 잡네' '오뚜기 앞에서 물구나무서네' 하면서 공연히들 키
득거렸다.

"그게 그거지. 암튼 쇠뿔루 각신을 만든 건 사실이야. 그 속에
말랑말랑한 게 들어 있거든."

"각신이구 고무신이구 술이나 마시자구. 자, 쇠뿔을 위해서 한
잔."

모두들 술잔을 들었다.

그날의 술자리는 그런 식으로 거나해져갔다. 그러나 나는 그
날따라 이상하게 술이 잘 받지를 않았고 시간이 지남에 따라 차
츰 지겨워서 온몸이 뒤틀리기까지 했다. 지루하다기보다 무엇인
가 해야 할 중요한 일을 빠뜨리고 멋모르고 앉아 있는 느낌이었
다. 아니면 누구에겐가 잔뜩 덜미를 잡혀 있는 듯한 느낌이었다.
이전에도 시끌덤벙한 술자리에 어울리다 보면 실속없이 맞장구
를 치며 떠들어대는 자신의 모습이 문득 어처구니없다 못해 처

량해 보인 적이 종종 있기는 했어도 그날은 애초부터 마음이 무엇엔가 켕겼다. 무엇 때문일까. 시켜진 안주가 별로 당기지를 않아서일까. 그러나 나는 깡술로도 곧잘 술을 마셨으며, 굳이 안주를 탓하지 않는 성미였다. 나는 옆에서 떠드는 소리를 한 귀로 듣고 한 귀로 흘려버리며 이리저리 곰곰이 따져보았다. 무슨 기분 나쁜 일이 있었던가. 어떤 일을 해결하지 못한 채 버려두었던가. 그럴 만한 것이 떠오르지 않았다. 그런데도 마음에 끈질기게 달라붙어 있는 미진함은 어디서 오는 것인지 알 수가 없었다. 아무래도 그것은 연뿌리, 동래 연뿌리에서나 빌미를 찾아야 할 모양이었다. 아침부터 일어난 일을 자세히 톺아봐도 별달리 짚이는 게 없었다. 아침부터 일어난 일이라고 해야 느지막이 시내로 나와서 단골로 들르는 출판사의 편집실에 들른 것뿐이었다. '이곳은 시간이 소중한 사람들의 방입니다'라고 사인펜 글씨로 써 붙여놓은 편집실 문을 열고 들어서자 편집자 권(權)이 문 앞 자리에 앉아서 사진 효과를 알아보기 위해 필름을 비춰보는 비춤상자의 형광등에 스위치를 넣으면서 '어서 오십시오' 하고 맞아주었었다.

　나는 자세히 살피지 않더라도 그가 어떤 일을 하고 있는지 이미 알고 있었다. 그는 지난 이태 동안 제주도 사람들의 의식주 생활을 비롯하여 제주도의 역사니 신화니 풍토니 방언이니 하는 것들을 몽땅 체계적으로 엮어 한 권의 책을 만드는 일에 매달려 있었다. 그는 비춤상자의 젖빛 유리를 통해 비치는 형광등 불빛에 제주도에서 찍어온 사진들을 들여다보고 있는 것이었다. 나는 쭈뼛거리며 그 옆으로 다가갔다. 거의 일 년 남짓 '시간이 소중한 사람들의 방'에 드나들었는데도 나는 항상 쭈뼛거리지 않을 수 없었다. 무엇보다도 남은 열심히 일하는데 헐렁한 눈빛으로 여기 기웃 저기 기웃 하는 너는 뭐냐고 힐난할 것만 같아서였다. 그러나 따지고 보면 철저한 장사꾼이 되지 못한 죄가 있다면 몰라도 힐난을 받을 만한 일은 아닐 것이다.

내가 '시간이 소중한 사람들의 방'에 들른 것은 앞으로의 사업 계획, 즉 출판 계획이 어떻게 싸여 있는지를 탐지하려는 목적이 큰 비중을 차지하고 있었다. 권이 일손을 잠시 멈추고 담배를 꺼내서 내게 권했다. 언젠가 얼핏 그가 하는 말을 들은 결과 제주도의 무당에서부터 기생충까지 그야말로 요절을 낼 모양이었다. 그때 나는 이를테면 '오돌또기'에서부터 요즘의 유행가까지가 될 것인가, 하고 엉뚱하게 생각되었었다. 내게 이런 생각이 떠올랐던 것은, '오돌또기'가 제주도의 무당에 견주어진다면 유행가는 제주도의 기생충쯤이 아닐까 하는 무슨 어처구니없는 비교에서는 천만에 아니고 다만 내가 노래라면 워낙 젬병이기 때문일 것이었다. 그것이 직장이 없는 내가 그 출판사 사람들에게 늘 품어왔던 알 수 없이 꿀리는 느낌과 어울려 맞아떨어졌던 것임에 틀림이 없었다. 무슨 말이냐 하면 '오돌또기'나 요즘 노래같이 남들이 다 아는 평범한 것도 내게는 어렵고 무거운 짐이 된다는 투로 조금만 위안을 찾고 있었다는 뜻이다. 이것이 또 무슨 말이냐 하면 또 다른 모르는 것에 부닥쳐도 떳떳하게 모른다고 할 수 있는 쥐구멍만한 도피처를 마련해서 그 뭔가 꿀리는 느낌을 상쇄하려고 했었다는 뜻이다. 나는 이런 감정의 움직임을 짐짓 숨기려는 듯 "권형, 제주도 말로 행어가 뭔지 아십니까? 갈 행(行), 고기어(魚)" 어쩌고 말을 건넸었지만 노상 무엇엔가 열중하는 것이 버릇으로 보이는 그는 "행어? 행어? 잘 모르겠는데요" 하고 그만이었다. 그는 노래를 잘 불렀다.

나는 제주도에 통틀어 세 번 갔었다. 그러나 제주도에 관해서 아는 것은 그야말로 쥐뿔도 없었다. 첫번째는 한여름에, 두번째는 이른봄에, 세번째는 한겨울에 갔었으니 제법 철따라 적절히 안배가 된 셈이었다. 물론 어떻게 그렇게 되다 보니 그렇게 된 것이었다. 첫번째는 고등학교 동창 녀석들하고였고 두번째는 대학을 졸업하면서의 졸업 여행, 그리고 세번째는 친구가 서울신문의 신춘문예에 당선하고 나서 그와 함께였다. 어쨌든 이 세 번의 제주행에서 두드러지게 기억되는 일이라곤 지금은 미국의 뉴욕에서 청바지 장사를 한다는 대학 동창 녀석이 술을 고래처럼 퍼마신 대가로 제주도를 잘 보겠다고 새로 사 끼고 있던 콘택트 렌즈가 눈알 뒤쪽으로 아예 돌아가버렸다는 것 정도였다. 다음 날 안과 의사가 그것을 빼내주지 않았더라면, 녀석은 아직까지도 마치 자기의 해골 속에서 어떤 일이 일어나는지 꼼꼼히 살펴보겠다는 것처럼 눈알 뒤쪽으로 콘택트 렌즈를 끼고 백인종들 틈서리에서 살아가게끔 되었을지도 모른다. 그때의 일에 생각이 미치면, 활달하고 외향적인 성격을 가진 그가 오늘날 내가 살고 있는 이 땅의 저쪽 지구의 뒤쪽 땅에 살면서 자기가 태어났고 자랐고 공부한 이쪽을 확연히 느끼자면, 그의 콘택트 렌즈를 눈알 뒤쪽으로 돌리고 싶어할 것처럼 여겨지는 즐거움이 있다. 그러나 내가 콘택트 렌즈에 대해서 무슨 이야기를 듣거나 광고를 보거나 할 때마다 아무리 제주도가 떠오른다고 해도 그것은 내 개인의 역사에 국한되는 것일 뿐이다. 그것은 제주도를 파악하고 인식하는 데는 아무런 가치도 없는 내 개인의 삽화일 뿐이다. 하지만 나로서는 그 삽화를 떠나서는 제주도를 어떤 식으로든 구체화시킬 수가 없다. 현학적으로 표현하자면, 나는 녀석의 콘택트 렌즈를 통해서만 제주도를 바라본다! 이러한 사실로 미루어 보아 어처구니없는 삽화가 한 개인의 타인에 대한, 사물에 대한, 역사에 대한 접근 방법이라고 할 때 나는 얼마나 아득해지고 초라한 느낌에 젖어야 되는 것일까.

행어에 대해서 제주도 사투리를 들먹이면서 말을 건네기는 했어도 그것은 나 스스로도 미심쩍었다. 행어의 이야기는 우리나라에서 물고기 연구로는 태두에 꼽히는 정문기(鄭文基) 박사로부터 언젠가 지나가는 말로 들었던 것이었는데, 옛 문헌에 적혀 있는 그 행어가 무슨 물고기인지 밝히려고 일제 때 우리나라에 와서 귀한 책을 많이 긁어모았던 일본 사람의 책까지 빌려 보고 또 전국을 돌아다니며 캐보았지만 헛걸음이던 끝에 마침내 제주도의 모슬포 부근에서 행어의 정체를 알고 있는 늙은이를 만났다는 데 배경을 둔 것이었다. 행어는 멸치였다고 박사는 말했다. 그러나 모슬포의 한 늙은이가 행어를 알고 있었다고 하더라도 그것을 제주도 사투리로 못박을 확증은 없는 것이다. 서재에 추사(秋史)의 글씨와 더불어 고슴도치 새끼 같은 자지복의 박제 따위를 가지고 있을 정도로 물고기와 가까운 박사라 해도 행어가 멸치라는 걸 밝힐 의무면 족했지 그것이 가진 언어학적 위상을 밝힐 의무까지야 없다고 해도 좋겠다. 그러니까 내가 권에게 제주도 말을 들먹거린 것조차 어쭙잖은 일이 아닐 수 없었다.

"참, 학교 신문에 시가 실렸습니다."

권이 지나가는 것처럼 내게 말했다. 어쩌면 내가 알고 있는 것을 환기시키며 잘 보았다고 인사치레를 하는 듯도 해보였다. 그는 내가 다닌 대학의 대학원에 뒤늦게 적을 두고도 있었다.

"시가요?"

나는 뜻밖이었다. 어둠 속에서 갑자기 돌이라도 날아와서 획 머리를 스치는 느낌이었다. 내가 시를 썼던가. 곤혹스럽고 부끄러웠다. 나는 그토록 간절히 바라던 시인이 되었음에도 불구하고 시인으로서 시를 못 쓴 지 이미 사 년째로 접어들고 있었다.

"내 시가 말입니까? 쓴 게 없는데?"

나는 확인하기 위해서 재차 물었다. 그가 고개를 끄덕였다.

"모르고 있었습니까?"

그는 편집자의 입장으로서, 아무리 학교 신문이라지만 작자의 허락도 받지 않고 수록한 사실에 대해 여러 가지 생각이 미치는 모양이었다.

"신문을 좀 봐야겠군요."

나는 여간 떨떠름하지가 않았다. 내가 모르고 있는 가운데 어떤 일이든 나에 관한 일이 일어나고 있었다는 것이 견딜 수 없이 당혹스러웠다. 나는 시인이라는 딱지를 붙인 뒤로 십 년 동안에 백 편 남짓한 시를 발표했다. 그리고 시집을 묶을 때 그 가운데 스물서네댓 편은 완전히 버렸다. 이 시집에 정리되지 못한 시들은 내 것이 아니다 하는 제법 단호한 선언이 거기에는 깃들여 있었다.

"옛날의 학교 신문에 썼던 사일구 시 있지요?"

권이 물었다. 그 물음 역시 내가 잘 기억하고 있으리라는 예상 아래 던져진 물음이었다.

"사일구?"

나는 처음에 그 말이 무슨 말인지 얼핏 귀에 잘 들어오지 않았다. 생소하기 짝이 없다는 느낌이었다. 아, 그 사일구. 명확하지는 않으나마 어떤 개념이 머릿속에 떠오른 것은 잠시 뒤였다. 사일구 그것이 중세의 무슨 법이나 제도처럼 먼 개념으로 여겨졌던 것은 무엇 때문이었을까.

"아마 사일구 특집으로 그 기념시를 다시 실은 모양입니다."

권이 김빠진 듯 말했다. 내가, 학교 신문에 내 시가 실린 사실에 대해서뿐만이 아니라 사일구 자체에 대해서도 전혀 어리둥절해 있기만 한 것이 도리어 권을 어리둥절하게 했고 이윽고 조금은 불쾌하게까지 했던 것 같았다. 그제서야 사일구 몇 주년을 맞아 학교 신문의 청탁을 받고 그런 비슷한 시를 쓴 적이 있기는 있었다는 기억이 어렴풋이나마 되살아나는 듯했다. 그러나 시의 내용이나 제목 같은 구체적인 것은 아무것도 떠오르지 않았다. 다만 아침에 아파트를 나설 때 아래층 현관의 우편함에 학교 신문이 배달되어 꽂혀 있었던 것이 떠올랐다. 저녁때 돌아와서 꺼내보리라고 작정하고 그냥 꽂혀 있는 채로 두었던 것이다.

그 밖에 그 출판사에서 겪은 일이라고는 다른 일거리가 생기면 연락을 바란다는 부탁의 말을 하고 그리고 무료하게 담배를 몇 대 연거푸 피운 것밖에는 이렇다 할 게 없었다. 그렇다면 역시 사일구에 대해서 쓴 시가 도대체 어떤 시였을까 하는 새삼스러운 의문이 나를 사로잡고 있었던 것이라고 할 수밖에 없을 것이었다.

그날 술자리는 언제나처럼 이차까지 연장되었다. 이차까지 가서도 내가 이른바 '술이 술을 먹는' 상태로 고주망태가 되지 않았던 것은 드문 일이었다. 열두시가 가까워서 집에 돌아와서도 나는 거의 말짱한 편이었다.

4월 12일자 학교 신문의 특집 기사는 하단의 전 5단짜리 광고를 빼고 나머지 지면을 반나마 차지하는 거창한 것이었다. '역사를 증언하는 자들이여, 사일구의 힘을 보라' 하고 제목에서부터 목소리를 높인 내 시가 눈에 들어왔다. 나는 얼굴이 뜨거웠다. 무슨 청천의 벽력같이 외치고 있는 내 꼬락서니가 가소롭기 짝이 없었다. 빈 깡통이 소리가 더 요란하다더니 무슨 얼빠진 정신으로 외쳐댔던 것일까. 자책이 앞섰다. 더군다나 나는 사일구에 대해서 아는 것이라곤 거의 없지 않은가. 나는 그때 겨우 중학교 2학년 학생에 지나지 않았다. 그런데도 아는 척하며 주절대고 있는 것은 역겹기까지 한 일이었다.

내 경우에는 세대를 따지더라도 사일구에 대해 이러쿵저러쿵 이야기할 수 있는 세대가 아니다. 그때 중학교 2학년의 어린 학생으로서 내가 독재에 대해서 무슨 생각을 가졌다면 거짓말일 것이다. 그리고 나중에 이르러서도 사일구의 역사적·사상적 의의에 대해서는 거의 무지를 벗어나지 못할 수밖에 없었다. 하나의 사상(事象)이 요모조모로 완벽하게 살펴지고 통찰되고 평가되자면 온갖 측면에서의 방법론이 모두 동원된 뒤라야 가능하다고 할 것이며 나는 그에 대해서 엄두조차 낼 수 없다고 느껴왔었었다. 이를테면 나는 이른바 이데올로기 비판 교육을 내세운 한 강좌를 들으면서 대학을 다녔는데, 그때만 해도 마르크스니 레닌이니 하는 이름은 입에 올리는 것조차 꺼려하던 시절이었다. 극복하기 위해서는 알아야 한다는 평범한 진리가 통하지 않던 시절이었다. 그러니까 사상의 체계는 플라톤에서 토마스 아퀴나스로, 칸트로 확고하게 이어지면서 그 밖에 라이프니츠는 단자(單子)의 개념을 마지막으로, 실존주의는 무신론적 실존주의자들의 이름을 마지막으로, 헤겔은 좌파(左派)의 이름을 마지막으로 꼬리를 감추고 말았다. 블레이크든가 오든이든가의 시처럼

'세계의 절반은 어둠'이었다. 지구가 돌고 돌아도 반쪽은 영원히 어둠인 것처럼 모든 것은 반쪽이 어둠이었다. 그 어둠 속에 어떤 동물들이 살고 있는가 아무도 알 수 없었다. 나는 주워들은 대로 답안지에 썼다. '인간은 이 세상에 던져진 존재다. 이것이 바로 실존이다. 나는 이 세상에 던져졌다. 이 피투성(被投性)이……' 이 피투성이라는 철학의 조어만큼 나를 당혹스럽게 만든 말도 없었다. 그것은 글자 그대로 던졌음을 뜻할 뿐인데도 나는 자꾸만 피〔血〕가 연상되었다. 그러므로 실존은 피투성이가 되어 이 세상에 버려진 못된 영혼 같은 것이었다. 그 영혼을 구제하기 위해서 나는 시를 써야 하리라고 믿고 있었다. '언어는 존재의 집'이라고 다른 시간에 배우기도 했었다. 존재의 집으로 들어가자. 언어로 절을 짓자. 시를 쓰자. 그러나 그것이 어설프게 그런 기념시 같은 유형으로 나타났다는 사실은 내 정신의 허세와 과장을 증명하는 것밖에 아무것도 아니었다. 거듭 말하지만 내게는 사일구를 뚜렷한 눈으로 바라볼 만한 안목이 결여되어 있기 때문이다. 나는 죄를 지은 느낌이었다. 나는 잠 못 이루며 이 생각 저 생각으로 날을 밝히고 있었다.

다시 동래가 떠오른 것은 새벽 세시쯤이나 되어서였다. 내가 애초에 동래 쪽으로 갔던 것은 연뿌리를 캐는 것을 보기 위해서가 아니었다. 우리집은 그때 서면에 있었다. 서면 로터리에 데모대(隊)가 운집했더라는 말을 듣고 어슬렁거리며 나갔다가 어찌어찌하다 보니 동래까지 가게 되었던 것이다. 얼마쯤 어렴풋하고, 또 누차 강조하듯이 나는 당시의 역사의 전개에 대해서나 시대상에 대해서 별다른 견해도 가지지 못했기 때문에 내가 겪은 삽화 한 토막이 어떤 의미를 갖는지조차 알 길이 없다. 그러니까 그날의 삽화는 철저하게 개인의 삽화에 지나지 않았다.

그러나 나는 낮에 종로 5가에서 보았던 연뿌리가 왜 내 발길을 머물게 했는지 비로소 알 수 있을 것 같았다. 그것이 사일구가 나에게 가르쳐준 교훈 같은 게 아닐까 하는 깨달음이 비로소 한 줄기 섬광처럼 뇌리를 스쳤다.

한낮이었다. 내가 어슬렁거리며 서면 로터리로 발길을 옮긴 것은, 그날이 휴일이어서가 아니라 학교가 휴교를 하고 있었던 때문이라고 여겨진다. 어쨌든 개울을 끼고 나는 자주 고래고기를 사서 소금에 찍어 먹곤 했던 시장통을 지나서 로터리 쪽으로 다가갔다. 데모건 뭐건 아랑곳없이 시장은 사람들이 온통 북적대고 있었다. 내가 궁한 용돈을 마련하기 위해 아버지의 담배 서랍에서 살렘이니 러키스트라이크니 팔말을 한 갑씩 감춰 나오면 돈하고 맞바꿔주었던 아줌마도 그대로 자리를 지키고 있었다. "담배 가아왔나?" 하는 아줌마의 말에 나는 대꾸조차 하지 않고 고개만 가로저었을 뿐이었다. 내가 무엇 때문에 그렇게 초조하고 긴장된 마음이었는지는 알 수가 없었다. 학교에 못 나가는 막연한 의구심, 막연한 우울 때문에 분한 마음이었는지도 몰랐다. 나는 두근거리는 가슴을 안고 광장 어귀로 들어섰다. 내가 담배를 판 돈으로 뜻도 모르고 「뜨거운 양철지붕 위의 고양이」라는 영화를 보기도 했던 극장의 앞쪽으로 한 떼의 군중들이 웅성거리고 있었다. 무슨 일이 일어난 것일까, 아니면 일어나려고 하는 것일까. 그러나 곧 그들이 대오를 정비하려고 한다는 것을 눈치챌 수 있었다. 그들이 무엇이라고 외치고 있었는지는 지금의 기억에 남아 있지 않다. 나는 광장까지 다 나아가서 그들의 움직임이 한눈에 바라보이는 위치에 서서, 또한 그들과 대치하고 있는 맞은편 경찰서 쪽으로 눈길을 돌렸다. 경찰서 건물은 유리란 유리는 다 깨진 채로 그 안에 사람이라고는 한 명도 있을 것 같지 않았다. 떼를 이룬 군중들은 팔을 휘두르며 무슨 구호인가를 외치며 또 노래를 불렀다. 그와 함께 '와' 하는 함성이 일더니 앞머리의 군중들이 앞으로 달려나갔다. 돌팔매질이 경찰서 건물을 향해 한꺼번에 쏟아졌다. '와아' 하고 다시 한번 함성이 일었다. 돌연한 광경에 나는 갈피를 잡을 수가 없었다. 주먹이 꼭 쥐어졌다. 이런 일이 어떻게 가능한지에 대해 제대로 생각을 할 수 없어서 정신만 어지러운 혼란에 빠져들 뿐이었다. 무엇 때문에 경찰 '아저씨'들이 있는 곳에 주먹만한 돌을 던지며 고래고래 악을 쓰며, 또 그래도 된단 말인가. 그러나 다음 순간이었다. 내가 갈피를 못 잡고, 이리 뛰고 저리 뛰는 군중을 무서움에 떨면서 바라보며 사태의 추이를 관망하고 있을 때, 내 눈에 경찰서의 옥상으로 몇 사람의 머리가 불쑥 솟아 들어왔다. 다시 '와아' 하는 함성이 들리는가 했다.

　그때였다. 날카로운 총소리가 고막을 때렸다. 타당, 탕, 탕,

탕, 타당. 몇 발쯤 되었을까. 순식간에 사람들이 좌악 흩어져 뛰었다. 나도 덩달아 골목길로 뛰면서 뒤를 돌아다보았다. 몇 사람인가 기다시피 하면서 쓰러져 있었고 그 옆을 한 청년이 있는 힘을 다해서 달리고 있는 모습이 얼핏 보였다. 아니 나는 그 청년을 본 것이 아니었다. 그 청년의 귓불에서 흘러 떨어지는 선연한 핏방울을 본 것이었다. 핏방울! 그는 그것을 아는지 모르는지 허둥지둥 달리고만 있었다. 나는 격렬한 무서움에 몸을 덜덜 떨면서 골목길에 주저앉아 있었다.

그날 경찰서는 불탔고 나는 어느 틈에 군중들 틈에 섞여 양정고개를 넘어 동래까지 행진해가는 대열에 섰던 것이다. 무서움에 덜덜 떨었던 것밖에는 아무런 동기도 없었다. 내가 아는 사람이라고는 한 사람도 없었다. 그리고 그 대열이 왜 동래 쪽으로 향하고 있는지도 알 수 없었다. 군중심리치고는 참으로 어처구니없는 내 군중심리였다. 지금도 그때를 생각하면 쓴웃음밖에 나올 것이 없다. 아무튼 나는 아무것도 모른 채 데모대의 일원이 되고 말았던 것이다. 상당히 많은 수의 군중이었다. 이제는 나같은 조무래기에서부터 중년의 사내들까지도 우글거리며 어울려 있었다. 나는 누군가가 선창하는 구호며 노래를 목청이 터져라 따라 외치며 전찻길 한복판으로 걸어갔다. 서면에서 동래까지는 꽤 먼 길이었다. 내가 쓴웃음을 짓지 않을 수 없다고 하는 것은 내가 내용도 모르고 그들 틈에 끼여들어서만이 아니다. 그보다도 더 어처구니없는 일이 나를 기다리고 있었다. 아무리 터

무니없이 흥분되어 있었다고 하더라도 사태를 파악하는 데 조금
은 눈치가 있었어야 했다.

 행렬이 동래까지 가는 동안 사람들이 이곳저곳으로 나뉘고 있
었던 사실을 나는 까맣게 몰랐던 것이다. 그것은 지금도 궁금하
기 짝이 없는 일이다.

 그뒤로 나는 외톨이로 남지 않기 위해서는 항상 살피기를 게
을리하면 안 된다는 것도 알게 되었지만 그때의 나로서는 지극
히 곤혹스러운 일일 수밖에 없었다. 나는 동래까지 발바닥이 아
픈 것도 잊고 또 꾸준히 긴장을 유지하면서 걸음을 옮겨놓았다.
땀까지 뻘뻘 났다. 그런데 나중에 분위기가 왠지 식었다 싶어 주
위를 돌아보니 우리 일행은 열 명 남짓에 지나지 않았고 그들조
차도 어디론가 가려고 하는 참이었다. 아는 사람이야 애초부터
없었다. 그러나 그 많은 사람들은 모두 어디로 갔단 말인가. 놀
라울 뿐이었다. 앞쪽으로 먼저 가고 있는 사람들도, 뒤에 처져
있는 사람들도 없음이 분명했다. 나는 아무것도 할 수 없는 나이
에 대오에서 낙오되었다고 판단되었다. 그들은 다시 서면으로
돌아갔는가. 동래 바닥에 혼자 남게 된 나는 선뜻 어떻게 할 방
법을 찾을 길이 없었다. 모든 사람들이 나를 버린 듯한 패배감이
무거운 적막과 함께 어깨를 짓눌렀다. 어린 나이에도 나는 내가
꼭두각시처럼 우스꽝스러운 모습으로 먼 길을 맹목적으로 왔다
는 사실을 엄연히 깨달았다. 누구 아는 사람이 내 꼬락서니를 볼
까봐 겁이 났다. 더 이상 집이 있는 반대 방향으로 가야 할 까닭

이 없었다.

혼자서, 왜 무엇 때문에? 어디로?

그러니까 처음부터 내가 감당할 몫은 아니었다. 그런데 그 잘
못을 모르고 나는 무작정 터덜터덜 걷기만 했던 것이다. 도대체
어떻게 그런 일이 일어났을까? 그것은 정말 수수께끼였다. 그러
나 이 수수께끼야말로 지금도 밤늦게 혼자 남게 되었을 때 내가
풀고자 가장 애쓰는 수수께끼이기도 한 것이다. 사람들은 모두
어디로 가고 있는가. 우리는 왜 혼자 남아야만 하는가. 삶은, 개
인의, 타인에 대한 영원한 대립인가……

나는 발걸음을 멈추고 머리를 식히려고 마음먹었다. 하기야
조금 전의 열기는 이미 씻은 듯이 사라졌고 으슬으슬 오한이 들
지경이었다. 나는 겸연쩍은 몸짓으로 큰길을 벗어나 왼쪽의 연
못 쪽으로 슬며시 발길을 들여놓았다. 몇 번인가 전차를 타고 지
나다니면서 연분홍의 커다란 연꽃 봉오리가 탐스럽게 맺혀 있는
것을 보았던 기억이 있기도 했기 때문이었다. 그러나 그렇다고
해서 연꽃을 보기 위해서 그곳으로 발길을 들여놓은 것은 결코
아니었다. 연꽃이 피는 계절조차 나는 자세히 모르고 있었다. 그
럼으로써 우선 지금까지의 내 행동을 스스로 은폐해보려는 애늙
은이의 속셈, 그것에 불과했다.

그때 나는 연못 주위에 몸을 굽히고 있는 사람들을 보았다. 처
음에는 저 사람들이 혹시 학춤을 추고 있는 게 아닌가 하고 여겼
지만 자세히 보니 아니었다. 신문지 따위로 머리에 고깔을 만들

188

어 쓰고 있었기 때문에 그렇게 보인 것뿐이었다. 호사가였던 아버지를 따라 언젠가 동래 학춤을 구경하러 왔던 적이 있었다. 꽹과리, 장고, 징, 북 같은 악기가 굿거리장단을 치는 가운데 학 모양을 뒤집어쓴 남자가 나와서 학의 몸짓을 시늉하며 두릿두릿 춤을 추었다. 그때의 광경을 떠올리며, 학춤을 추는 것도 아니라면 무슨 일들을 하고 있는 것일까 하고 다가갔더니 바로 연뿌리를 캐고 있는 것이었다.

나는 꽤 오랫동안 그 광경을 바라보고 있었다. 감탕을 뒤질 때마다 통통하고 흰 살집을 가진 의족들이 생명을 얻어 되살아나는 것 같은 느낌이 들었다. 아니 그것들은 마디마디마다 짚을 친친 동여맨 살아 있는 제웅들이었다. 그들은 팔다리에서 붉은 피를 흘리는 대신에 흰 피를 흘리고 있을 뿐이었다. 그제서야 나는 낮에 보았던 빠알간 귓불의 피를 떠올렸다. 내가 동래까지 온 것은 단순히 그것 때문이었는지 몰랐다. 그러나 이번에는 흰 피였다. 찐득찐득한 흰 피였다. 이차돈(異次頓)처럼 흰 피였다. 그것은 감탕 속에서 캄캄한 어둠을 벗삼아 빚은 피였다. 나로 하여금 혼자임을 깨닫게 한 사람들의 피. 모든 선인(先人)들, 타인들의 피. 두려웠다. 나는 어서 집으로 돌아가야겠다고 마음먹었다. 온몸이 떨렸다. 돌아오는 차편이 마땅치 않았는지 혹은 호주머니에 차비가 없었는지, 걸어서 돌아오는 길은 한결 멀었다. 아득한 고립감이 온몸을 휩쌌다. 나는 빠르게 걸었다. 이제부터는 혼자다. 나는 뚜렷이 깨닫고 있었다. 목이 꽉 메어왔다. 그러면서 나는 가슴속 깊은 곳에서 치밀어오는 새로운 생명의 소리를 들을 수 있었다. 그리고 그 생명의 소리는 철저한 개인의 발견에서 오는 것임을 나는 어렴풋이 알아차리고 있었다.

삶은, 모든 타인에 대한 나만의 뜻이며 말이었다. 나만의 외로움이며 고행(苦行)이었다. 내게 교훈을 준 군중은 이제 정말 사라지고 없었다. 총알이 귓불을 스친 청년도 어디론가 뛰어갔다. 이제는 내가 내 온몸을 스스로 저미면서 피를 흘려야 할 때가 온 것이었다. 그리하여 삶은 피투성이의 괴로운 영혼을 아무도 모르는 캄캄한 어둠의 뻘 속에 깊이깊이 처넣고 다른 생명의 탄생을 기다려야 하는 것이었다. 그 일은 혼자서 하지 않으면 안 되는 것이었다. 여기서 더 이상 자세히 말할 필요성은 느끼지 않는다. 다만 그로부터 나는 항시 시인이 될 꿈을 버리지 않았다는 사실을 밝혀두는 것만으로 족할 것 같다. 나는 사일구를 모른다. 단지 그로 인한 개인의 발견으로 내가 시를 쓰게 되었다는 것밖에는.

3

포도나무를 계기로 집안일에 등을 돌린 뒤로 나는 학교에서 집으로 돌아오면 주로 좁은 방안에 처박혀 있거나 집 뒤의 황량한 야산 기슭을 어슬렁거리며 돌아다니는 것이 일과였다. 야산 기슭을 어슬렁거리며 돌아다니는 것도 내게는 시를 쓰는 공부였다. 나는 그렇게 생각했다. 아버지도 '이유 없는 반항'은 건드리는 게 오히려 역효과라고 여기고 있는 듯했다. 밥때에 상머리에 마주앉아서도 아무 말이 없었다. 따라서 상머리에서는 어머니가 가끔 입을 열 뿐이었다. 어머니가 하는 말도 기껏 동생들에게 토끼풀을 제때제때 뜯어다주라거나 족제비가 닭을 또 물어갔다거나 하는 말 따위에 지나지 않았다. 집에 동물이 많아졌기 때문에 그 뒤치다꺼리에 여간 신경이 쓰이지 않는 모양이었다. 동물 농장처럼 여러 종류의 동물이 있다고는 했지만 개가 한 마리, 닭이 예닐곱 마리, 토끼가 세 마리로 그저 재미로 키운다는 정도였다. 어머니가 또 족제비가 닭을 물고 갔다고 하는 것은 전에도 몇 번 그런 적이 있기 때문이었다. 아닌게아니라 닭장 바닥에는 닭털이 몇 깃 떨어져 있었다.

그러나 나만은 족제비가 물어가지 않았음을 알고 있었다. 그것은 집에서 일하던 떠돌이 청년이 밤중에 몰래 닭장 속에 들어가 꺼내다 잡아먹은 것이었다. 나는 한밤중에 뜰에 나갔다가 우연히 그 광경을 목격했으나 오히려 내가 그 광경을 목격한 것이 들킬까봐 어둠 속에 몸을 숨기고 조마조마하게 위기를 넘겼었다. 그가 언젠가 그랬다듯이 문자 그대로 계간(鷄姦)을 하려는 게 아닌가 두렵기도 했다. 그러자 그는 닭을 품속에 감춘 채 쏜살같이 집 뒤의 등성이를 넘어가버렸다. 그는 그때 나와 한방을 썼는데 꽤 오랜 시간이 지나자 술내와 닭 비린내를 풍기며 살금 살금 들어와 윗목에 담요를 쓰고 누워 곧 잠에 곯아떨어졌었다.

나는 그런 그가 굶주림보다 외로움에 시달리고 있다고 생각했다. 그는 닭을 붙잡아 그 짓을 하고 나면 닭이 비실비실 도망치다가 고꾸라져 죽는다고 말했었다. 그랬을 것이다. 그는 어둠 속에서 닭에게 그 짓을 해서 죽게 한 뒤 주모에게 들고 가 던져주었음에 틀림없었다. 그가 어느 술집에서 닭을 안주로 해 술을 마셨음이 분명한데도 나는 그가 계간을 했다는 상상에 시달렸다.

그런데 어머니가 또 족제비 타령이었다. 계간까지 하는 떠돌이 청년은 이미 어디론가 떠나가고 없었다. 그렇다면 이번에는 어머니의 말대로 족제비의 짓이라고 보아도 좋을 것이었다. 닭장에는 그전하고는 달리 닭털이 꽤 어지럽게 흩날려 있기도 했다. 어머니는 또 동물마다의 특성에 대해서도 몇 마디씩 했다. 어머니에 따르면 닭은 밤에 잠을 잘 때 쥐가 다가와 몸을 갉아먹어도 가만히 있다는 것이었다. "죽어도 가만있단 말인가?" 하고 여동생이 놀라서 묻자 어머니는 "그럼" 하고 단언했다. 그때 나는 그보다도 닭이 3초쯤밖에는 기억력이 없다든가 대포 소리에는 놀라지 않아도 작은 마찰음에는 놀란다든가 하는 누군가의 이야기가 떠올랐었다. 어머니는, 토끼는 물기 있는 풀을 먹이면 죽는다, 돼지는 새우젓을 먹이면 죽는다고도 말했다. 닭이 작은 마찰음을 들을 수 있어도 대포 소리를 못 듣는 것이 사실이라면 인간이 천둥 소리는 들을 수 있어도 지구가 빙글빙글 돌면서 태양 궤도를 달려가는 무시무시한 굉음을 들을 수 없다는 것과 마찬가지가 아닐까 나는 생각했다. 나는 닭장 옆에서 그런 쓰잘데 없는 생각에 빠져서, 언젠가 아무 소리도 들리지 않는 곳에서 고요히 귀를 기울였을 때, 쨍 하고 귓바퀴를 울려오던 그 소리, 그 이른바 정적(靜寂)의 소리가 우주 공간을 메아리쳐오는 지구 굉음의 여운이라고도 여겼었다. 물론 우주의 진공 속을 도는 지구가 소리를 내리라는 것은 나로서도 납득할 수는 없는 설정이었다.

하지만 나는 케플러라는 천체 물리학자가 내세운, '모든 별들은 음악 소리를 낸다'는 가설을 애써 믿고 싶었다. 모든 별들은 음악 소리를 낸다. 그렇다면 지구라는 별이 내는 음악 소리는 어떤 것일까. 태양계만 놓고 보더라도 수성·금성·지구·화성·목성·토성·천왕성·해왕성·명왕성의 아홉 개 혹성이 내는 음악 소리는 제가끔 어떤 것일까. 아니, 태양계의 중심인 태양도 결국은 별의 하나이므로 그 태양이라는 항성이 내는 음악 소리는 어떤 것일까. 이글이글 타오르는 불덩어리는 우주 공간에 불새(火鳥)처럼 울부짖는 것이나 아닐까. 또한 아홉 개의 혹성에 딸렸다는 서른한 개의 위성들과 그 틈틈이 박혀 있다는 천오백 개쯤의 소혹성, 혜성, 유성 들은 모두 어떤 음악 소리를 낼까. 태양계의 이 모든 별들이 내는 음악 소리는 어떤 것일까.

우주의 질서 속에 태양계의 질서 또한 정연한 것처럼 태양계의 별들이 내는 음악 소리들은 화음을 이루며 어떤 교향악을 연주하고 있는지도 모른다. 그 소리는 지금 우리의 귀에는 들리지 않지만 우리들 생명의 먼 기원 속에서 장엄하게 울리고 있는지도 모른다. 그렇다면 우리가 그 소리를 못 듣는 것은 그것이 우리들 생명 그 자체이기 때문일 것이다. 머리를 들어 보면 태양계뿐이 아니다. 먼 안드로메다, 카시오페이아, 오리온, 천마(天馬) 페가수스, 그리고 처녀·쌍둥이·사자·황소·백조·작은곰·큰곰·개, 하물며 게〔蟹〕·전갈까지도 모두들 음악 소리를 낸다. 서양 이름의 별자리로서가 아니라 동양 이름의 별자리로서도 음악 소리를 낸다. 토마토 잎사귀에 달라붙는 주황색의 이십팔 점박이무당벌레의 등 쪽에 스물여덟 개의 점이 박혀 있듯이 무당벌레의 등딱지같이 둥그런 천구(天球)를 스물여덟 개로 나눈 저 이십팔 수(二十八宿) 별자리의 별들 모두가 음악 소리를 낸다. 동쪽의 각(角), 항(亢), 저(氐), 방(房), 심(心), 미(尾), 기(箕), 그 별들. 서쪽의 규(奎), 누(婁), 위(胃), 묘(昴), 필(畢), 자(觜), 삼(參), 그 별들. 남쪽의 정(井), 귀(鬼), 유(柳), 성(星), 장(張), 익(翼), 진(軫), 그 별들. 북쪽의 두(斗), 우(牛), 여(女), 허(虛), 위(危), 실(室), 벽(壁), 그 별들.

어느 날 밤이었다. 나는 담배 재떨이에 꽁초가 수북이 쌓이도록 별들의 음악 소리에 대해서 오랫동안 공상에 빠져 있었다. 마치 그 장엄한 교향악이 내 귀에 들려오는 듯했다. 헤아릴 수 없이 많고 많은 별들은 모두가 다른 소리, 다른 음색을 가지고 있다. 사자 별자리는 사자후를 터뜨린다고 해도 좋다. 황소 별자리는 황소의 울음 소리를, 백조 별자리는 백조의 울음 소리를, 곰

별자리는 곰의 포효를, 개 별자리는 개의 으르렁거림을, 게 별자리는 옆걸음으로 기는 소리를, 전갈 별자리는 독침 쏘는 소리를 낸다고 해도 좋다.

아니, 모든 별이 상상하는 것과 다른 소리를 낸다고 해도 좋다. 이십팔 수의 별자리가 무당벌레 날아가는 소리를 낸다고 해도 좋다. 사자 별자리가 바이올린 소리를 내거나 게 별자리가 통기타 소리를 내도 그만이다. 황소가 통발굽으로 은제(銀製) 플루트를 들고 불거나 백조가 흰 날개로 꽹과리를 치거나 처녀가 수자폰을 불거나, 쌍둥이가 한 퉁소를 불거나 전갈이 첼로를 켜거나, 그만이다.

아니, 그보다는 별 하나하나가 하나의 악기 소리를 내고, 별자리 하나하나가 하나의 곡을 연주하는 게 옳을 것이다. 안드로메다가 베토벤의 '운명 교향곡'을 연주할 때, 카시오페이아는 '영산회상(靈山會上)'을 연주한다. 오리온이 바흐의 '브란덴부르크 협주곡'을 연주할 때, 페가수스는 '태평가(太平歌)'를 연주한다. 이때 별자리가 없는 먼 이름없는 별은 쇼팽의 '야상곡(夜想曲)'이나 '마주르카' 같은 피아노 곡을 두드린다. 더 먼 별 중에는 '정선 아리랑'이나 '진도 아리랑'을 부르는 별도 있다. 슈베르트의 '연가곡'을 부르는 별도 있고 '변강쇠 타령'을 부르는 별도 있다. 세자르 프랑크의 곡을 연주하는 별도 있고, 힌데미트, 쇤베르크의 곡을 연주하는 열두 개의 별도 있다. 백남준(白南準), 윤이상(尹伊桑), 황병기(黃秉冀), 강석희(姜碩熙)나 서울 음악제에서 '홀로 가는 사람'에 대해 작곡한 박정은(朴正恩)의 곡을 연주하는 별도 있다. 스테파노도 있고 마리아 칼라스도 있고 이미자(李美子)도 있다. 차이코프스키와 러시아 5인조가 연주되는가 하면 '농악 12차' 굿거리장단이 연주되기도 한다. '사계'가 뒤바뀌어도 '페르 귄트'는 헤매고 '파리의 아메리카 인'이 '라 마르세예즈'를 부를 때, '세빌랴의 이발사'는 '나비 부인'을 흠모하던 끝에 '사랑의 묘약'을 훔치러 '자유의 사수'를 데리고 '신세계'로 간다. ……

드디어 주간지 내용처럼 된 천박한 공상은 별이 펼쳐 있는 무한한 공간을 갈팡질팡했다. 끝이 없을 듯했다. 골치가 지끈거릴 지경이었다. 나는 홀로 빈방에 누워 천장을 바라보며 쓴웃음을 지었다. 집안은 몰락해가며 이미 돈이 안 되는 일임이 드러나고 있는 돼지치기에 말까지 동원해서 매달려 있는데 이따위 공상이라니 한심하기도 했다. 그러나 공상이란 마약과도 같아서 쉽게 떨쳐버리기가 어려웠다.

이 세상의 모든 음악이 한꺼번에 울린다면 어떤 소리가 될 것인가. 엄청난 소음, 불협화음이 될 것이다. 그러나 그렇다는 증명은 아무도 할 수가 없다. 따라서 우리의 상식을 넘어서고 배반해서 뜻밖에 아주 듣기 좋은 자장가 같은 협화음이 음악이 되는지도 모른다. 빛의 삼원색을 합치면 흰색이 되리라고 상상할 수 없는 것과 같이. 그리하여 실제로 음악은 우리의 모든 생명을 늘 고양시키며 깊은 뜻을 불어넣고 있는지도 모른다. 그렇다면 그 음악은 누가 지휘를 하길래 우주의 운행처럼 훌륭한 조화를 이루고 있는가. 그 누구를 사람들은 신(神)이라고 하는가. 과연 신은 있는가.

나는 담배를 다시 한 개비 피워 물고 공연히 벌떡 일어났다. 유리창 밖으로 보일까 해서였다. 신이 있고 없고는 내가 따질 문제가 아니었다. 모든 별들은 음악 소리를 낸다. 그 음악 소리는 못 들을지언정 별이 보이는가 살펴볼 참이었다. 형광등 불을 끄고 창문에 다가가 커튼을 젖혔다. 갑자기 불을 꺼서인지 안팎이 온통 칠흑같이 어두웠다. 야산 기슭에 외따로 떨어진 곳이어서 그믐밤에는 어둠이 산초(山椒)씨보다 검었다. 그믐밤인 모양이었다. 나는 담뱃불을 빠끔히 빛내며 유리창에 얼굴을 갖다 대다시피 했다.

그때였다. 담뱃불이 빨갛게 유리창에 반사되면서 무엇인가 어렴풋하나마 커다란 형상이 바로 창밖에서 비쳐왔다. 섬뜩했다. 순간적으로 절망적인 두려움이 온몸을 휘감았다. 그 형상은 유리창을 사이에 두고 내 얼굴과 거의 맞닿아 있었다. 그때까지 나는 그토록 기괴한 형상은 본 적이 없었다. 꿈속에서도 상상할 수 없는 기괴한 형상이었다.

나는 잘못 보지나 않았나 해서 두 눈을 비비며 아예 유리창에 얼굴을 바싹 붙이고 내다보았다. 그 형상은 그 자리에 조금도 움직이지 않고 있었다. 하늘의 기틀은 누설하지 않아야 한다는 옛사람의 말씀이 언뜻 떠오른 것도 잠깐뿐이었다. 가슴이 쿵쿵 울

리고 두 다리가 후들후들 떨렸다. 무엇일까. 별이고 음악 소리고
는 먼 옛날의 이야기였다. 외마디소리조차 지를 수가 없었다. 나
는 캄캄한 방안에서 꼼짝도 못 하고 붙박인 듯 서 있었다. 온몸
의 피가 말끔히 씻겨져나가고 내 몸은 한 장의 얇은 인피지(人皮
紙) 같았다. 이 무서운 순간으로부터 어떻게 벗어난단 말인가.
그러는 사이에 어둠에 눈이 조금 익자, 몇 방울의 피도 돌기 시
작하여, 나는 다시 한번 그 형상을 살펴볼 용기가 솟았다. 그러
지 않을 수도 없었다. 나는 창밖을 노려보았다. 형상이 뚜렷해졌
다. 투구 같은 대가리! 말대가리였다!

집안일에 등을 돌린 나는, 정식으로 마구간을 지을 때까지 내
방 창문 옆쪽으로 차양을 내달고 말을 묶어둔다는 것을 알았으
나, 말대가리가 바로 내 창문 앞에 올 수도 있다는 것은 미처 깨
닫지 못했었다. 그날의 일로 미루어 나는 불과 며칠 동안이기는
해도 말대가리 밑에 드러누워 우주와 인간, 시와 사랑, 철학과
행복 등등에 대해서 제법 골똘해 있었던 것이었다. 그럴 리야 없
었겠지만, 나는 말이 내가 한 짓거리를 엿보고 내 정신의 얄팍함
을 엿보지나 않았나, 몹시 꺼림칙한 것이 사실이었다. 사람이 수
상한 행동거지를 하면 짐승도 수상한 눈초리로 쳐다본다는 사실
을 나는 또한 수상한 눈초리로 관찰한 적이 있었다. 개도 그랬고
닭도 그랬고 토끼, 돼지도 그랬다. 말인들 그렇지 않을 까닭이
없었다.

그러니까 나는 내 행동거지를 스스로 수상한 짓이라고 인정하

고 있었던 셈이다. 젊은 날의 모든 행위는 수상한 짓이었다. 아버지의 금기 교훈도 저버리고, 어두운 밤길에서 우연히 만난, 얼굴도 모르는 여자를 못 잊어하거나, 정치를 생각하거나, 그로부터 멀지 않은 장래에 나를 좌절의 구렁텅이로 처박게 되는 시를 썼다.

그런데 이상한 일이었다. 어둠 속에서 창밖의 말대가리를 본 다음부터 나는 아무런 수상한 짓을 할 수가 없었다. 바로 창밖에 말대가리가 있다는 사실이 웬일인지 나를 구속한 때문이었다. 다행하게도 얼마 뒤 마차를 다시 팔지 않을 수 없는 일이 생겨서 그런 구속은 그리 오래가지는 않았지만 그 동안 나는 말구유에 누워 있는 아기 예수처럼 잠들거나, 그렇지 않으면 말이 그럴 것처럼 여기고 상대적으로 나도 말에 대응하여, 저기 있는 말은 도대체 어떤 운명체인가, 말이란 무엇인가 하고 마치 신에 대하여 궁구하는 듯한 가련한 신세가 되고 말았다.

족보가 있는 '진짜 말'이란 혈통이 좋은 말일 것이었다. 좋은 혈통의 경주마(競走馬)는 18세기 후반에 영국에서 육종, 개량된 서러브레드 종(種) 말로 대표된다고 했다. 이 말은 영국 재래의 암말과 중동 지방에서 온 세 마리의 아랍산(産) 종마(種馬)를 교배시켜 얻은 말들을 거듭 도태시키고, 개량해서 만든 새로운 품종이었다. 현재 세계적으로 거의 모든 경주마는 연속 8세대에 걸쳐서 서러브레드를 교배한 말이 혈통 등록서를 갖게 된다. 이처럼 서러브레드는 혈통이 확실했다. 어느 말이든 그 혈통을 더

들어 올라가면 세 마리의 아랍 말 바이어리다크, 타레아라비안, 거돌핀 벌브에 이르게 된다. 그러니까 '족보까지 있다'는 우리 집 말도 십중팔구는 서러브레드 말로서 아라비아 말을 할아버지로 하고 있는 것이었다. 하지만 이 모든 것도 경주마로 경마장에서 뛸 때나 소용이 닿는 이야기였다. 창밖의 말은 폐마였다. 아주 못쓰게 된 폐마는 도살되어 고기는 기름을 짜거나 식용으로 사용되며 가죽, 말총은 각각 그 쓰임새에 따라 팔린다. 그리고 경주를 하는 데만 못쓸 뿐 멀쩡한 말은 종마나 승용마로 쓰이거나 우리집에 온 말처럼 마차를 끈다. 수많은 관중 앞에서 신바람 나게 질주하던 말이 짬빵을 실어 나른다는 것은 비참한 전락이었다.

우리집의 '진짜 말'은 경마장에서는 '진짜 말'이었을지 모르지만 마차를 끄는 데는 전혀 적합치 않았다. 고삐를 끌고 다니기만 해서 부릴 수 있는 말이 아니었다. 큰아버지는 그런 말을 다루기에 여간 애를 먹지 않았는데, 그것은 큰아버지가 말을 다뤄 본 경험이 없었기 때문만은 아니었다. 워낙 불만에 찬 말이었다. 며칠 사이에 큰아버지는 말 발길에 차여 밤새 끙끙 앓은 적도 있었다. 하지만 그런 정도로는 아직 말을 어떻게 해야 할 단계가 아니었다.

일은 내가 말대가리를 본 며칠 뒤에 일어났다. 그날은 새벽부터 비가 추적추적 내렸다. 아침 여덟시쯤인가 누군가가 헐레벌떡 달려와서 거북고개에 말이 자빠져 있다는 전갈을 해왔던 것이다.

"뭣, 말이?"

아버지는 비명처럼 소리치면서 허둥댔다. 그 사람의 설명에 따르면 거북고개를 넘어오던 마차가 빗길에 고개 옆 비탈로 미끄러지며 뒤집어졌다는 것이었다. 거북고개는 동네로 넘어오는 나지막한 고개였다. 마침 학교에 가려고 집을 나서던 나는 아버지와 함께 거북고개 쪽으로 뛰어갔다.

그것은 참담한 꼴이었다. 큰아버지가 찬비에 젖어 떨고 있는 모습이 먼저 보였다. 마차는 비탈 아래 모로 처박혔고 말은 게워 놓은 것 같은 밥찌꺼기 곤죽 속에 벌렁 자빠진 채 헐떡거리고 있었다. 마차는 누운 말 때문에 움직일 수가 없는 상태였다.

"여기서…… 가지를 않고…… 딱 서드니만……"

큰아버지는 더듬더듬 변명을 했다. 그리고, 말은 잠을 잘 때도 서서 자는 동물인 만큼 오랫동안 자빠져 있으면 죽는다고 울상을 지었다. 이 일은 말의 목숨에 지장을 주지는 않았지만, 큰아버지가 그 말을 부릴 수 없다는 결론에 이르게 해주기에는 충분했다. 그리고 나아가서는 그 말뿐이 아니라 어떤 말이라도 부릴 수 없다고 여겨지게 해주었다. 그것은 또한 우리집의 돼지치기조차도 위협하는 것이었다. 그래도 사람이 안 다친 게 다행이라고 아버지는 머리를 절레절레 흔들었다. 나는 큰아버지가 불쌍해서 견딜 수가 없었다.

내게 무엇인가 가르쳐준 사람 중에 우선 큰아버지를 꼽는 것은 내게는 조금도 이상한 일이 아니다. 그럼에도 불구하고 어떠한 가르침을 직접 받았다는 구체적인 사항을 꼬집어서 밝힐 수는 없으니 안타까운 일이라고 해야 하겠다. 사실 아버지의 팔촌형이라면 남이었다. 그런데도 나는 유난히 친밀감을 느껴왔었다. 따라서 나는 내가 하는 일을 큰아버지에게 인정받고 싶다는 욕망을 늘 품고 있었다. 왜 그랬는지는 잘 알 수 없는 일이다. 그 떠돌이삶이 왠지 내 가슴에 닿아와서 그렇게 만들었다고 어렴풋이 느낄 따름이다. 부끄럽지만 그런 욕망의 한 표현으로서 큰아버지에게 보일 목적으로 몇 줄의 글을 썼던 적도 있음을 고백하지 않을 수 없다. 이 어색한 일을 굳이 다시 들추는 것은 그것이 결과적으로 잘된 일인지 잘못된 일인지 도저히 종잡을 수가 없기 때문이다. 언제부터인가 살아가면서 겪는 일인 모두 새옹(塞翁)의 말(馬)인 것을 명심하자고 스스로에게 타일러온 바이지만, 큰아버지의 신변에 일어난 일은 나를 그렇게 초연한 사람처럼 놓아두지를 않았다. 그렇다고 단순한 희화(戲畵)라고 얼버무릴 수는 더더구나 없는 일이다. 어쨌든 나는 한때 이상하게도 큰아버지에게 관심이 깊었었다.

큰아버지가 우리집에 오기 전에도 나는 몇 번인가 큰아버지를 찾아다녔었다. 큰아버지의 삶이야말로 내게는 문학처럼 보였었다.

잘못된 일이라면 애초부터 마(魔)가 끼었다고 해야 옳을 것이다. 도대체가 모든 것이 낯간지러운 수작이었다. 우선 가장 낯간지러운 수작이 내가 큰아버지를 위한답시고 그 얼토당토않은 글을 썼다는 것이다. 곰곰이 따져보면 실은 처음부터 큰아버지를 위한다느니 어쩌느니 하는 돼먹지 않은 의도는 없었다고 보아진다. 나는 왜 그 따위 짓을 자행했다고 고백하지 않으면 안 되는가. 이 또한 결단코 마가 끼었다고밖에는 말할 수 없다.

그러나 그럼에도 불구하고 그 결과 벌어진 야릇한 일에 대해서는 그것이 잘된 일인지 잘못된 일인지 나는 판단을 미루어두어야만 하는데, 다만 그 일로 해서 나는 내가 경망스럽기 짝이 없는 인간으로서 어떤 과대망상에 사로잡혀 있었다는 진단에까지 이르게 되는 것이다.

내가 큰아버지를 다시 찾아갔던 것은 대학에 처음 입학했을 무렵이었다. 나는 큰아버지의 문병을 겸해서 그 변두리 동네로 찾아갔던 것이다.

나는 큰아버지가 병세의 회복을 꾀한다면서 그 변두리 동네에 홀로 셋방을 얻어들고 있는 까닭을 잘 알 수 없었다. 그러나 오래 전부터 큰아버지 나름대로의 세상살이 방법을 보아왔던 나로서는 그것을 왈가왈부할 처지는 아니었다. 큰아버지는 신경성이라는 무슨 병을 앓고 있노라고 했다. 큰아버지는 잠이 잘 안 올 뿐이라고 말했다. "수면제를 먹어두요?" 하고 묻는 나에게 큰아버지는 언제나처럼 껄껄껄 공허한 웃음을 보내주었다. 수면제란 근본적인 게 못 된다는 것이었다. 자신은 이미 병원에서도 퇴원을 했으므로, 큰 무리 없이 섭생에 힘쓰기만 하면 된다고 큰아버

지는 말했다. 그러기 위해서는 우선 나는 병자다 하는 강박관념
에서 벗어나야 한다는 것이었다. 그 조리 있는 말을 들은 나는
그럼 왜 그런 강박관념에서 벗어나지 못하느냐고 솔직히 물어
보았다. 그러자 큰아버지는 "넌 날 아주 병자 취급하는구나" 하
고 역시 껄껄껄 웃음을 보내주었다. 큰아버지의 말에 나는 공연
히 즐거워져서 큰아버지를 흉내내어 껄껄껄 웃었다. 큰아버지가
알 수 없는 공포와 불안에 시달리고 손발이 틀리기까지 했었다
는 사실이 거짓말 같았다. 이제 잠을 못 자는 것만이 병세로 남
았다면 그것은 눈을 감고 숫자를 백에서부터 하나까지 거꾸로
센다거나 베개 옆에 양파를 썰어놓고 냄새를 솔솔 맡는다거나
하는 정도의 처방만으로 치유시킬 수 있는 병에 지나지 않을 뿐
이 아닌가. 나는 큰아버지에게 그와 같은 말도 했다. 큰아버지는
귀를 기울이고 있었으나 숫자에도 양파에도 관심이 없어 보였
다. 큰아버지가 그만큼이라도 회복된 모습을 본 나는 될 수 있는
대로 잠자코 있어야 되겠다고 생각했다.

그때 나는 큰아버지에게 보이려고 몇 장의 글을 써가지고 갔
었다. 그러나 나는 처음 의도와는 달리 큰아버지가 까맣게 잊고
있기만을 바랐다. 언젠가 큰아버지가 느닷없이 내 글을 한번 보
여달라고 말했을 때 나는 내 귀를 의심했었다. 물론 큰아버지가
직선적으로 그렇게 말했던 것은 아니었다.

"넌 앞으로 글을 써보겠다지?"

큰아버지는 자신이 모르고 있던 사실을 확인이라도 하려는 듯

말을 꺼냈었다. 그런 말이 왠지 생소하기만 해서 나는 마치 큰아
버지와 처음 대면을 하는 느낌을 받았었다. "네" 하고 나는 짧게
대답했다. 그 무렵에는 글뿐만이 아니라 무엇에 뜻을 둔다는 것
자체가 삶이라는 엄청난 우연성 앞에 무슨 의미가 있는 것이냐
는 회의주의에 빠져 있었던 나는 이러쿵저러쿵 너저분한 이야기
를 늘어놓고 싶지 않기도 했다. 글쟁이가 된다는 것은 인생에게
무엇이며 그림쟁이가 된다는 것은 무엇이며, 사법고시에 합격한
다는 것은 무엇이며, 장군이 된다는 것은 무엇이며, 대학 교수가
된다는 것은 무엇이며, 나는 무엇이며 자아(自我)는 무엇이며
삶은 무엇인가, 이런 등등의 얼빠진 회의주의에 얽매여 나는 술
만 퍼마셔대고 있었다. 그러니 "넌 앞으로 글을 써보겠다지?"
하고 넌지시 묻는 말은 내 입장으로는 어떻게 들으면 메스껍기
도 한 말이었다.

   큰아버지는 한동안 고개만 끄덕거리더니 다시 느닷없이 누굴
위해서 글을 쓴 적이 있느냐고 물었다. 나는 당황하지 않을 수
없었다. 큰아버지가 아무리 정체 불명의 병으로 시달린다고 해
도 내게 그런 종류의 질문을 던져오리라고는 미처 상상조차 할
수 없었던 일이었다. 큰아버지가 좀 엉뚱한 구석이 있는 사람인
것은 예전부터 잘 알고 있었다. 그러나 그렇게까지 그 같은 질문
을 머릿속에 가지고 있었다는 것은 뜻밖의 일로 받아들여졌다.
글을 누구를 위해서 쓴 적이 있느냐. 이런 질문은 내 회의주의의
그늘에 늘 웅숭거리고 있던 질문이기도 했다. 글은 원칙적으로

나를 위해서 쓰는 것이었다. 그러나 인간은 다 알다시피 이른바 사회적 동물이며 그 사회적 동물의 행위는 그것이 어떤 종류의 행위이든 사회적이지 않으면 안 되는 것이었다. 그렇기 때문에 나만을 위해서 쓴다고 할 때 독선이 될 수밖에 없는 것이었다. "아뇨, 남을 위해서 쓰려고 한 적은 없는 것 같애요" 하고 대답하면서 나는 민망하고 한편 못마땅하기도 하여 얼굴이 벌겋게 달아올랐다. 그러자 큰아버지는 아무럼 어떠냐는 듯이 예의 껄껄 웃음을 껄껄껄 웃는 것이었다. 그때 나는 내가 불과 몇 줄 안 되는 글을 끄적거려본 데 지나지 않은 애송이라고 큰아버지가 느끼고 있다고 느꼈다. 그러나 나중의 일까지 곰곰이 따져보면 큰아버지는 내가 생각하고 있던 것처럼 그렇게 어느 정도 본격적이라면 본격적인 의미를 말하고 있었던 것은 아니었던 듯싶다. 껄껄껄껄 웃던 큰아버지는 "거 왜 『아라비안 나이트』라는 거 말이다. 넌 그런 걸 써보구 싶지 않니?" 하고 뚱딴지같이 말을 해서 나를 더욱 어리둥절하게 했다.

나는 큰아버지가 언제 그런 것까지 읽었는지 감탄하지 않을 수 없었다. 하지만 나는 누구를 위해서 글을 쓴다는 것과 『아라비안 나이트』가 연관을 맺고 있는지 도무지 아리송해서 "그건 누구 한 사람이 쓴 건 아니라구 알고 있는데요. 오래 전부터 전해내려오던 얘기를 엮은 게 아니던가요?" 하고 중얼거렸다. "거야 그렇지." 큰아버지는 말하고 나서 한동안 무슨 생각엔가 잠긴 얼굴이었다.

"언제던가 그때는 잠을 잘 못 잘 때 그걸 읽었지. 책이 엉망이된 게 반품이 들어왔지 뭐냐. 하, 삼개월이 지났는데 그제서야 안 사겠다는 거야."

아마 서적 외판원을 할 때의 이야기인 모양이었다. 그러나 큰아버지가 서적 외판원 노릇을 그리 오래 한 것은 아니라고 나는 알고 있었다. 미군 부대 주변에서 벌이던 사업이 어떤 사태로 벽에 부딪히자 소일거리 삼아 했던 것이었다.

이것저것 반품으로 들어온 책을 방구석에 처박아놓고 읽기 전부터 큰아버지는 어디서 보고 들었는지 아는 게 많았다. 『아라비안 나이트』 이야기가 나왔으니 말이지 큰아버지는 우리나라의 나라 이름이 세계 지리 역사상 아라비아 사람에 의해 처음으로 서양에 소개되고 있다는 사실까지 내게 말해주었었다. 이러한 사실과 아울러 큰아버지는 우리나라 이름의 영문자 표기가 본래 C인데 왜 K가 되었냐는 데 꽤나 불만을 표시했다. 역사적 배경까지 엄연히 밝혀져 있는 판국에 C가 K로 둔갑을 해서 아직까지도 영어권 나라들에서만 주로 쓰이는 Korea를 우리가 덩달아 쓸 필요가 어디 있느냐는 것이었다. 큰아버지는 이 표기 문제가 몇번인가 신문지상에 오르내리다가 흐지부지되고 만 사실을 못내 안타까워했다. 올림픽 같은 국제 경기에서 훨씬 뒤에 입장하게 되는 게 못마땅하다는 순서의 문제를 따지기에 앞서서 제 모습을 찾아야 하지 않겠느냐는 주장이었다.

"C가 K루 돼서 사업에도 영향이 커. 일본놈들 서류 밑에 깔리거든."

큰아버지는 투덜거렸다.

그 때문에 과연 큰아버지의 사업에 얼마만한 영향, 즉 타격이 있었는지 확인할 길이 없는 나로서는 일단은 받아들일 수밖에 없었다. 그러나 그런 일련의 견해에 받아들이기 어려운 구석도 없는 것은 아니었다. 이를테면 C가 K로 됨으로써 영락없이 촌티 나는 이름이 되었다는 것 같은 견해였다. 하기야 내가 "C보다 K가 촌티가 난다는 건 도무지 알 수 없는데요?" 하고 갸우뚱거리자 큰아버지는 껄껄껄 웃기만 했다. 내가 이렇게 이론을 난 데는, 미군 부대 주변에서 얼쩡거리며 배운 마구잡이 영어 아니냐고, 큰아버지의 영어 실력을 낮추보려는 마음보가 작용하고 있었음에 틀림없었다. 하지만 대학을 다니는 주제에 영어라면 집에 선교사가 얼굴을 들이밀어도 가슴이 철렁하는 나로서 별다른 학벌 없이 영어로 미군을 상대할 수도 있는 큰아버지에게 자격지심이 없었다고는 할 수 없었다..

영어라면 나는 두고두고 취미를 못 붙일 터여서 이에 대해서는 애당초 길을 잘못 들었다고도 할 수 있다. 나는 또래의 아이들 누구보다도 영어 공부를 일찍 시작하기는 했었다. 요즘에는 초등학교 때부터 법석을 떠는 광경을 보게 되지만 내가 초등학교에 다니던 무렵만 해도 영어 공부란 어림없던 일이었다. 그런데 나는 혼자서 영어 공부를 했다. 이렇게 말하면 무슨 대단한 학습이었던 것처럼 여겨지기 쉬우나 실상 이 영어 공부란 새로

이사간 집의 다락에서 겉장이 떨어져나간 그놈의 영어 자습서 한 권을 우연히 발견함으로써 심심풀이로 한 자습에 지나지 않았다. 하지만 이 심심풀이에 나는 꽤나 열심이었던 모양으로, 마침내 꿈에 한반의 계집애로부터 영어로 쓴 연애 편지를 받기에까지 이르렀던 것이다. 그 계집애는 초등학교를 졸업하자마자 시집을 갔다기보다 시집에 보내졌는데, 나중에 나는 시에 '숙마(熟麻)빛 계집애'로 등장시켰었다. 연애 편지는 꿈속에서는 분명하게 해독할 수 있는 것이었으나 꿈을 깨고 난 다음에는 도무지 깜깜했다. 나는 다음에는 꿈속에든 생시든 편지를 받기만 하면 속속들이 해독하겠다는 의지로 시간이 나면 양지바른 마루에 앉아 자습을 거듭했다. 물론 편지는 안타깝게도 다시 받지 못했다. 이 자습이 얼마나 우스꽝스러운 자습이었는지는 초등학교를 마치고 중학교에 진학함으로써 여지없이 밝혀지고 말았다. 한마디로 그것은 영어 공부가 아니었다. 그놈의 자습서를 탓하기도 어려웠다. 영어란 우리말하고 달라서 어순(語順)이 바뀐다는 사실을 내가 미처 자습하지 못한 탓이었다. 내가 자습한 문장은 '나는 당신을 좋아합니다'에서 '나는 당신을 사랑합니다'에 이르고 있었다. 그런데 '나는 당신을 사랑합니다'를 나는 '아이 유 러브'로 익히고 있었던 것이다. 어순을 이해하지 못한 무지한 독학자로서는 어쩔 수 없는 일이었다. 자습서에는 'I love you'라는 예문 바로 밑에 '아이 러브 유'라고 토를 달고 다시 '나는 사랑합니다 당신을'이라고 해석해놓고 있었다. 따라서 나는 구태여 '사랑합니다 당신을' 하는 따위로 아무래도 앞뒤가 뒤바뀐 듯한 표현을 쓸 필요가 없다고 판단했던 것이다. 도치법이 강조가 됨을 알았더라면 나는 '사랑합니다 당신을' 하는 투로 도치해서 익혔을지도 모르며 따라서 경우야 어찌 됐든 자연스럽게 '아이 러브 유'라는 말을 익히게 되었을지도 모른다. 그러나 어디까지나 '아이 유 러브'였다. 이 선지자로서의 자랑스럽고 철석 같은 관념이 여지없이 깨어지는 꼴을 참담하게 체험한 나는 모멸감으로 치를 떨었다. 그뒤로 나는 결단코 영어를 자습하지 않았다. 어쨌든 서로가 약점을 가졌기 때문인지 큰아버지와 내가 영어 실력을 떠본다거나 한 일은 한번도 없었다. 그러나 나로서는 육이오 때 월남해서 갖은 고생을 겪으며 지내왔다는 큰아버지가 어떻게 영어 회화를 밑천으로 삼아 살아가는 사람이 되었는지 수수께끼였으며 경이였다. 아니, 큰아버지의 삶자체가 내게는 수수께끼였으며 경이였다.

큰아버지는 일종의 전쟁 상인이었다. 일반적으로 전쟁을 이용해서 돈을 버는 상인이라면 규모가 어마어마하고 무엇보다도 짙은 피비린내를 풍기게 마련이다. 흔히 돈벌이를 위해 전쟁을 일으킨다고 말해지기도 한다. 그러나 큰아버지를 전쟁 상인이라고 표현한 것은 그런 뜻에서는 아니다. 그런 뜻에서라면 큰아버지는 전쟁 상인이 아니었다. 우선 돈벌이가 그리 신통치를 않았다. 더군다나 피비린내가 풍긴다거나 전쟁을 일으킨다거나 하는 행위와는 거리가 멀었다. 미군들을 상대로 주로 초상화 따위를 팔

아서 끼니를 잇는 일에서 피비린내를 맡을 사람은 아마 어디에
도 없을 것이다. 그러나 전쟁을 쉬고 있을 뿐 여전히 전쟁터라는
한국 땅에서 미군들을 상대로 그 사업을 벌였으며 한참 월남전
이 번졌을 때는 월남 땅까지 건너갔으니, 전쟁터의 군인들을
찾아다닌 점에서 꼼짝없는 전쟁 상인이었다.

큰아버지가 한 사업이란 사업이고 뭐고 할 것도 없이 초상화
장사였다. 오래 미군 부대 주변을 오락가락한 큰아버지가 왜 하
필이면 초상화 장사꾼밖에 못 되었는지에 대해서는 나로서는 전
혀 알 길이 없었다. 아울러 미군들이 초상화를 얼마나 많이들 갖
고 싶어하는지, 많이들 갖고 싶어한다면 그것은 무슨 까닭인지
에 대해서도 전혀 알 길이 없었다.

큰아버지는 미군을 가까이 사귀는 데는 초상화 장사보다 더
손쉽고 좋은 방법이 없었기 때문에 그 길로 들어섰고 그런 다음
좀더 큰 장사꾼이 되려고 꿈꾸었던 것이라고 했다. 그러나 큰아
버지는 언제나 초상화 장사꾼으로 머물러 있었다. 큰아버지가
그 초상화를 직접 그리는 것은 아니었다. 직접 그리기는커녕, 아
는 것이 많은 큰아버지이기는 해도 그림 솜씨는 보잘것없었다.
그러니까 큰아버지는 다만 주문을 받아오고 화가 아니면 화공
(畵工)에 의해 완성이 되면 납품을 해서 대금을 받아오고 하는,
그야말로 몇 마디 영어 회화가 밑천인 장사꾼일 뿐이었다.

하찮은 장사일지라도 큰아버지의 불만에서 엿볼 수 있듯이 꼭
알파벳순 때문은 아닐지라도 어디선가 일본 사람에게 밀린 적마

저 있었던 게 사실이라면 경쟁은 생각보다 치열하다고 보아야 하겠다. 그러니 큰아버지의 돈벌이가 신통치 않은 것은 당연한 일인지도 몰랐다. 언젠가 잠깐 우리집에 묵을 때 큰아버지는 초상화를 넣은 액자를 열몇 개쯤이나 가져다가 하루종일 사포(沙布)로 문지르고 정성들여 페인트 칠까지 했으나 종내 가져가지 못하고 뒤꼍에 처박고 만 적도 있었다.

큰아버지는 오랫동안 거처가 일정치 않았다. 우리집의 비어 있는 건넌방에 와 있었던 기간도 모두 합치면 꽤 될 것이었다. 큰아버지는 홀몸이었다. 큰어머니는 어디에 있는가. 볼 수도, 만날 수도 없는 곳에 있었다. 흔히 '그게 마지막이 될 줄이야, 어찌 알았갔소들……' 하고 말하지만 우리집에서는 그런 말도 들은 기억이 없는 듯하다. 큰아버지도 별말이 없었다. 내가 철이 들었을 무렵에는 모든 일이 기정사실로 굳어져 새삼스럽게 들추어낼 거리조차 되지 못했는지 모른다. 아버지나 큰아버지나 이북에 두고 왔다는 큰어머니를 화제에 올리는 것을 나는 듣지 못했다. 그것이 내게는 이상하기 짝이 없는 일이었다. 큰아버지는 결혼한 지 얼마 안 된 스물몇 살의 큰어머니와 헤어지지 않으면 안 되었다고 했다. 분단이 사이를 갈라놓고 만 것이었다.

나는 큰아버지가 새로이 여자를 맞아들임으로써 모든 관계는 새 질서를 얻고 바람직하게 정착될 것으로 여긴 적도 있었다. 그러나 오산이었다. 큰아버지와 살림을 차린 여자는 웬일인지 큰아버지 모르게 보따리를 싸곤 하였다. 보따리를 싸곤 했다고 쓰고 있는데 내가 알기로는 두 여자 정도였다. 그러나 이런 결과는 큰아버지 쪽이나 여자 쪽이나 어느 한쪽에 잘못이 있다고 단정할 수는 없는 일이었다. 왜냐하면 두 여자는 모두 큰아버지가 전쟁 상인으로서 초상화를 들고 외국 땅에 갔을 동안에 보따리를 쌌기 때문이었다. 큰아버지는 베트콩의 대공세와 함께 월남에서 한국으로 돌아와서 새 여자가 사라진 것을 보았고, 그뒤 호메이니의 공세와 함께 이란 왕국에서 한국으로 돌아와서 또 다른 새 여자가 사라진 것을 보았다. 그로부터 큰아버지는 하숙이나 자취를 하면서 잊을 만하면 우리집에 모습을 나타내곤 했던 것이다.

내가 큰아버지에게 보이기 위해서 어떤 종류든 글을 쓰리라고는 예상치 못했었다. 솔직히 말하면 내가 큰아버지를 따랐다는 것은 그런 유의 것과는 거리가 먼, 이를테면 삶의 방황에 대한 것일 터였다. 그러나 큰아버지가 그 무렵 아픈 사람이라는 사실, 그리 중병은 아닐지라도 홀로 잠 못 이루며 회복을 갈망하고 있다는 사실, 그리고 무엇보다도 큰아버지는 내가 어렸을 적부터 이상하게 내 마음을 사로잡은 사람이었다는 사실이 짚였다.

큰아버지는 밤에 잠 못 잘 때 볼 만한 책이라도 몇 권 가져와 달라고 부탁했었고 나는 그러마고 했었다. 나는 시를 비롯해서 남에게는 결코 보여주고 싶지 않은 일기 비슷한 글을 쓰고 있었으므로 거듭 말하거니와 정말 큰아버지에게 보이려고 무슨 글을 쓴다는 건 염두에도 없었다.

그런데도 나는 썼다. 나는 큰아버지가 내 글을 진심으로 보고 싶어하고 있는지도 모른다고 느꼈다. 그러자 큰아버지에 대한 연민의 정과 큰아버지에게 인정을 받고 싶다는 욕망으로 내 가슴이 꿈틀거리기 시작했다.

큰아버지의 병과 내 욕망은 어떤 관계가 있었던 것일까. 나는 먼저 큰아버지의 병이 빨리 완쾌되어 순조로이 다시 초상화 장사꾼으로 활력을 되찾기를 바랐다. 그런데 어느 순간에 그 바람이 큰아버지에게 인정을 받고 싶다는 오랜 욕망으로 모습을 드러내고 말았던 것이다. 내가 큰아버지에게 인정을 받음으로써 큰아버지가 활력을 되찾을 수 있다고 생각한 것은 아니었다. 그럼에도 불구하고 나는 이 두 가지를 떼어놓고 싶지 않았다. 그것은 역시 큰아버지와 나만이 서로 주고받았던 어떤 마음의 교감 때문이 아니었을까.

내가 챙겨온 책 몇 권을 풀어놓자 큰아버지는 이런 것을 그래도 안 잊고 가져와주는 것은 너뿐이로구나 하는 눈으로 감격에 겨워했다. 그러나 글에 대해서는 아무 말이 없었다. 큰아버지가 아무 말도 하지 않는 한 나는 시치미를 떼고 있을 작정이었다. 큰아버지는 비록 눈에 두드러진 병자는 아니라고 하더라도, 어딘가 한구석이 불편하면서도 혼자 살기를 고집하는 사람에게서 볼 수 있는 음영이 전과는 달리 짙게 어려 있었다. 밥을 매식하기에도 지쳤는지 방안에 놓아둔 냄비에는 라면 스프 찌꺼기가 말라붙어서 라면을 거의 상식(常食)한다고 말하고 있는 것 같았다.

방안은 어두웠다. 그것은 북쪽으로 창을 빠끔히 열고 있는 향(向) 탓이었지만 나에게는 어쩐지 큰아버지의 심신의 상태를 말해주고 있다고 느껴졌다. 큰아버지는 이제 깜깜한 밤중에 잠을 못 이룬다고 하더라도 숫자를 거꾸로 세거나 양파 냄새를 솔솔 맡는다거나 하지 않는 것과 마찬가지로 결코 책 따위는 펼쳐들지 않을 것이라고 나는 느꼈다.

"편히 앉거라."

큰아버지는 불안한 자세로 엉거주춤 앉아 있는 내게 손을 뻗쳐서 무릎을 눌렀다.

"네."

나는 큰아버지가 무슨 말인가 하려고 한다고 생각했다. 언제부터인가 기회를 봐서 "집으로 들어와 계시죠"하고 말해야 한다고 나는 마음먹고 있었으나 큰아버지는 오랫동안 아무 말도 안 하면서도 그 기회를 허용하지 않고 있었다. 그러자 큰아버지가 갑자기 정색을 하고 물었다.

"그래, 넌 미군이 정말 철수한다고 생각하냐?"

예기치 못했던 질문이었다. 그러나 다음 순간 그것이 큰아버지로서는 가장 절실한 문제라는 사실이 떠오르자 그런 질문을 예기치 못했다는 게 오히려 이상했다. 미군들이 떠나면 큰아버지의 초상화 장사도 볼장을 다 본다는 평범하고 당연한 귀결을 나는 망각하고 있었던 것이다. 큰아버지는 내 입에서 무슨 말이

나올까 숨까지 죽이고 기다렸다.

"언젠가는 떠날 사람들인걸요."

신문에서는 오래 전부터 그 문제를 다루고 있었다. 큰아버지의 얼굴이 어두워졌다. 나는 "미국 행정부가 최종 결정을 내리겠지요" 하고 역시 신문에서 본 대로 설명을 덧붙이려다가 그만두었다. 큰아버지에게는 아무런 도움말이 안 될 것이기 때문이었다.

"그래, 그렇지. 시끄러운 세상이야."

큰아버지도 이미 알고 있었다. 그런데도 마치 미군 철수 문제가 내 뜻에 달렸다는 듯이 물어온 것은 무슨 까닭이었을까. 나는 언젠가 집의 뒤꼍에 처박혀 있던 빈 액자가 머리에 떠올랐다. 미군의 철수는 큰아버지에게는 삶 자체를 빈 액자처럼 만들 것이 분명했다. 그래서 나는 미군 철수에 대해서라면 한마디로 큰아버지에게 들려줄 말이 없었다.

나는 마치 큰아버지가 한때 자신의 초상이 넣어져 있었으나, 그러나 지금은 비어 있는 액자를 바라보며 무슨 생각엔가 잠겨 있는 것 같은 착각에 빠져서 마주하고 있는 큰아버지를 제대로 쳐다볼 수조차 없었다.

그렇다면, 하고 나는 생각했다.

큰아버지의 병세는 이미 예전에 나았는지도 모른다. 다만 투명인간처럼 새로운 모습으로 나타날 수 있기 위하여 아무도 몰래 빈 액자 속에 스스로 갇혀 있는 것인지도 모른다. '초상화들 그립시다' 하고 외쳐대던 인생은 빈 액자 속의 얼굴 없는 초상화로 어두운 골방에 남겨두고 새로운 탄생을 꿈꾸고 있는지도 모른다. 새로운 알에서 눈부시게 탄생하는 부화(孵化)를 꿈꾸고 있는 것인지도 모른다. 게다가 이 시대는 중늙은이들에게일지라도 얼마든지 새로운 기회가 주어지는 시대인 것이다.

"그래, 이렇게 찌뿌드드한 날은 술이라도 한잔 해야겠지."

큰아버지가 침묵을 깨고 말했다. 큰아버지로서는 가장 심각한 인생의 전환기에 서 있는 셈이 아닐까. 나는 큰아버지가 오랫동안 손에 익혔던 초상화 장사를 다시는 할 수 없다는 실의에서 한시바삐 헤어나와야 한다고 생각했다.

그러나 내가 큰아버지의 인생에 대해서 할 수 있는 일이 무엇이란 말인가. 미군 대신에 한국 사람들로 하여금 집집마다 초상화를 그려서 걸어놓아주도록 할 수는 없는 것이었다. 그렇다고 해서 큰아버지가 실의에서 헤어나오지 못하고 그대로 백수건달이 되도록 놓아둘 수는 없는 노릇이 아닌가. 큰아버지를 어떻게든 도울 수가 없다는 사실에 나는 마음이 무거웠다.

큰아버지는 소주보다도 막걸리를 원했다. 굳이 큰아버지가 나가겠다는 걸 말려서 자리에 앉히고 나는 밖으로 나왔다. 큰아버지가 일러준 대로 버스 종점 쪽으로 조그만 개울을 건너고 다시 골목을 지나자 '성원집'이라는 간판을 단 왕대폿집이 나타났다. 바깥에서 볼 수 있도록 진열창에는 소주와 막걸리 몇 병이 진열되어 있었고 미닫이 유리문에는 '왕대포'니 '돼지갈비'니 '해장

국'이니 '낙지 볶음' 등의 서툰 글자가 나열되어 있었다. 나는
비닐 용기에 든 막걸리 두 병에다 도토리묵 한 접시를 시키고 노
가리 몇 마리를 구웠다.

"묵은 어떡하시겠어요?"

"묵을 어떡하다뇨? 다 가져갈 건데요."

내 말에 그 여자는 언뜻 웃음을 띠었다.

"어디 가까운 데예요? 그럼 드시고 접시를 가지고 오시든지
요."

내가 필요 이상으로 퉁명스럽게 대꾸했는데도 그 여자는 친절
하게 말했다. 나는 그 여자의 친절이 손님이 없기 때문이라고 생
각했다. 나는 그 여자가 말한 대로 나중에 다시 갖다주기로 약속
하고 도토리묵을 접시째로 큰아버지 방으로 가지고 갔다. 그 여
자의 친절한 태도를 유별난 것처럼 느낀 것은 무엇 때문일까. 하
기야 접시 하나에 무슨 지나친 의미를 붙일 것까지는 없었다. 술
장사로서는 당연한 일이라고 해도 그만이겠다. 주인 여자가 아
님에 틀림없는데도 그 여자가 선뜻 그렇게 말했기 때문도 아니
었다. 서른이 갓 넘었을까 하는 그 여자에게는 사람의 눈을 머물
게 하는 구석이 있었다.

나는 큰아버지가 마시는 동안 옆에서 지켜보고만 있었다. 큰
아버지에게 불쑥불쑥 여러 가지 질문을 던지고 싶었지만 결국
끝까지 아무 질문도 던지지 않기로 했다. 질문을 해보아야 시원
한 대답이 나올 리가 없는 것들이기 때문이었다. 하지만 초상화

장사를 그만두게 되면 무얼 하실 작정이냐는 질문을 눌러두는 데는 상당한 인내가 필요했다. 큰아버지의 뒤를 이을 자손이 없다는 것도 늘 내 마음을 안쓰럽게 하던 문제였다. 내가 인내심을 발휘하고 있는 반면에 큰아버지는 술 한 잔을 들이켤 때마다 새로운 질문을 던졌고 또한 그 질문들이 한결같이 거창한 것이어서 나를 어리둥절하게 했다. 통일이 되겠느냐, 3차 세계 대전이 일어나겠느냐, 석유는 나오겠느냐. 나는 이런 질문들에 모두 그럴 수도 있고 안 그럴 수도 있다는 대답으로 일관했다. 실은 큰아버지가 내게 한 가지 대답을 요구하는 것 같지도 않았다.

나는 큰아버지가 막연하지만 심각한 위기에 떨고 있다고 생각했다. 내 생각은 옳았다. 큰아버지는 드디어 말했다.

"내가 이제부터라도 뭘 새로 할 수 있다고 생각하니?"

혼잣말처럼 질문을 던진 큰아버지는 나를 애써 외면하고 컵에 따라놓은 막걸리를 벌컥벌컥 마셨다. 새로 시작한다는 데는 직업뿐만 아니라 아내를 얻는다는 의미도 포함되어 있다고 나는 받아들였다.

"그럼요. 그건 큰아버지 마음먹기에 달렸다고 생각해요."

나는 힘주어 말했다. 그러고 보니 큰아버지의 지리멸렬함에 나는 늘 분노와 같은 감정을 지녀왔던 것이었다. 큰아버지의 방황을 분단의 비극으로 수용하려던 시절도 있었다. 그러나 오래지 않아 나는 그런 태도를 바꾸었다. 큰아버지는 단순한 무능력자에 불과하다. 그리고 분단을 빙자해서 그 무능력을 호도하고 있다. 나는 오래 전에 냉철하게 그렇게 판단했었다.

"그건 거짓말이다."

큰아버지는 나를 쏘아보았다.

"어째서요? 큰아버지는 겁을 내고 있을 뿐이에요. 큰아버지는 삼십대부터 이젠 글렀다 하구 체념했던 거예요. 남들을 좀 보세요. 다들 이를 악물고 살고 있잖느냔 말이에요."

어째서 갑자기 내가 발끈했는지 알 수 없었다. 큰아버지가 어이가 없다는 듯이 멍하니 나를 쳐다보았다. 당황한 듯한 눈초리였으나 뜻밖에 냉소에 차 있는 눈초리였다. 여태껏 볼 수 없었던 냉소에 접하자 나는 흠칫했다. 그러나 가만히 있을 계제가 아니었다.

"큰아버진 통일이라는 이뤄질 수 없는 상황 속에 도피하고 있는 거예요. 통일이 뭐 어린애 장난인 줄 아세요? 분단은 얄타 회담이 정한 거예요. 거기서 우릴 양쪽으루 갈라놔버렸다구요. 통일은 글렀어요."

정말 돼먹지 않은 말이었다. 나는 자세히 알지도 못하는 얘기를 마치 얄타 회담의 내용을 속속들이 들여다보기나 한 사람처럼 강경한 어조로 공박했다. 그럴수록 더 큰아버지는 너 이제 봤더니, 하는 눈빛을 띠어갔다.

"얄타 회담인지 뭔진 모르겠다만 그렇다고 통일이 안 될 건 없잖으냐?"

큰아버지는 감정을 억누르고 차분하게 말했다. 나는 터무니없이 언성을 높인 것이 스스로 창피하기도 해서 그 당위성을 증명하려는 듯이 숨소리까지 씩씩거렸다. 나는 전쟁 막바지에 접어든 일본처럼 씩씩거렸다.

"강대국들이 그렇게 정한 거라구요. 이 세상은 힘의 논리가 지배해요. 통일은 싹수가 노오랗다구요."

나는 점점 더 고양된 감정에 휩싸여갔다.

"흐음."

"큰아버진 통일이 되면 뭘 하겠다는 거죠? 큰아버진 인생의 낙오자일 뿐이에요. 큰아버지도 통일이 이뤄질 수 없다는 걸 알고 있죠? 그렇기 때문에 큰아버지는 안심하고 통일이라는 불가침의 성역을 마련하고 패배를 숨기려고 하고 있는 거죠?"

"흐음."

"흐음이 아니에요. 큰아버진 이 사회에선 가치가 없는 사람이에요. 누가 눈이나 깜짝한대요?"

나 자신도 내가 무슨 소리를 하는지 알 수가 없었다. 그것이 큰아버지에 대한 내 연민의 정의 발로라고 해도 이미 정도가 지나쳐 있었다.

큰아버지의 차가운 눈초리가 노여움과 애처로움으로 광기처럼 번쩍이는 것을 나는 보았다. 사실 그때 이미 내 감정은 말투와는 달리 서글프게 가라앉아 있었다. 그러나 나는 여전히 핏대를 올리며 더 결정적으로 치닫고 있다.

"이북의 큰어머니두 벌써 딴사람하구 결혼했다구요. 애까지 낳 있다구요. 통일이나 큰어머니를 빙자하지 마세요."

"넌."

"왜요? 뭐가 잘못됐나요? 큰아버진 겁을 먹고 있는 데 불과해요."

나는 마치 실제로 본 것처럼 단정적으로 말했다. 큰아버지는 묵묵히 아무 대꾸가 없었다. 내 감정은 한층 서글프고 한층 차분하게 가라앉아 있었다. 그러나 나는 큰아버지의 셋방을 박차듯 뒤로하고 나올 때까지 조금도 기세를 누그러뜨리지 않았다. 큰아버지의 손이 내 따귀를 올려붙이지 않은 것이 이상했다. 큰아버지는 다만 싸늘하게, 동료를 잃은 아픔을 달래려는 듯 숨을 안으로만 몰아쉬고 있었다. 나는 가슴이 아팠다. 한숨이 나오려고 하였다. 더 이상 허세를 감당하기가 어려워졌다고 느꼈을 때쯤 나는 짐짓 눈까지 부라리며 자리를 박차고 나오고 말았던 것이다.

나는 내가 무엇 때문에 격앙되었는지조차 알 길이 없었다. 나는 터벅터벅 어두운 골목길을 빠져나왔다. 나 자신이 가증스러워서 견딜 수가 없었다. 가슴이 꽉 미어졌다. 큰아버지는 그렇다 손 치더라도 나는 도대체 무엇이란 말인가. 허전한 마음의 공동을 슬픔이 쥐어짜듯 밀려들었다. 발걸음이 휘청거렸다. 어지럽기조차 했다. 나 자신에 대한 분노와, 갈피를 잡을 수 없는 허전함이 눈앞을 가렸다.

버스 종점까지 갔으나 나는 결국 그 여자가 있는 술집으로 되돌아서고 말았다. 무엇을 어떻게 해야 할지도 모르는 채였다. 나는 미처 갖고 나오지 못한 접시 값이라도 지불하려고 했던 것 같았다. 그때 나는 큰아버지를 위해 썼다는 글 나부랭이가 순간적으로 떠올랐다. 형편없는 것이었다. 그러나 나는 거기에 위안을 둘 수밖에 없었다. 나는 그 종이쪽지를 꺼내들고 느닷없이 그 여자에게 글을 읽을 줄 아느냐고 물었다.

"요즘에도 글을 못 읽는 사람이 있나봐요?"

그 여자는 놀라지도 않고 말했다. 그 말에 나는 조금은 어색한 웃음을 띠고 엉뚱한 부탁을 했던 것이다. 이제 와서 내가 그 글을 굳이 큰아버지에게 읽힐 욕심에서 부탁을 한 것은 아니었다. 나는 좀전에 큰아버지에게 했던 터무니없는 짓거리를 어떤 식으로든 사죄받아야 했다. 통일이 어찌 되었든 큰어머니가 어찌 되었든 아무래도 좋았다. 나는 진심으로 큰아버지의 병세를 걱정하고 있지 않았던가. 그리하여 나는 그 여자에게 일을 마치면 큰아버지에게 가서 내 「아라비안 나이트」를 손수 읽어달라고 부탁했던 것이다. 나는 약도를 그려주었고 그 부탁에 합당하다고 생각되는 사례비도 지불했다. 그리고 도망치듯 그 변두리 동네를 빠져나왔다. 무슨 일을 했는지 그저 아득하기만 했다. 버스에 올라탔을 때 등에서는 식은땀이 흐르고 있었다.

그로부터 거의 두 달이 지나서야 나는 다시 그 동네로 찾아갈 수 있었다. 그 동안 나는 큰아버지를 다시는 만나러 갈 염을 못하고 지냈다. 큰아버지도 깜깜무소식이었다. 나는 큰아버지가 슬며시 모습을 나타내주었으면 하고 가다리고 있었으나 큰아버지는 내 속죄의 마음을 알아주지 않는 듯했다. 큰아버지는 그 골방에 들어앉아 병세가 의외로 악화된 채 혼자 앓으며 '고얀놈'하고 나를 꾸짖고만 있을 것 같았다. 큰아버지의 싸늘한 웃음이 언뜻언뜻 떠올라 괴로웠다. 마침내 나는 큰아버지를 다시 찾아 나설 수밖에 없었다.

나는 다소곳한 자세로 마당으로 들어섰다. 마침 큰아버지는 마당가의 수도에서 발을 씻고 있다가 나를 발견하고는 후닥닥 일어나 손짓을 했다. 가까이 오라는 손짓이었다. 나는 영문을 몰랐지만 큰아버지의 태도가 예사롭지 않아 엉거주춤 가까이 다가 갔다. 예전의 노여움은 감쪽같이 숨기고 있는 것일까. 나는 무엇엔가 홀린 듯했다. 큰아버지는 대뜸 내 손을 끌고 집 한 귀퉁이 남의 눈에 안 띌 곳으로 가더니 내가 마음을 가다듬기도 전에 허겁지겁 입을 열었다.

"넌 말이다, 두 가지만 동조해주겠니?"

어안이벙벙했다.

"뭘요?"

"얘긴 나중에 하기로 하고 우선 대답해야 한다."

"네, 그러죠. 말씀해보세요."

"하난 언젠가는 통일이 된다는 거고 또 하난 그때까지는 난 가정을 안 갖겠다는 거다."

이왕에 사과를 하러 온 바에야 그런 따위의 말이 무슨 대수가 있을까. 큰아버지가 또다시 그런 말을 꺼내다니 끈질기긴 끈질기다는 생각과, 한편 찾아오지 않았다면 언제까지나 나를 못된 녀석이라고 꾸짖고 있었을 것이라는 생각에 나는 새삼스럽게 큰아버지를 쳐다보며 머리를 끄덕거렸다.

"됐다. 단도직입적으로 말하마. 곧 알려질 테니까. 난 지금 네가 보내준 여자하고 살림을 차렸다. 다시는 초상화 장사 같은 거 한다고 떠돌아다니면서 헤어지자구 들볶지두 않겠다. 통일될 때까지 꾹 눌러살겠다. 그러나 이걸 가정이라고는 여기지 말라는 거다."

내 어깨를 움켜쥔 큰아버지의 손아귀에 힘이 가해졌다. 나는 말없이 듣고만 있었다. 내 얼굴이 어떤 감격과 또 다른 슬픔, 북받침에 서서히 달아오르고 있음을 느꼈다. 나는 얼굴이 더 이상 달아오르는 것을 막아보려고 "그 여자, 아니 큰어머님이, 아니…… 글을 읽어주던가요?" 하고 물었다. 큰아버지는 "글, 무슨 글?" 하고 넌 역시 고상한 조카로구나 하는 표정을 지었다. 그리고 덧붙였다.

"네가 이틀 밤이나 잘 돈을 주었더구나."

그러나 얼마 못 가서 그 여자와 헤어진 큰아버지는 더욱 초라해진 몰골로 우리집으로 들어왔던 것이다.

4

꽤 오랫동안 큰아버지를 괴롭혔던 말은 우리집을 떠나가고 말
았다. 나는 집안일도 집안일이지만 폐마의 운명이 서글퍼서 머
리가 어수선하기 짝이 없었다. 집안은 침울한 분위기에 감싸였
다. 아버지도, 어머니도 말이 없었다. 꿀꿀꿀꿀, 꿀꿀꿀꿀, 돼지
소리만 침울한 분위기 속에 유난히 처량하게 들려왔다. 오후가
되어서도 침울한 분위기는 사라지지 않았다. 마치 말의 시체를
놓고 장례를 지내는 집처럼 느껴졌다.

이제 우리집은 아무런 희망도 가질 수 없는 어둠의 집이었다.
포도나무가 무한정 자라리라고 기대했던 날도 있었던 집이었다.
그러나 한 마리 폐마가 모든 것을 확실히해주고 말았다. 돼지치
기는 물에 빠진 사람이 붙잡은 작은 검불에 지나지 않았다. 나는
가슴에 묵직한 돌이 들어앉은 것처럼 답답했다. 방안이 무덤 속
같기만 했다. 우리집도 폐마와 똑같은 운명이 아닐까. 폐마가 마
차를 못 끌 듯이 애초부터 아버지도 돼지를 칠 수는 없는 것이었
다. 말 때문에 돼지를 칠 수 없는 게 아니라 아버지의 운명이 그
런 것이었다.

나는 방구석에서 견디지를 못하고 집 밖으로 나와 청련암으로
오르는 길을 느릿느릿 걸어갔다. 암자라고는 하지만 가까이 판
잣집까지 들어선 데다가 그 뜰 밑에서는 꽤나 자주 무슨 잔치가

벌어져 장터처럼 법석대는 곳이었다. 언젠가는 중년 사내들이 그 밑의 소나무에 개를 매달고, 버둥거리는 놈을 몽둥이로 치고 있기도 했다. 그런 광경을 연상하며 집안일을 잊으려고 애를 썼으나 가슴의 짓눌림은 여전했다. 물론 나는 학업을 중단해야 할 것이었다. 내 학업을 따질 때가 아니었다. 아버지의 자격 정지는 5년이나 되었다. 저절로 한숨이 나왔다.

작은 도랑을 건너뛰고부터는 길이 가팔라지기 시작했다. 늦은 오후의 풀숲에서는 노린재들이 교미를 하고 있었다. 암담한 마음으로 걸어올라가던 나는 암자로 향하는 것에는 불확실하나마 어떤 목적이 있다고 막연히 느꼈다. 우연히 그 여자를 발견할 수 있을지도 모른다, 나는 생각한 것 같았다. 언젠가 어둠 속에서 만난 여자였다. 만났다기보다 같은 방향으로 걸어오던 인연으로 잠깐 동행을 했다는 표현이 적절할 것이다.

지척이 분간 안 될 만큼 어두운 밤이었다. 어디까지 가느냐는 내 물음에 그녀는 윗동네까지 간다고만 대답했다. 윗동네라면 바로 절 밑 동네밖에 없었다. 사람 왕래가 워낙 뜸한 곳이라 나는 몹시 의아했지만 그녀는 일상처럼 개의치 않는 듯한 말투였다. 나는 잠깐, 이 여자가 혹시 여우라면 어떻게 한단 말인가 하고 어처구니없는 상상조차 했다. 우리는 거의 삼사백 미터쯤 같이 걸었다. 어느 순간에, 우리는 손을 맞잡았고, 또 어느 순간에, 키스까지 했다. 이상하게도 순조롭게 진행된 일이었다. 나는 말할 수 없는 흥분에 휩싸였으면서도, 빌어먹을, 이런 게 인생이란 것일까 하고 가벼운 비애마저 느꼈다. 그녀는, 그녀가 누구라는 것을 밝히지 않았다. 또 가는 곳까지 바래다주겠다는 제의도 굳이 사양했다. 나는 정말 여우에게 홀린 것 같았다. 어떻게 그런 일이 일어났는지 도무지 어리벙벙하기만 했다. 그녀는 어떤 여자이길래 어두운 밤길을 겁없이 가며 또 낯 모르는 남자와 스스럼없이 입을 맞춘단 말인가.

그날 이후로 나는 그 이상한 일 때문에 그녀를 생각하는 데 상당히 많은 시간을 빼앗겼다. 어둠 속에서 얼굴 생김새는 제대로 볼 수 없었으나, 그녀는 내 또래거나 많아야 한두 살밖에 더 먹지 않은 여자임을 충분히 감지할 수 있었다. 하지만 그 수수께끼 같은 여자를 찾아나설 용기도, 이유도 없었다. 우리의 만남은 그것으로서 그만임을 그녀는 말해준 셈이고 나 또한 그렇게 받아들여야 했다. 그런데 구태여 그녀를 찾아나선 듯한 생각이 든 것은 무엇 때문이었을까. 그러나 그 생각이 구체성을 띤 것은 결코 아니었다. 나는 어디서 그녀를 만날 수 있을지, 만나면 어떻게 할지 도무지 막연하기만 했다. 실은 다시 만나게 될까봐 겁을 먹고 있는지도 몰랐다.

절도 그날따라 적막에 감싸여 있었다. 경내에는 아무도 없었다. 불당 옆에 살림집 같은 집이 옆으로 앉았는데 그 추녀 밑으로 매어져 있는 빨랫줄에 울긋불긋한 옷이 널려 있었다. 전에도 두어 번 구경왔던 적이 있었으나 나는 그제서야 이 절이 대처승의 절이로구나 하고 깨달았다. 나는 그리 넓지 않은 경내를 휘둘러보고 나서 우물가로 갔다. 그러고 보니 물 한 바가지를 퍼먹기 위해 왔던 듯도 싶었다. 나는 플라스틱 바가지에 물을 퍼서 천천히 마셨다. 그녀도 언젠가 한 번은 그렇게 물을 마셨으리라는 생각이 들었다. 새가 지붕 위에 날아와 앉는가 했는데, 뜰로 웬 여자가 들어섰다. 나는 바가지를 든 채로 그 여자를 쳐다보았다. 그 여자 쪽에서도 무심코 내게 얼굴을 돌렸던 듯했다. 눈길이 마주치는 순간 나는 그 여자가 어둠 속에서 만났던 바로 그 여자임을 알아차렸다. 아주 짧은 순간, 섬광처럼 스쳐지나가는 느낌일 뿐이었다. 그러나 그녀였다. 그 여자의 어디가 바로 그녀라는 확신을 불러일으켰는지는 알 수 없었다. 캄캄한 어둠 속에서 손끝에 닿았던 어떤 육체의 어떤 감촉, 입술에 닿았던 어떤 육체의 어떤 감촉만으로 한 사람을 온전히 유추할 수 있다는 사실은 나로서도 쉽게 믿기지 않았다. 그러나 그녀임에 틀림이 없었다. 그녀도 눈길이 마주친 순간에 눈빛이 얼핏 미세하게 꺾였었다고 느껴졌다. 고개도 알 듯 모를 듯 갸웃했을까, 그러나 그녀는 아무것도 못 보았다는 듯 자연스럽게 경내를 가로질러 갔다. 엉덩이에 착 달라붙은 이른바 판탈롱 바지 밖으로 팬티 형태가 선명히 드러났다. 그녀가 등뒤로 나를 의식하고 있다는 사실이 팬티 자국처럼 드러나 있다고 나는 생각했다.

나는 물바가지를 내려놓고, 또한 그녀처럼 자연스러움을 가장하여 절 밖으로 발길을 돌렸다. 그녀는 이미 살림집 마루 위로 올라서고 있었는데, 나나 그녀나 다시는 서로 쳐다보지 않았다.

자연스러웠고 동시에 부자연스러웠다. 그것은 마치 정적이 감도는 긴장된 무대 위에서 영겁의 인연, 전생과 현생과 내생의 인연을 이야기하려는 서투른 무언극과도 같았다. 우리의 어둠 속에서의 만남은 전생의 어느 순간이었을 것이다. 그러므로 우리는 그 인연을 들추어낼 수가 없고 알은체할 수가 없는 것이다. 만남은 곧 헤어짐이었던 것이다.

집으로 내려오는 동안 나는 신열에 앓듯 비틀거렸다. 절집 딸과 나는 왜 서로 모른 체했을까. 아니, 그날 밤 어둠 속에서도 알은체하지는 않았었다. 그러니까, 어둠 속에서의 입맞춤이나 밝음 속에서의 눈맞춤이나 같은 종류의 만남에 지나지 않았다. 우리는 전혀 다른 세계에서 전혀 다른 삶을 타고난 두 생명체였다. 지금 이승에서 인간이라는 같은 허울을 쓰고 있기는 해도 우리는 본디 지렁이와 달팽이처럼 전혀 다른 삶을 살고 있는 것이다. 우리는 서로 알은체를 하려야 할 수가 없는 것이다. 어둠 속에서의 만남은 영겁의 궤도를 돌고 있는 두 개의 살별이 오직 한 번 스치며 서로 비춘 희미한 반짝임과 같았다. 서로 들려준 아득한 음악 소리와 같았다. 그것은 절집 딸과 내가 만나 서로 알은체를 하고, 히히덕거리며 사랑의 약속을 하고, 서로의 육체를 능지처참하듯 탐닉하고, 그리고 뼈다귀를 추려 합장을 한다 한들 변할 수 없는 사실이었다. 우리 모두는 단지 스쳐가는 빛, 스쳐가는 소리에 지나지 않는 것이다.

그날 밤, 나는 창밖에 말이 없어졌다는 사실을 의식하고 있지도 않았는데 오랜만에 밤 깊도록 길고 긴 상념에 빠져들었다. 모든 것이 막막할 뿐이었다. 집안일도, 내 삶도 암담한 어둠 속으로 막 기어들어가고 있는 참이었다. 나는 언제나처럼 다시 커튼을 들치고 유리창 앞에 섰다. 밤하늘에 별이 떠 있었다. 나는 까닭 모르게 한숨이 나왔다. 뭇별들이 삶처럼 떠 있었다. 그러자 폐마의 모습이 어디에선가 나타나 천구(天球)의 저쪽으로 달려가고 있는 것이 얼핏 보였다. 하지만 그것은 폐마가 아니었다. 날개가 달린 천마(天馬) 페가수스였다.

나는 말을 잡아 죽여 하늘에 바침으로써 인간의 기원(祈願)을 천신(天神)에게 전달케 한다는 고대 설화가 떠올랐다. 폐마는 그렇게 나의, 우리집 사람들의 기원을 천신에게 전달하기 위해 천마로서 사라져간 것이었다.

나는 나도 모르게 눈물이 그렁그렁해졌다. 천신에게 어떤 기원이 전해짐과 함께, 나는 하나의 별이었다. 아버지도, 어머니도, 큰아버지도, 동생들도, 떠돌이 청년도 제가끔 하나의 별이었다. 절집 딸도 하나의 별이었다. 모든 사람들은 하나의 별이었다. 우리는 영원히 서로 만날 수 없어서 어둠 속에 눈빛을 반짝이며 알 수 없는 소리로 노래하고 있는 것이었다. 개도, 닭도, 토끼도, 돼지도 모두들 하나의 별이었다. 모든 생명은 하나의 별이었다. 그리고 그 모든 별들은 견딜 수 없는 절대 고독에 시달려 노래하고 있는 것이었다.

나는 천마 페가수스가 달려간 허공의 말발굽 자국에 눈길을 던지고 깊어가는 밤하늘을 오래도록 바라보고 있었다. 모든 별들이 내는 음악 소리를 들을 수 있을까 해서였다.

5

아버지가 다시 직업을 되찾는 것은 그러나 5년이 걸리지는 않았다. 도중에 사면을 받은 것이었다. 그러자 아버지는 갑자기 어깨를 펴고 몇백만 원의 어마어마한 거액을 거침없이 들먹이며 곧 거부(巨富)가 될 테니 두고 보라고 입버릇처럼 말했다. "이번 일은 틀림없어"라고 아버지는 확신에 찬 목소리로 우리 식구를 흥분시켰다.

그러나 일은 그렇게 쉽사리 풀리지 않았다. 그럴 때마다 아버지는 법률 용어까지 들먹였고 공판 날짜라든가, 상대편 회사의 재정 형편 따위를 소상히 설명했다. 그쪽에서도 질 것은 아예 각오한 바 있으면서도 날짜라도 좀 끌어보려는 속셈이었으니만큼 이번에는 어쩌지 못하리라는 배경 설명도 빠뜨리지 않았다.

한두 번이 아니었다. 어머니는 그 말에 따라 동네방네 다니며 빚을 얻어 아버지를 뒷바라지했다. 그러나 그 결과는 번번이 허탕이었다. 아버지가 어떻게 그토록 오랜 세월 동안 우리 식구를 호릴 수 있었는지 수수께끼에 속했다. 우리는 늘 아버지의 "이번만은 틀림이 없어" 하는 말에 솔깃하게 속아넘어갔고, 결과가 허망해졌을 때는 "그러면 그렇겠지" 하고 쉽게 자포자기하고 말았다. 너무나 오랫동안 계속한 숨바꼭질이기 때문에 싱거운 탓도 있었다. 몇 달 동안 아버지가 언제 돈을 들고 오나 기다리고 있다가 점차 아무도 기대하지 않게 될 무렵의 어느 날이면 아버지는 어김없이 어깨를 축 늘어뜨리고 들어왔다. 우리는 아버지의 말을 듣지 않고도 이미 알고 있었다. "혹시나 했다가 역시나로 끝나고 말아?" 하고 여동생이 누구에게랄 것 없이 빈정대는데도 아버지는 못 들은 체했을 뿐이었다. 그러나 아버지는 다음날이면 어김없이 재기했다. 다음번 사건은 틀림없다는 장담이었다. 변호사라는 직업은 돈 걱정 하지 않는 대표적 직업으로 알려져 있는 데다가 실제로 그런 경우를 허다하게 보아온 우리 식구인지라 아버지의 장담이 어느 날엔가는 현실로 나타나리라는 환상을 쉽게 버릴 수가 없었다. 우리 식구의 그와 같은 기대감은 전혀 헛된 것은 아니었다. 나중에 알려진 일이지만 아버지는 꽤 많은 돈을 벌었음에도 불구하고 밑에 데리고 있던 잽싼 사무장에 의해 감쪽같이 사기당한 것이었으니 말이다.

어쨌든 아버지처럼 좌절되지 않는 사람도 없었다. 법에 의한 싸움을 한다면 언제나 승산이 있다는 이상한 신념에 차 있었다. 물론 아버지가 한 푼의 돈도 만져보지 못했다고는 말하기 어렵다. 구속적부심(拘束適否審) 제도가 존속했던 시절까지만 해도 그런대로 괜찮았으나 세월이 바뀌고 법이 개정되어 적부심 제도가 없어지자 형사 소송에서 손을 떼고부터는 예전에 모았던 몇 푼의 돈을 쓰기에 급급한 처지가 되고 말았던 것이다. 그런데도 아버지는 내가 법을 공부하기를 강력히 희망했다. 희망이 아니라 강요였다. 하기야 초등학교 때부터 내가 어서 커서 법관이 되기를 고대해온 아버지이고 보면 당연한 귀결이었다. 나는 그 말에 따를 수가 없었다. 나는 이미 문학에의 길로 들어섰다고 선언하고 저항했다. "법이란 인간이 만든 굴레예요. 거기에 매달려 인생을 보낼 생각은 없어요" 하고 나는 항변하면서 무엇에 그렇게 격앙되었는지 "죽으면 죽었지" 하고 어처구니없는 결의까지 표명했던 것이다. 그것은 내가 포도나무를 놓고 "뭐 미쳤다구" 하고 대든 것과 같은 반항이었다.

그러자 아버지도 집요했다. 그럴수록 나는 고슴도치처럼 웅크렸다. 인간성을 옹호하며 살려면 진실이라는 이름으로 피를 흘려야 한다고, 그 길은 문학에의 길이라고 나는 어거지를 썼다. 언제 내가 문학에 그렇게 병들어 있었는지 나도 놀라지 않을 수가 없었다. 아버지는 어이가 없는 모양이었다. 믿는 도끼에 발등을 찍혔다든가 이른바 호랑이 새끼를 키웠다든가 하는 경우라고 여겼을지도 몰랐다. 아버지는 마침내 "며칠 더 깊이 생각해봐" 하고 말하며 물러나 앉곤 했다.

그 무렵 나는 의외에도 아버지의 문학 강의를 듣기도 했다. 김소월(金素月)에서부터 이백(李白)에 이르기까지 장광설을 늘어놓은 아버지는 "시란 아름다운 거지" 하고 말했다. 그럼으로써 나의 저항의 예봉(銳鋒)을 꺾어보려는 의도임을 간파하고 나는

234

심한 메스꺼움을 느꼈다. 아니나다를까 마지막에는 "법률 공부를 한다고 해서 시를 못 쓰지는 않을 게 아니냐" 하고 부드럽게 유도한 뒤에, 부자(父子)가 함께 법률계에 몸담고 있는 사람을 보면 부럽기 짝이 없다고 말하며 시무룩한 표정을 지었다. 나는 아버지가 나를 설득하려는 것 자체에 거부감을 가지고 있었기 때문에 무슨 말을 해도 오로지 역겨울 뿐이었다. 내가 결코 양보하지 않으리라는 사실은 너무나 명백했다. 그러므로 아무리 무릎을 맞대고 앉는다 해도 도로에 지나지 않았다. 그 싸움은 내가 이길 수밖에 없는 싸움이었다. 정 그렇다면 학업을 포기하겠다는 데는 어찌할 도리가 없을 것이었다. 아버지는 일단 양보했지만 그 후 내가 대학을 졸업한 뒤에도 나를 법관으로 만들어보겠다는 의도를 결코 버리지는 않았다.

"지금이라도 법을 하겠다면 얼마든지 할 수 있다."

아버지는 늘 주의를 환기시켰다. 아버지는 내가 좌절하고 방황하기를 바랐는지도 몰랐다. 필경은 그렇게 될 것이고 그때 기민하게 기회를 포착하여 현실적인 영달을 약속하는 고등고시에의 길을 제시하면 내 마음을 '바로잡을' 수 있으리라 여기고 있음에 틀림이 없었다. 아버지가 때때로 "요즘 시는 잘 되냐?" 하고 물을 때마다 나는 그 말의 뒤에 도사리고 있는 괴조(怪鳥)의 눈초리 같은 저의를 떠올리고는 불길하고 우울하기 짝이 없었다. 나는 아버지가 내가 이른바 이유 없는 방황을 하고 있다고 여기고 있을까봐 몸서리쳤다. 아버지가 그렇게 물을 때마다 나는 그냥 "네"라고만 짤막하게 대답했다. 내가 열심히 쓰고 있다면 좋아할 리 만무였고 또 실은 별로 진전이 없어 불면증에 걸릴 지경에 처해 있었지만 그런 꼬투리를 엿보인다면 무작정 펼쳐올 공세가 귀찮았기 때문이었다. 아버지와 같은 밥상머리에 앉기도 꺼려하기 시작한 무렵이었다. 아버지의 그와 같은 의도는 참으로 끈질겼다.

"아직도 늦지 않았다."

내 심증을 떠보려는 듯 빤히 들여다보는 눈은 언제나 변함이 없었다. 나는 문학에 병들고 그리고 생활에 시달렸지만 아버지의 뜻에는 변함없이 완강히 저항했다. 결국 문학에 좌절하고 생활에 역시 자신이 없으면서도 아버지에게만은 자존심을 지키며 패배하고 싶지 않았다. 패배? 그것이 왜 패배였던 것일까. 나는 가장 손쉽게 얻을 수 있는 비겁하고 옹졸한 저항의 승리로 내 모든 패배를 호도하려고 했던 것일까. 아버지가 나에게 법을 공부하지 않겠느냐는 권고를 하지 않게 된 것은 내가 결혼을 하고 나서였다. 이제는 늦어버렸어, 결정되어버렸어 하는 낙망의 눈초리를 나는 보았다. 아버지는 나와 마주앉아서도 별말을 하지 않았다. 그러나 나는 언제까지나 마음이 편치 못했다. 아버지가 "자, 봐라, 내 말을 따르지 않은 결과 네 주제가 뭐가 되었느냐"고 여기고 있는 것 같았고 나는 나대로 "아무것도 되지 않고 평범하게 사는 것도 또한 훌륭한 삶이란 말이에요" 하는 항변을 마음속으로 되뇌고 있었다.

그런 의미에서 나는 아버지의 변호사 일이 큰 성과를 거두지 않게 되기를 은근히 바랐다. 그랬을 때 내가 겪을 고통을 견딜 재간이 없었다. 그 무렵 아버지는 예의 큰소리를 치면서 차츰 몰락의 길로 치닫고 있는 참이었다. 그래도 내가 아버지에게 "거 보세요. 법을 한다구 뭐 뾰족한 수가 있나요?" 어쩌고 하면서 대들지 않는 데는 그럴 만한 이유가 있었다. 무슨 새삼스런 공경심이나 효도에서가 아니라 아버지의 일이 쥐구멍에 볕드는 것처럼 볕을 보게 될 가능성 때문이었다.

때마침 아버지는 탄광 사고로 불구가 된 갱부의 손해배상 청구 소송을 맡고 있었는데, 탄광촌과 갱부의 가족이 접촉하여 법원 판결이 있기도 전에 사전 합의하고 소송을 취하할까봐 갱부의 아내와 그 어린 딸을 집 안에 데려와 숙식까지 시키고 있었다. 갱부의 아내는 하루종일 누워서 잠자는 게 일이었고 멜빵 달린 검정 치마를 입은 어린 딸은 입가에 난 부스럼에서 진물을 흘리며 마루에 나앉아 소꿉장을 만지고 있었다. 생판 모르는 객식구의 시중을 드는 일은 쉬운 일이 아니었다. 아버지는 어머니에게 일의 자초지종을 설명하고 며칠만 고생을 하면 된다고 달랬다. 이번에야말로, 하는 비장한 나날들이었다. 그러나 그런 보안 조치에도 불구하고 병원에 입원하여 꼼짝못하고 있던 갱부 자신이 소송을 취하함으로써 허망한 결말에 이르고 말았다. 어느 틈에 탄광측 사람이 접근해서 소송을 오래 끌면 서로가 괴로운 일이니 적당한 선에서 매듭을 짓자고 꼬드겼다는 것이었다. 재해

보상액 산출 방법에 의한 꽤 많은 손해배상 청구액이 사라져버렸던 것이다. 아버지의 일이 큰 성과를 올리지 않게 되기를 은근히 바라던 편이던 나도 어처구니가 없었다. 그러나 이 경우는 오히려 명확해서 괜찮은 편이었다. 아버지는 많은 승소 판결을 얻어내고 있었는데도 집 안에는 한 푼의 돈도 들여오지 못했으니 이상한 일이었다. 그 이유는 패소한 회사가 망했다거나 딴사람 명의로 변경이 됐다거나 하는 상투적인 것이었는데 어째서 그렇게 되는지 우리 식구는 알 길이 없었다. 그럴 때면 법률 서적이라도 좀 들여다보고 어디에 허점이 있는지 캐보고도 싶었으나 나는 그럴 수가 없었다. 멸망이 다가올지라도, 하고 나는 이를 악물었다. 나는 일찍이 내가 터무니없는 적개심을 불태우며 지키려 한 것이 무엇인지 알 길이 없었지만 내가 그랬었음은 훌륭하게 기억하고 있었다. 이제 와서 그 흉터를 내놓고 싶지 않은 알량한 자존심으로 나는 아버지의 몰락을 팔짱을 낀 채 보고만 있었다.

그런데 사태가 이상하게 진전되었다. 사무장이 사기죄로 구속됨과 함께 의외의 사실이 밝혀졌고 거기에 충격을 받은 아버지가 졸도를 해버린 것이었다. 사무장은 소송 착수금을 유용하여 사건을 법원에 계류조차 시키지 않은 채 차일피일 미루다가 고소를 당한 것인데, 일단 일이 터지자 그렇게 끌고 있는 사건이 한두 건이 아님이 밝혀졌다. 더군다나 아버지가 거둬들이지 못한 이른바 사례금도 거의 사무장의 손에 의해 가로채인 것임이 드러났다. 집달리들이 달려가본즉 이미 회사는 존재 자체도 없더라고 한 것도 그의 꾀였고 커미션을 먹고 탄광측과 갱부를 몰래 타협시킨 것도 그의 꾀였다. 그러나 그가 구속되었다고 해서 희희낙락하고 있을 계제가 아니었다. 모든 계약서에는 아버지의 도장이 찍혀 있었고, 또 실제로 소송 의뢰인들이 아버지의 간판을 보고 온 것이지 사무장의 얼굴을 보고 온 것이 아니라는 데 문제가 있었다. 실로 진퇴양난이었다. 그가 착수금으로 받아 유용한 금액만도 거금이었다. 아버지가 큰소리를 탕탕 쳤던 것도 근거가 있는 소치였다. 우리 식구는 입만 벌린 채 그렇게 엄청난 돈을 사기당했다는 데 대해 할말을 잃고 있었다.

그러나 아버지는 좀 묘한 입장으로 보였다. 분명히 패배자다운 표정이긴 했으나 "것 봐라" 하고 자신의 무능을 변명하는 투로 말했다. 아랫사람을 잘못 다스린 무능은 아버지에게는 해당되지 않는 것처럼 보였다. 아버지에게는 현실적인 손해를 얼마를 보았건 오로지 법에서의 승부만이 진정한 승부였는지도 모른다. 어떻게 뒷수습을 할 길이 있을까 하여 서대문 구치소로 사무장을 면회하고 온 어머니는, 사무장이 유용한 돈에 대해서는 내놓을 염은 하지도 않고 출감하면 밑천을 삼겠다고 뻔뻔스럽게 말하며 아예 몸으로 때울 결심을 하고 있더라고 전했다. 그때까지만 해도 덤덤한 편이던 아버지는 얼굴이 붉으락푸르락해지더니 "뭐라고? 그놈 아주 고약한 놈이었군그래" 하면서 분을 이기지 못하고 펄쩍 뛰었다.

"이천만 원이라니, 이십만 원만 있어두 한이 없겠수."

어머니는 어머니대로 씨근거렸다.

"아버진 귀가 엷어서 탈이에요" 하고 여동생은 언젠가 하던 말대로 아버지가 지나치게 남의 말을 잘 듣고 이랬다저랬다 한다고 힐난했다. 아버지는 두 눈을 부라렸지만 결과가 결과인지라 불호령은 떨어지지 않았다. 나는 아버지의 일이 버그러졌다는 사실에 대한 분개보다도 나를 법관으로 만들겠다던 뜻이 다소 무색해져서 아버지가 속으로 "저 녀석 내 꼴을 보고 제가 옳았다고 할 테지" 하고 생각할까봐 안절부절을 못 했다.

그날 저녁 아버지는 평소부터 다소 우려를 표명해왔던 고혈압 증세가 도져 쓰러지고 말았다. 홧김에 마신 술이 화근이었던 것이다. 퇴근 무렵 전화 연락을 받고 병원으로 직접 달려간 나는 아버지의 한쪽 눈이 사팔뜨기의 눈처럼 옆으로 돌아가 있음을 보았다. 어머니와 아내가 그 옆에 쪼그리고 앉아 있었다. 의사는 이만하길 다행이라면서 조심하지 않으면 큰일이 난다고 경고를 하였다. 술은 한 방울도 안 된다고 한 방울에 힘을 주어 말했다. 아버지는 입을 반쯤 벌린 채 숨을 헉헉 몰아쉴 뿐 아무 말도 하지 않았다. 말을 할 수가 없었는지도 몰랐다. 그러나 나는 아버지가 변호사 일을 해서 일격에 재기해보이겠다고 속으로 굳게 다짐하고 있음을 보았다. 마침 여름이 다가왔고 법조계도 예년과 같이 하한기(夏閑期)에 들어가 민사 재판은 휴정을 계속했으므로 아버지의 졸도는 그리 큰 문제가 되지 않았다.

아버지는 며칠을 누워 있다가 자리에서 일어나 혼자 걷는 연습부터 시작했다. 아무래도 성한 사람의 걸음걸이는 아니었다. 우리 식구는 아버지에 대해서 몇 번씩이나 실망을 거듭해서 별다른 기대를 가지고 있다고 할 수 없었으나 뒤뚱거리는 그 걸음걸이를 보고는 또 한 번 실망하지 않을 수 없었다. 아버지는 조심스럽게 걸음마를 할 뿐 우리 식구가 가진 만큼의 실망은 가지고 있지 않은 것 같았다. 아버지는 무엇보다도 나에게 보여질 초췌한 변호사상(像) 때문에 괴로워하고 있음에 틀림이 없었다.

우리 식구는 아버지가 변호사 일에 다시 욕심을 부리지 말고, 비록 액수는 적지만 다달이 고정 수입처럼 들어오는 공증 업무나 맡아 하면서 여생을 보내줄 것을 희망하였다. 50대 초반의 나이에 여생이라는 말이 공공연하게 입에 올려졌던 것이다.

"몸도 그러니 쉬시면서 그러도록 하세요" 하고 어머니를 통해 설득했으나 아버지는 "걸 말이라고 하나!" 하고 일축하고 말았다. 아버지의 말에 따르면 '도장만 빌려주면 되는 일'을 하면서 보낼 수야 없다는 것이었다. 그렇게 되기 위해서 젊은 시절 수많은 밤들을 새워 공부했던 것은 아니라는 것이었다.

아버지가 고등고시에 합격했다는 자부심이야말로 세상의 어떤 자부심보다도 강했다. 언젠가 내가 백일장이라는 데서 상을 받아오자 아버지는 "그것은 네가 잘나서가 아니라 잘난 사람들은 아예 그런 걸 거들떠보지 않기 때문이야" 하면서 노골적으로 폄하했다. 그러므로 자신의 우수함을 증명해보이려면 모든 잘난

사람이 달겨붙는 고등고시에 합격해보이라는 논지였다. 아버지
는 문학이란, 시란, 아무래도 현실에서 낙오한 자들의 넋두리라
는 견해였다. 아버지의 견해는 옳았다. 문학이란 아무래도 소외
계층, 혹은 소외 그 자체에 대한 기록일 터였다. 그러나 그것을
기록하는 일조차 낙오된 짓일 수는 없는 것임을 아버지는 받아
들이지 않았다. 패배를 기록한다는 일은 패배가 아님을 받아들
이지 않았다.

  여름이 지나고 법정이 다시 개정되자 아버지는 눈을 빛내기
시작했다. 하기야 계류되어 있던 사건들 때문에라도 당장 집에
틀어박힐 수는 없는 일이었다. 아버지는 성치 못한 몸을 이끌고
나가 새로운 사무장과 손을 잡았다. 그러나 이때까지 우리 식구
는 무슨 일이 일어나고 있는지 알지 못했다. 지난번 사무장이 저
질러놓은 일의 뒤치다꺼리로 사무실마저 날려버린 아버지는, 몰
락한 변호사들의 마지막 길이기도 한 길로 접어들었던 것이다.
즉 이번에 사무장과 손을 잡았다는 것은 그 사무장에게 아버지
가 고용되었음을 뜻했다. 그렇게 해서라도 아버지는 법정에 서
야 했던 것이다. 변호사의 고용은 변호사법에 저촉되는 행위였
다. 물론 변호사와 사무장간에 면밀한 묵계를 하고 겉으로는 변
호사가 사무장을 고용한 것처럼 꾸미고는 있었지만 그런 관계의
빈틈이란 쉽게 드러나게 마련이었다.

  누가, 무엇이 아버지를 그토록 몰아세워 더듬거리는 말투를
무릅쓰고 변호인석에 서게 했던 것일까. 불편한 몸으로 법정에

서기 위해 나가는 아버지에게 우리 식구는 아무 조언도 할 수가 없었다. 어머니가, 아들이 버니까 이젠 집에서 쉬라고 했다가 날벼락이 떨어진 적이 있었기 때문이었다. 아버지는 막무가내였다. 아버지는 이른바 사건을 사기 위해 급기야는 집까지 저당잡히고 말았다. 브로커들이 물고 오는 사건이었다. 이러한 일련의 몸부림이 아버지를 돌이킬 수 없는 함정으로 몰고 가고 있음을 아무도 몰랐다. 아니, 아버지로서는 알면서도 어쩔 수 없이 던진 승부수였는지도 몰랐다. 아버지의 변호사 일은 다시 활기를 띠어가고 있는 것처럼 보였으나 실은 그게 아니었다. 이번에는 사기를 당한 정도가 아니었다. 지나치게 욕심을 많이 낸 새 사무장 때문에 세무 사찰을 받게 되었고, 그 결과 아버지와 사무장의 고용 관계가 들통이 나 문제가 생기고 만 것이다. 어느 날 아버지는 얼굴이 핼쑥해져서 들어와 맥없이 자리에 눕고 말았다. "이젠 끝장인가보다" 하고 아버지는 내뱉었다. 그 얼굴은 병마가 휩쓸고 간 마을 같았다.

"왜요? 또 무슨 일이 생겼수?" 하고 어머니는 붙어 앉았다.

"징계위원회에 회부됐어" 하고 아버지는 실토했다. 변호사의 구속에는 법무부 장관의 재가가 필요하므로 구속까지는 되지 않겠지만 변호사법 위반으로 얼마간 자격 정지가 될 공산이 크다는 것이었다. 이미 집에서 쉬기를 은근히 바라고 있었던 우리 식구는 자격 정지에는 별다른 관심이 없었다. 다만 문제라면 그 동안 벌여놓은 사건들을 어떻게 마무리지을 것인가였다.

나는 아버지의 자존심을 상하게 할까봐, 일부러 아무 일도 일어나지 않지 않았느냐는 듯 무표정하게 대하려고 애썼다. 아버지의 심리 상태가 어떤지는 나로서도 읽을 수가 없었다. 그러나 아버지는 만회할 길 없는 실추에 누구보다도 가슴이 아픈 모양이었다. 태연을 가장할 때처럼 그리고 그 태연의 뒷면이 남들에게 보여졌을까 우려할 때처럼 초라해 보이는 때는 없다. 아버지는 밤새도록 잠을 못 이루는 것 같았다. 나 역시 까닭 모르게 잠이 오지 않아 불을 끈 채 희부연한 천장만 응시하고 이 생각 저 생각 더듬고 있었다. 나는 잠을 못 이룬 아버지가 불편한 걸음걸이로 마루를 왔다갔다하는 소리를 들을 수 있었다. 마루가 비틀린 뼈처럼 삐걱거렸다. 나는 마루의 어디가 어떻게 삐걱거리는지 알고 있었으므로 어둠 속에 누워서도 아버지가 어디쯤에서 다리를 끌고 있는지 잘 알고 있었다. 아버지는 내 방 앞에서 걸음을 멈추고 얼마 동안 숨을 몰아쉬었다. 자조일지도, 비탄일지도 모를 깊은 숨소리였다.

아버지의 눈길은 어디를 향하고 있을까. 어렸을 때 아버지는 나를 훈계할 때 나 스스로로 하여금 회초리를 구해오도록 했었다. 나는 마당으로 나가 내 종아리를 때릴 회초리를 구했다. 내가 맞을 것이었지만 지나치게 가는 것은 나 자신이 용납되지 않아 나는 울면서 마당을 뒤졌다.

아버지가 방문 앞에서 숨을 몰아쉬고 있는 동안 나는 문득 어릴 적 회초리를 구하러 마당을 맴돌던 때와 같은 심정이 되었다.

그러한 훈도(薰陶)는 모두 나를 법관으로 만들기 위한 일념 때문이었음을 나는 알고 있었다. 나는 아버지의 몰락이 나의 배반으로부터 비롯되었다는 묘한 자책감에 사로잡히는 것을 어쩔 수 없었다. 아버지는 하루아침에 화려하고도 어마어마한 성취를 달성해보임으로써 내 고질화된 가치관을 뒤흔들어놓고 싶었음에 틀림이 없었다. 그러나 나로 말하면 아버지가 꿈꾼 일격의 무모함을 미리 알고 있었고, 그럴 경우 내가 취할 수 있는 행동이 어떠해야 할 것인지 걱정되었다. 아무것도 나를 굴복시킬 수 없음이 너무도 분명한데 상대방이 그 수단을 은밀하고도 열심히 강구하고 있다는 것은 참을 수 없는 일이었다. 나는 혐오와 경멸과 연민을 느꼈다. 그러면서도 함께 살아가야 한다는 당위는, 삶이란 형벌에 다름아니라는 사실을 환기시켜주었다. 다음날부터 아버지는 징계위원회의 통고를 기다리며 집에 틀어박혀 있었다.

"은행 돈이 벌써 삼개월째 밀렸는데." 어머니는 울상을 지었다. 집을 담보로 얻은 대부금의 이자 때문이었다. 더군다나 그 무렵 알려진 사실로는 아버지는 은행에서의 융자 외에도 이른바 신문 광고에 흔히 보이듯이 '이중 대출도 됨'에 의해 개인 사채업자에게도 집을 담보로 잡히고 있었다. 사태가 이에 이르자 동생은 "우리가 이렇게 산다면 모두들 웃을 거야" 하면서 아버지가 변호사임을 비웃었다. 여동생의 그런 태도에는 다분히 자기중심적인 불만도 개재돼 있었는데, 말하자면 혼기가 다가오는데도 혼수금 따위는 한 푼도 마련돼 있지 않다는 데 대한 반발이었다. 지구가 돈다는 것은 그저 돈, 돈, 돈, 돈, 돈, 돈, 하면서 돈다는 것을 뜻하는 듯이 보였다. 지구는 돈, 돈, 돈, 돈, 돈, 돈, 돈, 돈, 돈다. 그로부터 열흘 뒤 아버지는 다시 6개월의 자격 정지를 통보받았다. 변호사회의 자율적인 징계 결과였다.

"음" 하고 아버지는 짧게 신음을 내뱉었을 뿐 이미 예상하고 있었다는 듯 별다른 동요는 보이지 않았다. 아버지에게 그 6개월은 돌이킬 수 없는 세월임을 나는 알고 있었다. 내 봉급으로는 아버지가 진 빚의 이자를 감당할 수 없는 것이었고, 아버지는 이제 다시는 재기를 꿈꾸지 않을 것이었다.

"어떡하지요?" 하고 아내는 자못 걱정이 되는 눈치였다.

"어떡하긴 뭘 어떡해" 하고 나는 일축했지만, 이로써 아버지와 나의 쓸데없는 자존심의 싸움이 제발 끝나주기만을 바랐다. 지금 가진 쥐꼬리만한, 그것도 마이너스 상태의 재산만 포기하면 그만이었다. 아버지는 갑자기 초췌한 모습을 띠어갔다. 걸음걸이도 전보다는 눈에 띄게 불안정해졌다. 이제야말로 나에 대한 아버지의 금법(禁法)은 옛 시대의 바이마르 헌법처럼 멀어진 것이었다.

6

터미널로 들어간 버스가 다시 몇 미터쯤 뒷걸음쳐서 멎었다.

"다 왔군요" 하면서 나는 제일 먼저 좌석에서 일어섰다. 어서 버스에서 벗어나고 싶었기 때문이었다. 한겨울인데도 날씨가 따뜻해서 길은 눈 녹은 물로 질펀했다. 나는 녹은 팥빙수 같은 물구덩이를 이리저리 피하며 걸어나갔다.

"공원묘지 차가 대기하고 있다던데."

어머니가 두리번거렸다. 그 말에 상복 보따리를 들고 뒤따라오던 동생도 건성으로 두리번거렸다.

"저쪽에 있는 긴갑십니더."

매제가 턱으로 왼쪽을 가리켰다. 흰색 바탕에 검은색 테를 두른 마이크로 버스가 거기 있었다. 우리는 어슬렁어슬렁 그쪽으로 걸어갔다. 광주 읍내에서 묘지까지는 10분 안짝이라 듣고 있었다.

"그리 먼 거리는 아니군요. 아까 그 고개만 아니라면 교통은 좋은 편인데."

나는 매제에게 말을 건넸다.

"맞심더" 하고 매제는 동조하고는, "아까 그 운전사 술까지 묵었어예" 했다.

"그래요?"

"한 십 년 그 바닥에 굴러묵으문 압니더."

"아무튼 갈 때는 돌아갑시다."

"사실 아까즘에는 내심 겁이 덜컥 났어예. 사고나는 걸 하도 마이 봐놔서예, 거게다가 술까지……"

매제는 혀를 내둘렀다. 나는 매제가 새삼스럽게 지금에 와서 강조하는 것은 내가 아까 지레 앞질러 겁을 집어먹고 있었음을 알기 때문이라고 생각했다. 그러나 우리 모두는 아버지의 묘소를 비교적 알맞은 거리에 별탈 없이 장만할 수 있었다는 사실에 안도와 위로를 느끼고 있었다. 아버지는 자신의 장례 비용조차 남기지 않고 세상을 떴으니까 말이다. 은행을 비롯한 여러 종류의 빚쟁이들의 성화에 못 이겨 집마저 내놓고 사글셋방으로 옮기고부터 아버지의 병세는 갑자기 악화되었다. 두드러지게 나타난 증세는 감정 실금(感情失禁)이었다. 조그만 자극에도 감정을 주체하지 못하여 텔레비전을 볼 때면 마냥 울고 있는 형편이었다. 운다기보다 눈물을 줄줄 흘린다는 말이 옳았다. 뇌혈관 계통에 장애가 온 것이었다. 숨을 쉴 때도 간단없이 가래가 끓었다. "으이구, 그저 울기는." 어머니가 노골적으로 경멸하며 삿대질을 할 때면 무력한 분노의 눈을 멀뚱멀뚱 뜨고 멍하니 쳐다보기만 할 뿐이었다. 이빨과 발톱이 빠지고 우리 속에 가두어진 병든 짐승. 한때는 서슬이 시퍼래서 불호령을 내렸을 아버지였건만 그 패도(覇道)는 이미 간곳없이 사라져버렸던 것이다.

집에서 아버지를 비웃을 수 없는 구성원은 오로지 나뿐이었다. 그것은 일찍이 내가 아버지에게 복종하지 않은 대가요, 일종의 형벌이었다. 나는 과거에 이미 아버지를 실컷 매도했던 것이다. 아버지로 인해 편히 머리 둘 곳마저 빼앗겼지만 나는 군소리 한마디 입 밖에 낼 수가 없었다. 내가 아버지의 뜻에 따라 법을 택하고 그래서 실패를 했더라면, 그랬다면 나는 아버지를 매도해도 좋을 것이었다. 그러나 나는 아버지의 권외(圈外)에서 방관자요 국외자, 더 나아가 대응자로서 행동했기 때문에 그 마당에 뛰어들어갈 자격이 없었다. 내가 뛰어들어가 아버지를 매도할 수 있는 길은 옛날의 "뭐 미쳤다구" 하는 따위의 불복종을 철회함으로써만 가능했다. 그러니 인생에 있어서 세월, 즉 시간만큼 거역할 수 없는 속박의 율법(律法)이 어디에 있을 것인가.

사흘 만에 다시 보는데도 묘지는 상당히 모습이 달라져 있어 보였다. 사흘 사이에 날씨가 확 풀린 때문인지도 몰랐다.

"비석에 새길 비문을 지어오셨습니까?" 관리 사무소의 직원이 물었다. 지난번에 그런 부탁을 받은 바 있으나 나는 비문을 짓지 않고 있었던 것이다. 아버지에게는 아무런 수식도 필요 없고 다만 이름 석 자면 족하리라는 마음이었다. 나는 아버지의 묘소로 올라가는 길을 올려다보며 "글쎄 평범하게 하지요" 하고 막연하게 말했다.

언덕바지로 올라가는 길은 외길이었다. 그 오르막 외길을 보는 순간, 아무것도 남기지 않고 오히려 빚만 남기고 남루 속에 갔지만 법에 대해 가졌던 아버지의 남다른 외곬의 집착이 진하게 되살아났다. 그것이 오기라 해도 좋았다. 자신의 몰락과 파멸을 자신의 신념으로써 자초했다고 한다면 그 인생 또한 패배는 아닐 것이었다. 어려서 아버지의 직업란에조차 변호사라고 쓰기 싫었던 것은 그 외길을 이해하지 못했던 치기와 미망의 소치에 불과했다는 뉘우침이 밀려왔다.

나는 위로 향해 뻗어 있는 외길을 물끄러미 쳐다보면서 나도 모르게 "변호사 아버님" 하고 나직이 중얼거렸다. 그때 내 눈에는 눈물이 가득 괴었는데, 여동생이 무슨 말인가 하려고 다가왔으므로 나는 "신발에 웬 돌이……" 하면서 굽혀 얼굴을 땅으로 향하고 구두에 손을 가져갔다.

그와 함께 어떤 생각이 머리를 스쳤다. 그것이 천마 페가수스가 가리키고 있는 별이라는 생각과 연결된 것은 잠시 뒤였다. 니는 하늘을 올려다보았다. 그리고 마음속으로 그 별을 짚어보았다. 이제 아버지의 별은 어떤 음악 소리를 내며 빛날 것인가……

어두운 길모퉁이에서의 읊조림

이제껏 써낸 중단편 소설들 가운데 「돈황의 사랑」 계열을 제외하고(왜냐하면 그것들만으로 하나의 연작 장편이 되므로), 이렇게 골라 뽑아 한 권의 책으로 엮는다. 나름대로 나의 한 세계를 나타내기에 부족함이 없겠다 싶지만, 그것은 독자의 몫이다.

돌이켜보아 지난 내 삶이 이른바 미로 찾기였다고 하더라도, 이 소설들은 그 길모퉁이마다의 충실한 기록이었다는 꼬리표를 다는 데 나는 주저하지 않는다. 현실 상황이 매우 어렵게 전개되고 있었던 저 어두운 계절에 나는 오히려 내 가치관과의 싸움에 몰두해 들어갔고, 따라서 "문학은 무엇이 어찌 됐든 언어 미학을 바탕으로 하지 않으면 안 된다"고 그 어두운 길모퉁이에서 외로이 읊조리지 않으면 안 되었다. 문학을 하는 사람으로서, 안으로 자기 자신의 성찰을 꾀함으로써 내적 필연성을 획득하는 것이 또한 밖으로 더 넓은 세상을 향한 바람직한 발걸음임을 나는 굳게 믿고 있기도 했던 것이다.

그리하여 나는 변함없이 '나'를 길라잡이 삼은 소설들을 써왔고, 언제까지일지는 몰라도 앞으로도 여전히 그 자세는 쉽게 흐트러질 것 같지 않다. 물론 '나'는 다른 누구의 '나'일 수도 있다는 점에서, 나는 내 성찰을 통하여 외부와의 교감을 꾸준히 꿈꾸면서, 말하자면 삶의 존재론적인 의미를 찾는 데 골몰했다고 할 수 있다. 비록 그 '나'라는 존재가 광대무변한 우주의 미로를 헤매는 전혀 불가능한 그 누구로 결말이 날지라도 말이다.

그러므로, 이 소설들이 '인간은 죽는다'는 엄정하고 냉혹한 진리 앞에서, 그러나 그럼에도 불구하고 살아야 한다는 구차한 논리의 변명에 지나지 않는다고 해도 좋다. 다만, 그 누구와 더불어 우리의 존재의 의미를 이야기할 수 있는 길은 오로지 이 방법뿐이라고 믿기에 이 소설들을 썼다고 말하는 선에서, 나는 물러나기로 한다.

뜻깊은 책을 엮게 해준 문학과지성사에 감사드린다.

1996년 11월
윤 후 명

연 보

1946   강원도 강릉에서 출생.

1953   대전으로 이사. 이후 춘천, 대구, 양주군 남면, 부산 등지로 옮겨다님.

1961   서울에 정착. 시를 쓰기 시작.

1962   용산고 입학. 2~3학년에 '학원 문학상' 을 비롯하여 여러 백일장에 입상.

1965   연세대 철학과 입학.

1966   연세춘추 문화상 시 부문 수상.

1967   경향신문 신춘문예에 시 「빙하의 새」 당선.

1969   대학 졸업. 시 동인지 『70년대』 창간, 동인 활동.

1977   첫 시집 『명궁(名弓)』 출간.

1979   한국일보 신춘문예에 소설 「산역(山役)」 당선.

1980   소설 동인지 『작가』 창간, 동인 활동.

1982   중편 「돈황(敦煌)의 사랑」 발표. 이듬해 이 작품으로 제3회 녹원문학상 수상, 같은 제목의 첫 소설집 출간.

1984 단편「누란(樓蘭)」발표, 제3회 소설문학 작품상 수상.

1985 중편「섬」발표, 제18회 한국일보 문학상 수상. 소설집『부활하는 새』출간, 제10회 '오늘의 책' 선정.

1987 소설문고『모든 별들은 음악소리를 낸다』출간.

1989 소설집『원숭이는 없다』출간.

1990 장편소설『별까지 우리가』,『약속 없는 세대』, 수필집『이 몹쓸 그립은 것아』출간.

1992 장편소설『협궤열차』, 장편동화『너도밤나무-나도밤나무』, 시집『홀로 등불을 상처 위에 켜다』출간.

1993 『돈황의 사랑』프랑스에서 번역 출간.

1994 중편「별을 사랑하는 마음으로」발표, 제39회 현대문학상 수상.

1995 중편「하얀 배」발표, 제19회 이상문학상 수상. 장편소설『이별의 노래』출간.

1996 엽편 연작소설『오늘은 내일의 젊은날』출간.
    현재 연세대에서 소설창작론 강의(1995~현재).

원문 출처

「귤」──『부활하는 새』, 문학과지성사, 1985.
「알함브라 궁전의 추억」──『부활하는 새』, 문학과지성사, 1985.
「새의 肖像」──『부활하는 새』, 문학과지성사, 1985.
「검은 숲, 흰 숲」──『부활하는 새』, 문학과지성사, 1985.
「원숭이는 없다」──『원숭이는 없다』, 민음사, 1989.
「모든 별들은 음악 소리를 낸다」──『돈황의 사랑』, 문학과지성사, 1983.

문지스펙트럼